江苏第二师范学院学术著作出版资助项目

本成果获江苏省"青蓝工程"中青年学术带头人培养对象项目资助

# 当代江苏儿童文学作家作品论
## （1978—2018）

姚苏平 著

南京大学出版社

# 深与广

## ——序《当代江苏儿童文学作家作品论(1978—2018)》

金燕玉①

  读完苏平的《当代江苏儿童文学作家作品论(1978—2018)》,心中为之一振。振,震动也,振奋也。江苏终于有了一本比较系统、全面、有学术含量、有实际意义的论述儿童文学作家作品的专著了。

  江苏儿童文学源远流长,更有当代的长足发展。在新时期儿童文学的浪潮中,江苏率先起飞,持续发展,可谓根深叶茂,繁花满枝。在全国儿童文学格局中,苏军始终处于前列,与北京和上海的儿童文学成三足鼎立之势,其成就令人瞩目。但是,江苏的儿童文学评论却有愧于创作,面对着新时期以来江苏儿童文学涌现出的众多的色彩纷呈的作品作家,面对着繁富而不断变化的创作现象,面对着生于江苏、长于江苏、书写江苏的国际安徒生奖获奖者曹文轩,江苏儿童文学批评界尚未能做出及时的、对应的、精细的、科学的反应。当江苏儿童文学已经为文学批评提供了如此丰富的批评对象,儿童文学评论是不是也应该大有作为呢? 苏平的《当代江苏儿童文学作家作品论(1978—

---

① 金燕玉:女,汉族,1945 年出生,江苏无锡人。江苏省社会科学院文学所研究员,俄罗斯莫斯科大学研修高级访问学者,中国当代文学研究会女性文学委员会副主任委员,中国茅盾研究学会理事。享受政府特殊津贴。专著有《美国儿童文学初探》《茅盾的童心》《中国童话史》《大世界中的小世界》等;论文《茅盾与儿童文学的贡献》获全国首届儿童文学研究优秀成果奖。

2018)》正是具有这样的价值和意义。

　　苏平的儿童文学研究有纵横开阖之势,既有史的卓见,也有面的整合。从纵向来看,苏平能够从历史文化和民间乡土中去探寻江苏儿童文学的扎根土壤和发展机制,阐述江苏儿童文学的特点和个性。从儿童文学的原乡与本土去研究作家作品是一条正确的科学的必经的路途。从横向来看,苏平更有以点带面的研究特点,从重点作家入手,带出一般作家的创作风貌,点和面组合成全貌性的阐述。

　　雷内·韦勒克说过:"文学的理论、原则、标准不可能在真空中取得。在史上每一个批评家都是在与具体艺术作品联系中发展了他的理论的,对于具体的艺术作品,他们必须选择、理解、分析,终究要如此评价。一个批评家对文字的看法、分析和评价,都是由他的理论来支持、加强和发展的;而理论则由艺术作品来形成、支持和说明,由艺术作品来使之具体并显得合乎道理。"①苏平的这本论著正是具有这样的批评风格,在文本、理论、批评之间游走,从文本出发,以理论为支撑,做出批评的判断。请看这一段对曹文轩的精彩论述:

　　　　其中最能够代表曹文轩文学成就和审美趣味的作品,是他以自己的苏北农村童年生活经历为素材创作的《草房子》《红瓦黑瓦》《细米》《青铜葵花》等长篇小说、《甜橙树》《红葫芦》等中短篇小说。在这些作品中,曹文轩构建了独树一帜的文本:中国当代乡土叙事下的诗性童年生活。它指向了工业文明尚未兴起、农业文明衰落的中国二十世纪六七十年代,物质匮乏、精神贫乏的特殊时代背景下"中国童年"景观。曹文轩的作品承接了鲁迅《故乡》《社戏》中"水乡"童年的生命原初体验;如《呼兰河传》般深情

─────────────

① ［美］雷内·韦勒克:《文学理论、文学批评和文学史》,《春风译丛》,1982 年第 2 期。

地勾勒出故乡的贫瘠与丰饶;如《城南旧事》般透过儿童的目光、冰糖葫芦式的散文化结构设置,描摹成人世界、儿童友伴间的艰难时世与生动过往;如沈从文笔下"翠翠"的经典形象一般,创作出桑桑、纸月、林冰、细米、青铜、葵花等数个生动的当代儿童形象。他从生命哲学的苦难意识出发,以志存高远的大手笔写"儿童",以赤子之心的儿童立场写"人生",以唯美而伤感的美学追求创造"艺术形式"。通过对特定年代苏北农村童年生活苦难而不乏精彩、忧郁而不乏趣味的书写,曹文轩不但承接了中国现代文学中的乡土叙事、诗性小说,更向世界讲述了儿童目光中的"中国故事"。

只有细读文本,只有上下历史的贯通,只有宽广的平面比较,才可能如此有深度、有广度地对作家作品进行有高度的解读。

苏平的这部论著将会给江苏儿童文学带来一股推进力,为它作序,是我的荣幸。

# 目　录

# 绪　论

## ——当代江苏儿童文学四十年(1978—2018)述评

　　中国现代儿童文学的起点、标志和经典,是叶圣陶创作的童话集《稻草人》《古代英雄的石像》等作品,不仅开创了自然乡土与社会现实相结合的中国童话创作范式,也是现代江苏儿童文学的开山之作。此外,教育家陶行知、中国学前教育创始人陈鹤琴均对江苏儿童文学的健康发展做出了杰出的贡献,共同构建了江苏儿童文学扎根本土、关注现实、尊重儿童的坚实基础。历经改革开放四十年,江苏儿童文学创作的发展变化,既有整体趋势的变化,也有作家代际间的差异。2000年前后是江苏儿童文学发展的分水岭:1978年至2000年期间江苏儿童文学作家生成艺术经验的重要路径是童年回忆与"江苏"地域特色的情感融合,将"儿童"形象的书写上升到塑造未来民族性格的高度上;在新时期伊始登上全国儿童文学舞台的作家,保持着良好创作态势,其作品从80年代中、短篇小说的活跃到90年代长篇小说的迭出,走了一条稳步成长的道路。21世纪以来的儿童文学进入了繁荣发展的黄金期,江苏儿童文学在传承中国现代儿童文学优秀传统的同时,不断反思和拓展童年观念,全面提升艺术性和幻想性的品质,重视阅读接受,发扬民族特色,强化国际交流对话,彰显了江苏儿童文学的艺术自觉和文化自信,生成了江苏儿童文学发展的新态势。

　　韦勒克提醒我们在处理文学"演变"问题时,"时间并非只是整齐划一的事件序列,而价值也不能只是创新。这个问题十分复杂,因为不管在任何时刻都会涉及整个过去并且包罗一切价值。我们必须抛弃轻易得出的解决方案,并且正视现实中的全部具体浓密性与多样性"①。在线性的、历时的"目的论"的叙事方式下在中国儿童文学发展作为"共性"的背景和动力下,江苏儿童文学发展能否有效呈现自身的品质? 其逻辑展开是否等同历史本然? 这是中国儿童文学的发展的复杂之处,也是探寻江苏儿童文学发展特色的迷人之处。

## 一、 基本概貌

首先,对"江苏儿童文学"的定义,主要是从主题意蕴、地域文化和美学特征来概括的。除了活跃在江苏文坛的儿童文学作家外,还包括"出生"在江苏,并以故乡的童年生活经历、地域文化特色为创作资源、主题意蕴的作家。江苏儿童文学拥有一支"传帮带"意识强烈、不断壮大的创作梯队。新时期儿童文学发展阶段大放异彩的作家有刘健屏、黄蓓佳、程玮、金曾豪、丁阿虎、范锡林、方国荣、海笑、张彦平、赵沛、颜煦之、李有干、马昇嘉等;尤其是以江苏盐城的童年经历为创作资源和审美意蕴的曹文轩,尽管大学时代就离开江苏,但是他的文学成就与江苏的地域文化特色有着千丝万缕的关系。2000 年前后涌现出的青年作家群体,有祁智、王一梅、韩青辰、王巨成、庞余亮、曹文芳、韩开春、胡继风、顾抒、郭姜燕、巩孺萍、任小霞、赵菱、范先慧、顾鹰、徐玲、刷刷等。这批青年作家多数不是专业作家,有长期与儿童接触的生活经验,对儿童文学有着发自内心的热爱,是江苏儿童文学发展的中坚

---

① [美] 勒内·韦勒克:《文学史上的演变概念》,《批评的概念》,张今言译,杭州:中国美术学院出版社 1999 年版,第 49 页。

力量。

第二,江苏儿童文学为当代中国儿童文学的观念转变、艺术探索提供了可贵的文本实践,对儿童文学的文类、题材、主题等做了全面的拓展。新时期伊始,江苏儿童文学作家很早就跨越了"呐喊加控诉"的伤痕文学模式,贴近儿童的生活和心灵,热情、自信地塑造时代变更中的儿童形象,程玮笔下的"少女"形象充满青春活力、刘健屏的"小男子汉"系列为新时期儿童形象灌注了阳刚之气。这一时期的创作不断地转向"以儿童为本位""以儿童为中心"的创作观念,提供了既有时代精神又充满哲理思考的"童年观"。作家们的艺术个性不断张扬,勇于进行表现手法的创新。《白色的塔》(程玮)的思辨色彩、开放式的结局令读者耳目一新;《今年你七岁》(刘健屏)以独特的第二人称叙述方式,生成了别具一格的文本形态;《祭蛇》(丁阿虎)打破了将儿童文学视为教育儿童的直接工具的写作范式,演绎了一段乡村顽童"祭奠"死蛇的滑稽闹剧。韩青辰对报告文学的挖掘,巩孺萍对儿童诗歌的着力,金曾豪、韩开春等对散文的经营,都体现出了中国儿童文学在文类探索上的新高度。

在题材和主题选择上,儿童的小世界与都市、乡村、时代、历史、自然全面交融。以小说为例,就有校园小说、成长小说、动物小说、探险小说、科幻小说、历史题材小说等。以特殊儿童、留守与流动儿童、文化旅行、动植物特性、自然环境、生态文明等为主题的作品日渐丰富。作家们越来越自觉地在广阔的社会背景下展现儿童的主体性和童年生活的斑斓。儿童文学作品的图像化、电子媒介化也成为儿童文学发展的重要趋势。与此同时,对读者接受的重视是儿童文学当代发展的重要表征。作家们在创作实践中更加自觉地依照幼年、童年、少年这三个年龄段儿童的心理特点、审美需求和欣赏习惯来创作。如颜煦之、王一梅、巩孺萍、杨海林等对低幼儿童故事、童话、诗歌的着力;顾抒、范先慧等人创作的玄幻、悬疑类作品对青少年读者群的影响等。

第三,在理论与批评方面,江苏学者金燕玉、谈凤霞等人不约而同地以"论从史出"的方式,全面梳理、条分缕析,更以跨学科的锐意方式考察了中国现代化进程中的"童年"想象。金燕玉的《论茅盾的儿童文学评论》《茅盾儿童小说初探》《茅盾的儿童文学翻译》《茅盾散文中的童年情节》《郑振铎〈儿童文学的教授法〉考评》①等论文,通过文本细读、考镜源流的方式对现代文学名家的"儿童文学"创作做了细致的梳理和考辨。在此基础上生成的《中国童话的演变》《童话幻想的起源》《民国时期的儿童文学报刊》《30年代兴起的科学童话创作》②等论文,以及专著《中国童话史》③,对中国儿童文学的发展史做了深入的钩沉和论证。谈凤霞的博士论文《"人"与"自我"的诗性追寻——中国现代文学中的回忆性童年》以"五四"至今的现代回忆性童年书写为研究对象,全面系统地考察近一个世纪以来中国现代文学对童年生命的"发现"进程与收获,进而探讨这类文学书写之于中国现代文学(成人文学)和现代儿童文学的特殊意义。她的《幻想与娱乐双翼的负重双飞——论"十七年"主流话语边缘的儿童电影》《论"文革"时期战争题材儿童片的美学成就》《历史苦难的边缘性诠释——"文革"背景的童年叙事考察》《论"文革"童年叙事的代别症候——兼与"红卫兵——知青"视角的"文革"记忆比较》《喧哗与骚动中的成长危机——论"文革"

---

① 金燕玉:《论茅盾的儿童文学评论》,《茅盾研究论文选集》(第一辑),1983年3月版;《茅盾儿童小说初探》,《中国现代文学研究丛刊》,1984年第4期;《茅盾的儿童文学翻译》,《苏州大学学报》,1986年第1期;《茅盾散文中的童年情节》,《茅盾研究》(第六辑),1995年2月版;《郑振铎〈儿童文学的教授法〉考评》,《福建论坛(文史哲版)》,1984年第2期。
② 金燕玉:《中国童话的演变》《苏州大学学报》,1992年第2期;《童话幻想的起源》,《浙江师大学报》,1993年第2期;《民国时期的儿童文学报刊》,《民国春秋》,1998年第3期;《30年代兴起的科学童话创作》,1998年第4期。
③ 金燕玉:《中国童话史》,南京:江苏少年儿童出版社1992年版。

童年叙事的人文反思》①等系列论文较为全面地考察了"文革"时期儿童文学的形貌特质。此后,谈凤霞对儿童幻想小说、儿童戏剧、儿童图画书、儿童电影等多种文类与媒介形式的辨析,都表现出了当代青年学者的丰赡学识和探索能力。此外,江苏儿童文学研究者也敏锐于国际交流视域下的专业拓展,如金燕玉的专著《美国儿童文学初探》②、谈凤霞的论文《论英国当代少年战争小说的美学深度》《认同危机中的挑战——论当代美国校园小说对少年主体性的建构》③,笔者论文《美国的中国现当代儿童文学研究述评》《儿童文学评奖机制的美中比较研究——以纽伯瑞儿童文学奖与全国优秀儿童文学奖为例》④等,都有较为开阔的学术视野,生成了合适的研究方法和批评语言,丰富了中国儿童文学发展的理论和方法。

对江苏儿童文学作家作品的关注,也是江苏儿童文学研究的职责所在。丁帆、汪政、何平、金燕玉对黄蓓佳等名家创作给予了持续的关注。对曹文轩作品的研讨集结了中国当代儿童文学研究的核心群体,如王泉根、朱自强、孙建江、李利芳、徐妍、李东华、谈凤霞、赵霞等人从中西方儿童文学风格比较、"儿童性"的特质、中国儿童文学的世界传

---

① 谈凤霞:《幻想与娱乐双翼的负重双飞——论"十七年"主流话语边缘的儿童电影》,《浙江艺术职业学院学报》,2009年第3期;《论"文革"时期战争题材儿童片的美学成就》,《南京师范大学文学院学院》,2009年第3期;《历史苦难的边缘性诠释——"文革"背景的童年叙事考察》,《南京社会科学》,2010年第2期;《论"文革"童年叙事的代别症候——兼与"红卫兵—知青"视角的"文革"记忆比较》,《文艺争鸣》,2013年第6期;《喧哗与骚动中的成长危机——论"文革"童年叙事的人文反思》,《中国海洋大学学报》,2013年第5期。

② 金燕玉:《美国儿童文学初探》,长沙:湖南少年儿童出版社1996年版。

③ 谈凤霞:《论英国当代少年战争小说的美学深度》,《解放军外国语学院学报》,2017年第6期;《认同危机中的挑战——论当代美国校园小说对少年主体性的建构》,《当代外国文学》,2013年第3期。

④ 姚苏平:《美国的中国现当代儿童文学研究述评》,《江苏社会科学》2017年第3期;《儿童文学评奖机制的美中比较研究——以纽伯瑞儿童文学奖与全国优秀儿童文学奖为例》,《当代文坛》,2016年第6期。

播、作家的审美选择等多个角度对其作品做了充分的研究。对于当下
江苏儿童文学作家的批评,如郁炳隆、刘静生所著的《江苏儿童文学 10
家评传》①(1993 年),对程玮、刘健屏、方国荣、颜煦之、丁阿虎、范锡林
等活跃于 20 世纪八九十年代的江苏儿童文学作家做了"知人论世"式
的评传,留下了弥足珍贵的史料。金燕玉的论文《江苏儿童文学 50 年
发展之回顾》②对 1949 至 1999 年的江苏儿童文学发展,按"文革"前 17
年、"文革"后 20 年,四个年龄梯队,对江苏儿童文学做了全面的回顾。
笔者论文《当下、原乡和想象——论祁智的儿童文学创作》《性别话语
与身份意识——论韩青辰儿童文学作品的叙事策略》《与成长同
行——王巨成儿童文学创作论》③对活跃于江苏文坛的青年作家做了
较为及时和深入的批评。总体而言,当下对江苏儿童文学作家作品乃
至全国很多原创儿童文学作品的研究,较多地停留在阅读推广层面。
通过理论话语实践与当下文学现象对接,探究全球化语境下中国儿童
文学的独立性、江苏儿童文学的特色性,仍有很大的发展空间。

第四,在历届全国性的评奖中,江苏儿童文学作家获奖次数之多,
在全国处于前列。迄今为止举办了十届的全国优秀儿童文学奖评奖
中,江苏儿童文学作家作品一直屡获殊荣:如程玮《来自异国的孩子》
(中篇小说)、《少女的红发卡》(长篇小说),刘健屏《我要我的雕刻刀》
(短篇小说)、《今年你七岁》(长篇小说),方国荣《彩色的梦》(短篇小
说),金曾豪《狼的故事》(长篇小说)、《青春口哨》(长篇小说)、《苍狼》
(长篇小说),黄蓓佳《我要做好孩子》(长篇小说)、《你是我的宝贝》(长

---

① 郁炳隆:《江苏儿童文学 10 家评传》,南京:江苏少年儿童出版社 1993 年版。
② 金燕玉:《江苏儿童文学 50 年发展之回顾》,《江苏社会科学》,1999 年第 5 期。
③ 姚苏平:《当下、原乡和想象——论祁智的儿童文学创作》,《扬子江评论》,2018 年第 2 期;《性别
   话语与身份意识——论韩青辰儿童文学作品的叙事策略》《江苏第二师范学院学报》,2016 年第
   3 期;《与成长同行——王巨成儿童文学创作论》,《扬子江评论》,2012 年第 2 期。

篇小说),王一梅《书本里的蚂蚁》(短篇童话),韩青辰《飞翔,哪怕翅膀断了心》(报告文学),王巨成《穿过忧伤的花季》(长篇小说),胡继风《鸟背上的故乡》(短篇小说集),韩开春《虫虫》(散文),郭姜燕《布罗镇的邮递员》(长篇童话)等。祁智的《狂奔》《芝麻开门》《小水的除夕》,徐玲《流动的花朵》、赵菱《星空之上的孔明灯》、李有干《大芦荡》等作品均在冰心儿童文学奖、陈伯吹儿童文学奖、中宣部"五个一"工程奖、国家图书奖等各类奖项中屡屡获奖。此外,江苏紫金山文学奖也对江苏儿童文学的创作给予了专门的关注和奖掖。

第五,儿童文学期刊和出版社的影响力。出现了以《少年文艺》(江苏)为核心的儿童文学期刊,有着立足江苏、辐射全国的影响力。对儿童文学的作品推广、作家培育起到了非常重要的作用。程玮、黄蓓佳、刘健屏均深情地提到了《少年文艺》编辑顾宪谟对他们耐心的指导和帮助。顾抒、赵菱、邹抒阳等青年作家都曾是《少年文艺》的读者、投稿者和编辑,通过儿童文学刊物获得了文化身份的变迁和创作能力的提升。江苏少儿出版社的刘健屏、祁智等既是重要的儿童文学作家,也是资深的儿童文学出版人。苏少社不仅出版了江苏儿童文学作家的大量作品,也首先编辑发行了曹文轩的《山羊不吃天堂草》《草房子》《青铜葵花》等经典作品,对江苏儿童文学发展的经典化、国际化发挥了积极的作用。

作家、作品、出版社、期刊、读者的良性互动,生成了江苏儿童文学丰厚的人文环境和读者接受氛围;也形成了由创作者、出版者、购买者与消费者构成"童年消费"到"消费童年"市场网格。这既是儿童文学繁荣的重要契机,但也带来了一些作家俯首于市场导向、献媚于儿童趣味的写作姿态。因此,江苏儿童文学面临着走出小格局,走向艺术品质、文化境界全面提升的关键期;从童年维度阐释和承担民族精神,引入并创造先进的童年文化,构建健全而美好的儿童精神家园,是江苏儿童文学的使命与担当。

## 二、 1978—2000：艺术探索的觉醒与开启

当代江苏儿童文学的艺术探索并非随着"文革"结束而焕然一新，从历史的"后见之明"来看，从政治代言体到回归儿童文学艺术本体论，其创作观、叙事模式经历了一段此消彼长的过渡期。比如1978年创刊的《钟山》第二、三期连载了海笑的革命题材中篇小说《石城怒火》，其他如海笑的长篇小说《红红的雨花石》、中篇小说《小兵的脚印》；张彦平的长篇小说《烟笼秦淮》《青春从这里开始》等作品，可归于革命现实主义与革命浪漫主义相结合的"小英雄""小战士"式的主题叙事模式，是"十七年"至"文革"时期文学创作范式的积压和延续。[1]但是在全国引发更多关注和讨论的是许多新人新作，如曹文轩的《弓》，丁阿虎的《祭蛇》[2]《今夜月儿明》[3]，刘健屏的《我要我的雕刻刀》，程玮的《白色的塔》等，呈现出与众不同的艺术表达方式和儿童文学观念，预示着江苏儿童文学艺术探索的觉醒和开启。

总体而言，在肯定教育和认知功能的基础上，儿童文学对"文学性"的回归，对"人性"的挖掘，得到了一再的张扬和不断地放大；儿童本体的心理、情感活动，以及儿童自我反思的意识和能力，通过童年回忆、地域文化的审美叙事，得到了全面的肯定和郑重的书写。可以说20世纪80年代新人辈出、短篇佳作涌现，为90年代乃至当代江苏儿童文学奠定了创作队伍、艺术积淀和基本格局。1990年代是长篇作品不断推出、作家作品艺术风格凸显的时代；也是市场经济体制下，儿童

---

① 姚苏平：《美国的中国现当代儿童文学研究述评》，《江苏社会科学》，2017年第3期。

② 周晓：《〈弓〉与〈祭蛇〉的启示》，《儿童文学选刊》，1983年第3期。

③ 《儿童文学选刊》编者：《一篇引起强烈反响和争议的小说》，《儿童文学选刊》，1984年第4期。

文学作家从自恋式的先锋实验和成人化的文本表达,向市场和读者不断靠拢的转型期。从 1978 至 2000 年的江苏儿童文学主力军为程玮、刘健屏、黄蓓佳、金曾豪等,他们的作品总体上表现出对乡土童年回忆的热衷,对现实的关切,对儿童成长所指向的"未来民族性格"的美好期盼。体裁是以小说,尤其是从短篇小说的活跃起步的,题材和人物多为 6—16 岁未成年人的成长故事,创作方式上是一种"激情"而又"自信"的现实主义,充满了思辨性的诗意。曹文轩的乡土叙事中的童年回忆,逐渐走向了审美的偏执;金曾豪以"丛林法则"的方式所塑造的动物形象和生态体系,构建了富有中国语境特色的美学形态。他们对遣词造句的斟酌、文风意蕴的经营,呈现出独特的创作实力和美学风格。

### 1. 儿童主体性的再发现

在中国近现代启蒙思潮中,无论是感时忧国的价值选择,还是再造文明的理论立场,在"人"的发现里"儿童"的价值被一再挖掘。江苏儿童文学在新时期伊始为拨乱反正、百废待兴的时代提供了新人物、新主题。刘健屏笔下不盲从的"章杰"、程玮笔下青春动人的"少女的红发卡"等,创造了昂扬乐观的国家未来接班人形象。正是通过文本之内的美学形态和文本之外的社会语境之间的张力,构成了这些形象的经典性意义。

刘健屏创作了《我要我的雕刻刀》等短篇小说,《初涉尘世》《今年你七岁》等长篇小说,为新时期江苏儿童文学的创作留下了浓墨重彩的一笔。他无意去展示时代痼疾带给儿童的"伤痕",而是以治病救人的态度抨击了时代症候下儿童的无知与盲从,刻意强调了独立思考的意识和能力;他耐心细致地刻画了新时期的儿童形象,他们不再是完美无缺、忠贞烈骨的"小英雄""小战士",而是与新时期的百废待兴同步成长的有血有肉的孩童。刘健屏尤擅于对他们的怯懦、顺从、顽劣、撒谎等问题做"心灵辩证法"式的剖析，并通过儿童自我反思的"过程性"完成精神洗礼。他用"雕刻刀"来雕刻民族性格，不遗余力地召唤"小男子汉"们撑起民族的未来。在《今年你七岁》中，他从父亲的独特视角深情又理性地记下儿子刘一波七岁的生活点滴，以健笔写柔情。当自己所秉承的"雕刻"男子汉的大刀阔斧与现实生活中的无奈发生龃龉时，塑造"男子汉"的时代话题终成为未竟之业。刘健屏擅长对人物心理变化作全景式剖析、塑造极富个性的人物形象，在新时期清浅欢愉的儿童文学天地中发出了铮铮之声。

新时期伊始，程玮的许多短篇作品就显现出儿童活泼泼的自然天性。《See You》《来自异国的孩子》首次涉及对外开放语境下中西文化的冲突带给儿童的困惑。作品通过成人与儿童感受的差异、儿童们的"众声喧哗"，使得中外文化价值观得以更立体、更丰满地呈现。随着创作状态的渐入佳境，程玮对"少女"题材的拿捏尤为引人瞩目。《走向十八岁》《今年流行黄裙子》《彩色的光环》《镜子里的小姑娘》《哦，不，不是在月球上》《小溪从心中流过》《鸡心项链》《少女红衬衣》《少女红发卡》《少女红围巾》等作品将青春期少女特有的生理、心理特征细腻真挚、轻松自如地描写出来。她尤擅长通过"对话"来凸显儿童与成人、儿童之间、中西差异、古今变化、情感与理智的冲击和融合。少女成长的意义彰显为一个能动的量变与质变的过程，在"觉醒与压抑"间充满了张力，而不是凝滞、板结为一个仪式、一种程式。正如赵园所言："在中国的文化环境中，少女的成长经历是生命历程中最无色彩的一段，我们有意地跳开它，而这段生命中却充满觉醒与压抑，可作为生命全部行程的缩微形式"。① 程玮的"少女"主题小说在当代儿童文学

---

① 赵园：《试论李昂》，《当代作家评论》，1989 年第 5 期。

中独领风骚,将其放置于整个当代文学的场域中也是自成一家的。

### 2. 乡土叙事中的童年回忆

自古江苏钟灵毓秀、人文鼎盛,有着厚重的地理文化环境和文学基础。对过往时空的关切,构成面向乡土、铭刻着作家本人强烈印记的"童年的历史"写作。童年回忆作为一种创作资源,一种生命和精神的源头,向人们展示了它独特的魅力。地域特色与童年回忆的情感融合,是江苏儿童文学作家生成艺术经验的重要路径。斯东·巴什拉在《梦想的诗学》中曾言:"童年如同遗忘的火种,永远能在我们的心中复萌。"①儿童文学作家的乡土回忆往往是从自身的童年回忆起步的,比如曹文轩的苏北盐城"油麻地""大麦地",金曾豪的江南水乡,黄蓓佳的"芦花飘飞"的江心洲、"青阳城""仁字巷",李有干的盐城"大芦荡",祁智的靖江"西来镇",曹文芳继曹文轩《草房子》之后对"石家村""香蒲草""栀子花""紫糖河"的诗意追寻。这些既有江苏地域"百里不同风"的神采各具,也有历经者的共同回忆,如不约而同出现在曹文轩、黄蓓佳、祁智笔下的芦花鞋、芦根、芦荡,以及饥荒与贫乏带来的乡村风貌。"生命是苦难和痛苦,但这并不能解决对待生命的态度"②,人的生命处境的永恒性是悲剧,面对这一永恒困境,许多儿童文学作家的突围方式是"向善""向美"。由此,"善美"和"苦难"就构成了一体两面的对抗性和共生性。他们对其土生土长的地域文化的熟稔和热衷,以散文笔调或意识流的方式描摹地方性、流变性和碎片化的童年生活,拼贴出了地域特色多样、乡土风格多元的童年景观。

尽管曹文轩早就远离了苏北农村,人生更多的时光是在北京、在

---

① [法]斯东·巴什拉:《梦想的诗学》,刘自强译,北京:三联书店1996年版,第129页。
② [俄]别尔嘉耶夫:《论人的使命》,张百春译,上海:学林出版社2000年版,第157页。

大学校园中度过的,但是这些时刻裹挟、影响他的都市浮华、校园气象几乎在他的文本中难见踪影,他的众多作品几乎没有离开过他的童年、故土。他所回避的当下与所坚守的"童年",既是他写作的视角、立场,也是境界和品格。正如曹文轩在《乡村情结》中写道:"二十年岁月,家乡的田野上留下了我斑斑足迹,那里的风,那里的云,那里的雷,那里的苦难与稻米,那里的一切,皆养育了我,影响了我,从肉体到灵魂。"[①]故乡给予曹文轩的,不只是素材和经验,还有灵魂和气质。

曹文轩的文学成就不止于儿童文学,更不止于江苏儿童文学场域。他的经验、知识、理论、天赋,合力生成了他恣意汪洋的创作成就。在跨越整个新时期以来的文学创作中,他既有执着又有变通,对浪漫、古典、诗性、唯美的坚守几乎贯穿于他对不同文类、文体、主题的创作中。其中最能够代表曹文轩文学成就和审美趣味的作品,是他以自己的苏北农村童年生活经历为素材创作的《草房子》《红瓦黑瓦》《细米》《青铜葵花》等长篇小说,《甜橙树》《红葫芦》等中短篇小说。在这些作品中,曹文轩构建了独树一帜的文本:中国当代乡土叙事下的诗性童年生活。它指向了工业文明尚未兴起、农业文明衰落的中国 20 世纪六七十年代,物质匮乏、精神贫乏的特殊时代背景下"中国童年"景观。曹文轩的作品承接了鲁迅《故乡》《社戏》中"水乡"童年的生命原初体验;如《呼兰河传》般深情地勾勒出故乡的贫瘠与丰饶;如《城南旧事》般透过儿童的目光、冰糖葫芦式的散文化结构设置,描摹成人世界、儿童友伴间的艰难时世与生动过往;如沈从文笔下"翠翠"的经典形象一般,创作出桑桑、纸月、林冰、细米、青铜、葵花等数个生动的当代儿童形象。他从生命哲学的苦难意识出发,以志存高远的大手笔写"儿童",以赤子之心的儿童立场写"人生",以唯美而伤感的美学追求创造

① 曹文轩:《〈细米〉代后记》,南京:江苏少年儿童出版社 2006 年版,第 243—244 页。

"艺术形式"。通过对特定年代苏北农村童年生活苦难而不乏精彩、忧郁而不乏趣味的书写，曹文轩不但承接了中国现代文学中的乡土叙事、诗性小说，更向世界讲述了儿童目光中的"中国故事"。

金曾豪出生于江苏常熟练塘的中医世家。江南水乡的氤氲、书香门第的熏陶，使得他的作品问世之初即有较高的起点。使其声名鹊起的《小巷木屐声》充满了浓郁的乡土文学的气息，"黄箬壳，青竹篾，一黄昏编只小斗笠。蒙蒙雨，雨蒙蒙，雨打斗笠淅沥沥……"呱哒呱哒的木屐声透着作家独特的乡土气息从小巷深处自远而近，童年意趣与传统民族特色交相辉映。在散文集《蓝调江南》以及少年小说《秘方 秘方 秘方》《绝招》《幽灵岛》《芦荡金箭》《青春口哨》等作品中，他非常乐意捡拾出苏南地区的种种俗语、童谣、农谚、顺口溜、乡间小调，以及与之相关的民风民俗、自娱自乐的家长里短、当地人悠悠心会的约定俗成，构成了独具特色的吴地风情。江南气韵也孕育了无数有风骨的人物：独具特色的"小娘舅"们（《青春口哨》《迷人的追捕》《七月豪雨》《阳台上的船长》等）、孤清而善良的三娘（《有一个小阁楼》）、儒雅宽厚的老中医（《书香门第》）、抗日小英雄金瑞阳（《芦荡金箭》）。可以说，"江南中的童年"不仅是金曾豪文学创作的特色、笔法，更是他的重要主题，并成为他心灵栖息之地、文笔寄托之处。

### 3. 儿童与自然万物：独特的"丛林法则"式美学形态

对于新时期以来的动物小说，金曾豪的创作具有开创意义。他打破了"小白兔""大灰狼"式简单呈现，放弃了对动物肤浅的"拟人化"的处理方式，而采用"上帝视角"（金曾豪语）平等看待众生万物，以敬畏自然的姿态书写大自然中的动物，反思人类对动物世界的掠夺和侵占。对于儿童读者而言，既是生动的自然生态课程，还能从动物小说中感悟到生存、竞争、暴力的沉重。《狼的故事》《苍狼》《鹤唳》《绝谷猞狍》《凤凰山谷》等作品中塑造了孤独的狼、狷介而忧郁的狐狸丹丹、带领结的鹅、有情有义的警犬拉拉、悲情的相牛、逐渐野化的母猪"别克"、不断寻找家园的猞猁、优雅的鹤、可爱的小鹿波波、芳烈的骏马贝贝、英雄迟暮的老鹰等形态各异的动物形象。它们有着逼真细致的野外生活习性、"丛林法则"残酷环境中的坚强意志力,以及"不自由,毋宁死"的刚烈性格。金曾豪的创作时而充满欢愉的浪漫,时而充斥着残酷的冷静,时而迸发疯狂的野蛮。在《凤凰山谷》中金曾豪调动了既往的写作经验,对凤凰山谷的生态体系做了全景式的描绘。以凤凰山谷的生灵万物为喻体,来比喻人与万物、万物之间的关系。动物、人类、自然万物通过这种隐喻方式整合起来,凸显出人与自然万象间的机制关系和血脉渊源,从而构建了充满中国语境特色的美学形态。在文末,对生态伦理的理性认同和情感迁移,被较为突兀的现代化进程瞬间摧毁。这一文本实践沿袭了金曾豪创作的惯常思路:为完成一个决绝的姿态而刻意处置了他笔下的人物命运。

动物小说对于儿童文学而言,既是重要的创作资源和文学意象,也是一种儿童精神,指向"去人类中心主义"的未来。如何在人类与自然、文明与生态的复杂纠葛中重思"动物""自然""生态"之于儿童的当代意义,构建其作为儿童文学精神的独特价值,仍是一个充满难度的课题。

## 三、 2000 年以来:创作的自觉性与表达的多样性

2000 年前后,年轻作家大规模出现,包括重返儿童文学创作的黄蓓佳、程玮,以及以成人作家身份介入儿童文学创作的毕飞宇等人,不同程度地表现为宏大叙事的退场,将目光更多地投射在儿童的实际生活中。比如黄蓓佳《我要做好孩子》传达出对教育体制重压下儿童身

心状态的忧虑和无奈,曾经洋溢在《小船,小船》《芦花飘飞的时候》中的诗意,已消弭在学习成绩不尽如人意的烦恼中。对儿童本体的关注带来了创作体裁的丰富、作家对读者期待的重视。前者表现为童话等幻想类体裁越来越多地成为21世纪以来儿童文学创作的主体,比如第五届全国优秀儿童文学奖(2000年)的江苏获奖名单是王一梅的短篇童话《书本里的蚂蚁》。年轻作者开始活跃于儿童文学界,并多以童话、儿童生活故事为创作体裁。作家对读者期待的重视,加之童书市场的日益繁荣刺激了作家的创作取向。以市场细分为导向的儿童文学创作表现出低幼童话、儿童生活故事、校园小说、幻想小说等面向不同年龄段的作品层出不穷;颇有意味的是很多儿童文学作家表现出"文体皆备"的效率,纷纷在针对不同年龄段、不同主题、不同体裁类型的作品中来回穿梭。这既可能是一种勇敢的艺术探索,也可能是忙乱的利益驱使。

### 1. 从时代性入手,表现当下童年现实的广度

新时期伊始对童年生活的表现,多以中短篇小说的体量,片段式、切面式地表现儿童在校园生活、学习习惯、性格品质、友伴关系、家庭生活、邻里社区等场景中的体悟和改进。"改正缺点""消除误会""加速前进"是这一特定阶段儿童文学创作的主要模式。后新时期、21世纪以来,当代中国社会与文化的裂变、重组所带来的当代"中国式童年"的丰富性和复杂性:短短四十年现代化进程对传统童年模式的"同一性"的颠覆;社会分层对城乡儿童生活及精神面貌的深远影响与重塑;不断变更的媒介文化对当代儿童的群体与个体的裂变式、代际式影响……前现代、现代和后现代,共时性地在这片土地上相生相斥,交互而杂糅地建构了当代"中国式童年"的多元性和复杂性。因此,对学业压力、家庭变故、身心疾患、留守与流动的生活状态等当下儿童真实

生活的热烈关注,逐渐成为江苏作家们乐于开拓、全面涉及的新领域。

对当下儿童生活的高度关注、全面书写,既促成了作家的创作,也引发了广泛的社会共鸣。黄蓓佳的《我要做好孩子》《今天我是升旗手》涉及应试教育背景下的儿童成长、评价标准和荣誉意识。《我飞了》展现单亲家庭中的平凡男孩单明明和罹患白血病的杜小亚之间的真挚友谊。《亲亲我的妈妈》讲述了抑郁、自闭的母子二人舒一眉和安迪之间小心翼翼的、由浅及深的交流故事。《你是我的宝贝》主角是唐氏综合征的孤儿贝贝。祁智《芝麻开门》以及此后被进一步扩容的《麻雀在歌唱》《猫头鹰逃亡》《蝌蚪会跳舞》《小金鱼飞翔》等系列,构建了以"大钟亭小学"为中心的儿童生活场景。在这一片与真实社会生活高度贴合的背景基础上,塑造了许多个性鲜明、辨识度很高的儿童。此外,韩青辰的"小茉莉"女孩成长故事系列;王巨成的长篇小说《七个少女和一只白鸽》《震动》系列对初中生的成长记录;李志伟对"跑步运动"为主题的运动类题材的专注(《追逐风的孩子》);殷建红对当下苏州工业园区发展背景下儿童成长的书写(《十图桥》《千河镇》《百步街》);顾鹰对单亲家庭儿童的描述(《我是桑果果》系列),等等。中国当下的童年日常生活,尤其是江苏儿童在高强度的教育体制下的生活状态,被全方位地书写;当代儿童作为独立的人格主体得到了极大的尊重,其个体情感得到了充分的关照。当下的童年生活、儿童介入外部世界的意识与能力,均被提升到一个崭新的写作高度,这是21世纪以来儿童文学创作的一个普遍的写作趋势。

对农村儿童生活的关注,日渐成为江苏青年作家的写作热点。黄蓓佳《余宝的世界》关涉到城市流动儿童的成长状态。徐玲的《流动的花朵》讲述了王弟、姐姐王花随农民工父母进城求学的过程,较为深入地涉及了教育公平、城市接纳等问题。一连串沉重而苦涩的成长困境在一种有节制的叙述之后,总以"光明和希望"收尾,带有逻辑合理、价值正确的理想色彩。长篇小说《如画》让外来务工人员孩子返回农村，看到了"新农村"的新变和希望。刷刷的长篇小说《幸福列车》让农村女孩杜鹃看到了城乡互动下的美好未来。王一梅的纪实文学《一片小树林》简洁流畅地描述了乡村小学校长杨瑞清二十年如一日地的坚守和建设。胡继风的短篇小说集《鸟背上的故乡》以群像的方式刻画了农村留守与流动儿童的不同遭际。尤其是王巨成的长篇小说《穿过忧伤的花季》，以留守初中生为主线，通过邻里社群、校园生活、同伴关系等，构建了一幅幅生动细腻的乡村图景：无人照料的濒死老人、被性侵的女孩；偷尝禁果的少男少女；欺行霸市的混混帮派；龃龉斗气的乡邻与村落；缺少交流的打工家庭关系；简单粗暴的师生沟通方式。老人去世，孩子们随父母进城打工，新一轮的背井离乡再次上演。乡村的沙漠化、空壳化，留守儿童成长的无助与撕裂，立体而真实地凸显出来。

从不胜枚举的当下儿童生活作品中可以看到童年观念的变迁，儿童文学创作从"居高临下"式的教育、训诫儿童，转向了"平视"视角中对童年生活的尊重。一方面，从当代儿童的立场和视角，较为轻松幽默、零距离地描述儿童的日常生活，既是对长期以来被漠视的儿童生理和心理真实状态的充分认可，极大地满足了特定年龄段儿童的阅读需求与认同感；也反映了儿童文学对自由感、娱乐性等审美功能的召唤。另一方面，童年生活的丰富性、多元性得到了前所未有的关注。尤其是占据中国未成年数量33％的留守与流动儿童的生活状况，成为青年作家乐意涉及的选题。这既缘于他们多生活于基层，对农村留守与流动儿童的生活境况比较熟悉，有较为充分的素材和资源；也与主流评奖体系对这一题材的推进、扶持有很大关系。

## 2. 从儿童生活的实际境遇入手，探寻儿童成长的深度

2000 年前后，江苏青年作家对当下儿童成长的心灵史有着更为深

人的认知和判断,对时代进程、社会环境、教育体制所带来的儿童的心灵变异、成长困境有了更敏感的认知、更深入的体察和更精微的叙述。

韩青辰是位非常有特点的青年作家。她对儿童人性的透视、心理的剖析、主体性的深度书写,都显现出难得的清醒和执着。她的中篇小说《龙卷风》、长篇小说《小证人》《因为爸爸》,纪实文学《飞翔吧,哪怕翅膀断了心》等,所选取的主题人物都是不太"讨巧"的类型:因不堪学业压力而自杀的高中生、抑郁症家庭、网瘾少年、聋哑儿童、艾滋病患儿、职业小乞丐、烈士遗孤、在命案中需要自证清白的"污点证人"……正是这些"特殊"的未成年人,他们所遭遇的挫败、苦难,包括他们无法修复的未来、惨烈的命运,都在提醒我们"儿童"作为世界的一部分,除了明亮的希望和欢愉外,也承受着世界带给儿童在内的所有人的碾压。"我看见我十三年的生命完完整整躺在妈妈写满安全指南和学习计划的玻璃罩里! 我认识的人差不多都是名师,我是性能超强的学习机,一度我的排泄物都带有印刷物的铅灰味儿!""这个城市每隔一段日子就有一个懦夫和混蛋像肖依那样跳楼身亡,我不知道他们死给谁看,其实人们早已审美疲劳,都懒得饶舌。"(《龙卷风》)语言不只是技巧、形式,它和内容一起成为艺术的本质。约翰·史蒂芬斯在《儿童小说中的语言与意识形态》中强调,"很难想象一个叙事是没有意识形态的:意识形态借由语言生成,并且存在于语言之中。……而叙事本身就是由语言构成的"①。尽管在长篇小说《小证人》中大段大段的心理剖析带有作者自身的忏悔、救赎意识,超出了一个小女孩的心理承受力;儿童文学所要面对的"新现实"、儿童主体性的深入探索,不能被狭隘地理解为仅针对处境不利的儿童。但是在这片繁花似

---

① [澳]约翰·史蒂芬斯:《儿童小说中的语言与意识形态》,张公善、黄惠玲译,合肥:安徽少年儿童 2010 年版,第 8 页。

锦、清浅甜腻的儿童文学世界中,不断"自证清白"、寻找救赎的成长之旅,恰是中国童年欢愉世界里浓重的投影,使得中国儿童的形象更立体、饱满而真实。任何时代的儿童成长都不会只有风调雨顺,成长为新时代新青年的当代中国儿童更应具有开阔的眼光和胸怀。由此来看韩青辰对儿童主体性的着力开掘,对灵魂拷问的勇气、对外部社会环境造成儿童的剧烈心理危机的郑重探寻,蕴含着斗士参孙的悲怆。这在江苏乃至全国儿童文学界,都有着特别的意义。

### 3. 历史深处的童年想象与文化传承的可能性

无数代人的童年记忆都留驻在古老中国的广袤大地上,和一方水土有着千丝万缕的情缘,承载了现代人关于过去、现在、未来的喟叹。更有作家摆脱私人性的童年生活记忆、审美趣味的笼罩,延伸到历史深处,书写"历史中的童年",在时间长河的摆渡中,以儿童的目光凝视那些充满"江苏"地域特色的生动人物和风俗画卷。在个体生命体验的基础上,升华为更紧实、开阔的故事结构,更具有高度的童年精神。

从《漂来的狗儿》《艾晚的水仙球》《黑眼睛》《星星索》《童眸》到《遥远的风铃》,黄蓓佳绘制了童年成长的图谱。而这段带有极强时代性的童年生活,打上了五六十年代鲜明的烙印,也是黄蓓佳个体成长的自我印痕。这使得相关作品的人物性格、生活场景、民俗节庆、风物与细节显得异常细腻动人。

黄蓓佳对童年史诗的拼图,不仅从她本人的成长经历下延到 21 世纪的儿童,更上溯到民国时代。结合"五个八岁"系列长篇小说,黄蓓佳将百年中国的童年生活放置在特定的历史节点上:民国初步实现统一和安定的 1924 年(《草镯子》),抗战即将结束的 1944 年(《白棉花》),"文革"初期的 1967 年(《星星索》),刚刚恢复高考的 1982 年(《黑眼睛》),以及网络时代的 2009 年(《平安夜》)。然而,在这些显著的历史节点中，梅香、克俭、小米、艾晚和任小小都没有应和着历史节点，成为某个时事所造、应运而生的时代小英雄。梅香还沉溺在与秀秀一起装扮洋娃娃的游戏中，克俭在伶牙俐齿的两个姐姐面前拙于表达，小米对爸爸被批斗游街已经司空见惯，被哥哥姐姐光环笼罩的艾晚显得毫不出众，任小小已经在父母离异、外公外婆离异、爷爷再婚的复杂家庭关系中游刃有余。

　　黄蓓佳从日常生活的声响、气味、纹理中，敲击着个体的感官。历史的重要节点所形成的宏大景观与个体独自承担的生活细节，形成了彼此的互文：历史的重量与每一个个体不能承受的生命之轻；日常生活承接着历史变迁所释放的能量，并以燎原之势反作用于宏大叙事，它的真实和无孔不入甚至还会形成巨大的惯性。因此，如何看待百年中国中的童年生活，谁又具有百年中国儿童的典型性，黄蓓佳给出了一份很不一样的样本。梅香既不像叶圣陶的"稻草人"、沈从文《阿丽思中国游记》那样无能为力地注视着中国农村的惨相；克俭不具有《大林和小林》的阶级意识与价值判断，更没有像"三毛流浪记"那样颠沛流离；小米没有成长为"小英雄雨来""小兵张嘎"式的小战士，而是迷恋小人书、热衷玩溜铁圈的寻常男孩；泼辣能干的艾早、学习能力超强的艾好，以及平凡的艾晚都和谢慧敏（刘心武《班主任》）完全不具有可比性。即便是《童眸》中流氓习气很重的马小五，也与《班主任》中的宋宝琦无法并置。正如黄蓓佳在《童眸》后记中引用的奈保尔的那句名言："生活如此绝望，每个人却兴高采烈地活着！"黄蓓佳放弃了某种整饬的典型性，揶揄了现代主义和后现代主义的凌空虚蹈。她笔下的儿童是脆弱、稚嫩、懵懂的，他们不是被历史选择的关键人物，不是时势所造的英雄，不是随着一个严密精致完整故事的演进而横空出世、光芒四射的宠儿。他们的童年生活在历史细微处，有着命运弄人的不测、时代潮流的无奈、历史趋势的卷席，却始终葆有着明亮、率真、纤弱、柔韧的生命体验。这是黄蓓佳对百年中国童年历史的深情回眸。

　　相比较于曹文轩、金曾豪对童年回忆的耽迷和铺排，2000 年以来的童年回忆带有着"逝者如斯夫"的感伤，构成了 21 世纪童年回忆式书写的基调。对旧时光中童年生活、民风乡俗、传统文化的再三致意，是 21 世纪城市化进程背景下的一种"幽趣"。从祁智的《小水的除夕》《羊在天堂》等小说，以及与之构成互文效应的散文集《一星灯火》，可以看到祁智不遗余力地用男孩小水的视角复原"物象"中的原乡：四季风华、天赐芦苇、棣上人家、十字街口、理发店、浴室、车站，以及当地的土特产。许多已经消失了的物象在岁月的记忆场景中不断闪回，在心情和情绪的弥漫中不断出场，被作者执着而又深情地记载在文本里。这些构成精神原乡的场景、情绪都指向作者的童年生活。祁智对这片真实又虚妄、美好又不可逆的失乐园的竭力复原，也是对曾经的懵懂少年的追溯和复原，更是对元气淋漓的儿童精神的再三致意。在这个意义上，《小水的除夕》不只是一个滞留在过去时空中，自足封闭、缥缈不可及、不与当下发生关联的失乐园。"童年"抚摸了过去，照亮了当下，并将零碎而炫目的过去融入到当下，汇成了存在的关联性、连续性。正是在这一不断建构的童年精神的"过程性"中，在寻求童年旧时光与当下复杂的社会文化语境中的审美定位中，生成了文本的张力。审美机制看似由文本内部生成，而根本上是由社会和文化的整体语境共同构成的：现代化进程中失落的故乡、成人作家和读者无处安放的精神家园、渴望儿童读者理解并悦纳这一突然变得遥远的乡愁。

### 4. 幻想类题材的突起

　　幻想是儿童文学的重要特质，是 21 世纪中国儿童文学重要的艺术生长点。第五届全国优秀儿童文学奖（2000 年）的江苏获奖作品是王一梅的短篇童话《书本里的蚂蚁》，以低幼童话为首发阵容的幻想类作品开始进入"文学"视野。此后,童话、少年幻想类小说等面向不同年龄段的作品层出不穷。郭姜燕、顾抒、赵菱等更年轻的作家不断汇入到 2000 年以来的幻想类文学创作中,形成了多元共生的发展面貌。

王一梅曾在幼儿园工作十余年,与幼儿生活的无缝对接,使她非常熟悉儿童的精神世界。比如她的早期代表作《书本里的蚂蚁》一开头是"古老的墙角边,孤零零地开着一朵红色的小花",儿童的稚嫩和墙角的"古老"相互辉映,生成了奇异的反差。蚂蚁的天真率性与旧书的刻板凝滞也构成了冲撞,让"新故事"的出现变成了奇妙的遇合。《给乌鸦的罚单》《屎壳郎先生喜欢圆形》有一种不可名状的滑稽;《树叶兔》《胡萝卜先生的胡子》的曼妙想象;《蔷薇别墅的老鼠》《洛卡的一年》中生命哲思的诗意,生成了低幼童话的艺术美感和童年趣味。她的长篇童话《鼹鼠的月亮河》《住在雨街的猫》《恐龙的宝藏》《木偶的森林》有着精心设计的结构、温情而不失幽默的语言、哲理与游戏互补的情节、开放式的结局,以及"万物有灵""众生平等"的生态意识的浸润,这构成王一梅独具特色的低幼童话风格。诚如朱自强评价其作品"可以用以标示中国原创儿童文学作品所达到的一定的艺术高度"①。

赵菱《父亲变成星星的日子》《故事帝国》等长篇童话作品专注于想象力的幻化。顾抒的短篇童话《布若坐上公交车走了》在想象力的多次尝试和现实的多次追寻中形成有意趣、有张力的文本实验。郭姜燕的《布罗镇的邮递员》少年信使阿洛来往于人类社会和黑森林之间,开启了一段时空里的奇遇。阿洛的信使身份赋予了儿童改变历史现状的巨大信心,但是对这一可能性的书写,郭姜燕是非常节制的,平凡少年阿洛对小镇和森林的探索,既是积极主动的,又是谦卑友善的。童年生命状态与自然生态意识,融洽地奔驰在郭姜燕的写作里。布罗

---

① 朱自强:《寻找家园——评王一梅的〈木偶的森林〉》,《文学报》,2005 年 9 月 1 日。

镇和森林,从彼此对立到相互接纳之间构成的张力、缝隙和弥合,使这个童话文本具有较强可读性的同时又达到了一定的深度。尽管少年阿洛的信使之旅不乏"集体期待"的被裹挟意味,各司其职的人物形象、充满必然性的情节设计,难脱童话创作"类型化"的窠臼。但是平凡少年阿洛找回了人类失落的生命家园,不仅关于想象力、童话品质,更是一种比一般环保或生态意识更为深刻的"命运共同体"的理解,令我们对未来世界充满期待。

2000年以来的江苏儿童文学年轻作家对新的创作方式、叙事结构、审美形态有着创新的锐气,尤其显现在少年幻想类作品的创作中。这一类型文学具有时尚性、娱乐性、消费性和原生态性的特点,获得了拥趸的狂热喜爱。如顾抒的《夜色玛奇莲》系列,将困扰人心的妒忌、孤独、虚荣、贪婪等欲望,隐喻为各种"兽"。正邪混杂的捕兽人群体,通过悬赏、豢养、培育新品种的"兽"来控制世界的资本大鳄……这个二次元的世界无疑是现实世界的镜像。少女毛豆和她的朋友们与吞噬他们内心的"兽"不断抗争的过程,也是其心灵不断被救赎的过程。顾抒对叙事策略、故事结构、语言表现力、氛围营造都做了用心的努力。在《白鱼记》系列中又将这一精致处理细节的方式运用于中国古典风范的构建中。少年幻想文学的异军突起,以其独特的意义参与到儿童文学乃至社会文化的重塑过程中,它敏锐地鼓励着、纵容着新的创作方式和审美形态,又被牵制在喜新厌旧、始乱终弃的市场机制中。它有可能形成类似"亚文化"特征的读者群落,客观上阻隔了现实空间中自我与他者的真实对话。但不得不承认,它也为江苏儿童文学的发展提供了艺术新变、储备作家后备力量的一种可能。

# 四、结语

"若无新变,不能代雄",江苏儿童文学为改革开放以来的儿童文学发展提供了新题材、新人物、新的艺术经验;拓展了童年观、儿童生活内容、儿童心灵版图、儿童面对自然万物的"世界观";形成了较为充足的创作梯队,良性循环的市场机制和读者接受氛围。尤其是进入21世纪以来,文学界、出版界和教育界对面向儿童的阅读推广活动愈加重视,儿童文学的传播与接受成为社会文明进程中的独特文化风景。与此同时,国外优秀儿童文学作品的引进、儿童文学评奖的关注,达到了前所未有的高点。作家、作品、出版社、期刊、读者的良性互动,生成了江苏儿童文学丰厚的人文环境和读者接受氛围;也形成了由创作者、出版者、购买者与消费者构成"童年消费"到"消费童年"的市场网格。这既是儿童文学繁荣的重要契机,但也带来了一些作家俯首于市场导向、献媚于儿童趣味的写作姿态。

在儿童文学高度市场化的今天,相较于全国各地儿童文学创作的多元态势,江苏儿童文学存在的问题也显而易见:儿童散文、儿童诗歌、寓言等体裁的创作力严重不足。在以图画书为代表的多媒介洪流中,儿童文学的定位和定力都准备不足。儿童文学理论批评的队伍较为薄弱,尤其是当下超大的阅读量增加了不同研究者对文本评价、整体性研究、理念对话的难度。儿童文学作品多样性在满足不同年龄、类型读者的审美需求的同时,需要谨慎对待作为"文化产品"背后的意图和效应,更需要检讨作为"江苏"原创儿童文学的品质。尤其是许多年轻作家的文学素养准备的不足、文化视野的偏狭;在流水线式的出书进度中,未能在面向儿童、面向未来的格局意识下思考童年精神;在儿童文学观念的更新、童年书写的艺术难度、文本本身的试验与探索等问题上，未能在近十年的中国儿童文学发展中拔得头筹。江苏儿童文学面临着走出小格局，走向艺术品质、文化境界全面提升的关键期。年轻作家应该在汲取中外儿童文学经典作品的艺术营养的过程中，生成自己更具辨识度的艺术风格；在童年精神召唤下展现江苏特色语境下童年故事的创作自律、艺术自觉和文化自信。

# 第一章 江苏民间乡土与历史文化中的童年

　　"地域"不仅是一种单向度的地理学意义上的空间概念,更是多向度的文化人类学意义上的复合概念,现实物理空间、地域文化空间和文学想象空间、文学隐喻空间相互叠加在一起,共同构成一个多维度、多层面和多意义的空间集合体。与此同时,文学总是深深扎根于包含传统文化的地域文化的土壤之中,是一种地域文化的精神具象的表征。法国史学家、艺术评论家丹纳更是明确提出地域对文学有着重要影响,并将地域、种族与时代归纳为决定文学种类的三个因素。儿童文学与地域文学有着天然的、本质的联系,两者都接近于人类原始、单纯、朴素的生存状态,在精神本体上有着一致趋同的倾向。著名作家汪曾祺就曾经说过:"地域文学实际上是儿童文学……一切文学达到极致都是儿童文学。"这固然是他个人化的审美判断、鉴赏标准,但是却以片面深刻的方式阐释了儿童文学的本质力量。

　　江苏的历史文化与民间乡土为儿童文学的发展提供了广阔的表现领域和想象空间。本章以曹文轩、金曾豪、黄蓓佳三位以"江苏"的历史文化、民间乡土为创作母题的作家为样本,立意研究新时期以来江苏儿童文学的地域特色,所展现的江苏地理自然风貌、社会生活方式、民风民俗,所蕴含的江苏社会历史、人文的积淀与变迁,所建构的江苏社会的思维方式、价值理念和精神信仰,进而对江苏儿童文学新时期以来的审美选择、功能结构、价值导向进行系统而深入的探讨。考察江苏儿童文学发展与江苏的地域文化、文学生态、文学潮流之间的关系，由此总结其对江苏地域文化、地域文学书写所起的作用，以及对中国儿童文学发展的"典型"意义。

## 第一节　曹文轩：苦难与诗意

曹文轩的文学成就不止于儿童文学，更不止于江苏儿童文学场域。他的经验、知识、理论、天赋合力生成了他恣意汪洋的创作成就。在跨越整个新时期以来的文学创作中，他既有执着又有变通，对浪漫、古典、诗性、唯美的坚守几乎贯穿于他对不同文类、文体、主题的创作中。正如他在《红瓦黑瓦》后记中所言："文学的古典与现代，仅仅是两种形态，实在无所谓先进与落后，无所谓深刻与浅薄。艺术才是一切。更具悖论色彩的是，当这个世界日甚一日地跌入所谓'现代'时，它反而会更加看重与迷恋能给这个世界带来情感的慰藉，能在喧哗与骚动中创造一番宁静与肃穆的'古典'。"正是秉承这一理念，他不懈地进行文本创新。如文类的跨界：《天瓢》对成人文学的探寻，《菊花娃娃》《羽毛》等诗性语言与图像的结合；如题材的延伸：《火印》对战争题材的挖掘，"丁丁当当"系列对残障儿童的关注，《根鸟》对少年成长的漫游想象，"大王书"系列对玄幻主题的创新；《山羊不吃天堂草》《蝙蝠香》等作品对农村留守和流动儿童形象的刻画；《我的儿子皮卡》系列用纪实的方式记录下儿子成长的日常点滴。但是最能够代表曹文轩文学成就和审美趣味的作品，是他以自己的苏北农村童年生活经历为素材创作的《草房子》《红瓦黑瓦》《细米》《青铜葵花》等长篇小说，《甜橙树》等中短篇小说。在这些作品中，曹文轩创造了独树一帜的文本：中国当代乡土叙事下的童年生活。

它指向了工业文明尚未兴起、农业文明衰落的中国二十世纪六七十年代,物质匮乏、精神贫乏的特殊时代背景下"当代中国"的"童年"景观。汤锐认为儿童文学中的"童年"是一个双重概念:"既是作为成年人的作家主观童年情节的复现,又是作为儿童的读者客观童年情态的直叙;既是作家个人心灵历史的演绎,又是他所归属的那个时代、社会、民族、代系之心灵历史的缩影。儿童文学作品中的'童年'又是一个'无限近又无限远'(班马语)的历史性概念,存在于具体时空又超越于具体时空,一代代地叠印衔接,从遥远的过去流向遥远的将来。就这样,既有纵向的深入,又有横向的广泛,既有时间叠印,又有空间的浓缩,纵横交叠,组成一张有关童年与成人、个人与社会、历史与现实的网。各个时代的儿童文学都是如此环环相扣,连接成流畅而无尽的文化历史长链……为儿童文学中的'童年'注入的无比丰富的感性、理性内涵,注入了历史、文化的多元讯息。"[1]曹文轩的作品承接了鲁迅《故乡》《社戏》中"水乡"童年的生命原初体验;如《呼兰河传》般深情地勾勒出故乡的贫瘠与丰饶;亦如《城南旧事》般透过儿童的目光、冰糖葫芦式的散文化结构设置,描摹儿童友伴、成人世界生活的艰难与丰富;又如沈从文创作出《边城》中"翠翠"的经典形象一般,创作出桑桑、纸月、林冰、细米、青铜、葵花等数个生动的当代儿童形象;他对苏北水乡民俗画卷的生动表现,颇有汪曾祺的雅人深致。他从生命哲学的苦难意识出发,以志存高远的大手笔写"儿童",以童稚、懵懂的儿童立场写"人生",以矢志不渝的审美追求创造"艺术形式"。通过对特定年代苏北农村童年生活苦难而不乏精彩、忧郁而不乏趣味的书写,曹文轩不但承接了中国现代文学中的"乡土小说"叙事,更向世界讲述了儿童

① 汤锐:《现代儿童文学本体论》,南京:江苏少年儿童出版社1995年版,第104—105页。

目光中的"中国故事"。随着工业文明的兴起和城市化进程的突飞猛进，当下中国的"童年故事"表现出空间意义的差异性和时间意义上的断裂性，可将《草房子》等作品视为现代中国乡土童年叙事的古典主义诗意写作的终结篇。

## 一、乡土江苏

农耕文明是中国人集体无意识的"乡愁"，尽管曹文轩早就远离了苏北农村，人生更多的时光是在都市和大学校园中度过，但是这些时刻裹挟、影响他的都市浮华、校园气象几乎在他的文本中难见踪影；他的众多作品几乎没有离开过他的童年、故土。他所回避的当下与所坚守的"童年"，既是他写作的视角、立场，也是境界和品格。正如曹文轩《乡村情结》中所写的："二十年岁月，家乡的田野上留下了我斑斑足迹，那里的风，那里的云，那里的雷，那里的苦难与稻米，那里的一切，皆养育了我，影响了我，从肉体到灵魂。"①故乡给予曹文轩的，不只是素材和经验，还有灵魂和气质。

曹文轩的"油麻地"，正如莫言之于高密乡，张炜之于芦清河，贾平凹之于商州，陈忠实之于白鹿原，作家们都有属于自己的精神原乡。曹文轩在谈及自己的创作时说道："我对农村的迷恋，更多的是一种美学上的迷恋。"②可以说，曹文轩笔下的"草房子""油麻地"是在苏北盐城水乡的童年记忆中搭建的，处处彰显着特定年代的劳作、娱乐、精神追求、情感文化的乡村文化印记。

---

① 曹文轩:《〈细米〉代后记》,南京:江苏少年儿童出版社 2006 年版,第 243—244 页。
② 曹文轩:《深入生活扎根人民——文艺名家讲故事》专栏访谈录,《光明日报》,2017 年 3 月 20 日。

### 1. "劳动"的叙事与审美

二十世纪六七十年代的苏北水乡,仍是贫穷、粗陋的农耕社会,农田、水塘、芦荡、渔船成为乡民生活的主要场景。"大河,一条不见头尾的大河。流水不知从哪里流过来,也不知流向哪里去。昼夜流淌,水清得发蓝。两岸都是芦苇,它们护送着流水,由西向东,一路流去。流水的哗哗声与芦苇的沙沙声,仿佛是情意绵绵的絮语。流水在芦苇间流动着,一副耳鬓厮磨的样子。但最终还是流走了——前面的流走了,后面的又流来了,没完没了。芦苇被流水摇动着,颤抖的叶子,仿佛被水调皮地胳肢了。天天、月月、年年,水与芦苇就这样互不厌烦地嬉闹着。"(《青铜葵花》)在这样的自然环境中,极具年代感的人居环境:"这是一个很大的村庄,好像有十多条竖巷,又有无数条横巷。所有的房屋都门朝南。这显然又是一个贫穷的村庄。这么大一个村庄,除了少数几户人家是瓦房,其余的都是草房子。夏天的阳光下,这些草房子在冒着淡蓝色的热气。不少座新房,是用麦秸盖的顶,此时,那麦秸一根根皆如金丝,在阳光下闪动着令人眩晕的光芒。巷子不宽,但一条条都很深,地面一律是用青砖铺就的。那些青砖似乎已经很古老了,既凹凸不平,又光溜溜的。"(《青铜葵花》)自然景象与民居生活互文性地构成了六七十年代童年的特有景象。

乡民、干校下放人员、知青们的生活既有集体劳动的场面,也有家庭的、个体的生产劳动。比如《草房子》《红瓦黑瓦》中学校的劳动课;《青铜葵花》中对嘎鱼家养鸭子,青铜放牛割草等场景的反复描写等。尤其是《细米》《青铜葵花》中知青们、干校下放人员的集体劳作,给这一童年回忆打上了特定的年代烙印:

大麦地人对什么叫干校、为什么要有干校,一知半解。他们不想弄明白,也弄不明白。这些人的到来,似乎并没有给大麦地带来什么不利的东西,倒使大麦地的生活变得有意思了。干校的人,有时到大麦地来走一走,孩子们见了,就纷纷跑过来,或站在巷子里傻呆呆地看着,或跟着这些人。人家回头朝他们笑笑,他们就会忽地躲到草垛后面或大树后面。干校的人觉得大麦地的孩子很有趣,也很可爱,就招招手,让他们过来。胆大的就走出来,走上前去。干校的人,就会伸出手,抚摸一下这个孩子的脑袋。有时,干校的人还会从口袋里掏出糖果来。那是大城市里的糖果,有很好看的糖纸。孩子们吃完糖,舍不得将这些糖纸扔掉,抹平了,宝贝似的夹在课本里。干校的人,有时还会从大麦地买走瓜果、蔬菜或是咸鸭蛋什么的。大麦地的人,也去河那边转转,看看那边的人在繁殖鱼苗。大麦地四周到处是水,有水就有鱼。大麦地人不缺鱼。他们当然不会想起去繁殖鱼苗。他们也不会繁殖。可是这些文文静静的城里人,却会繁殖鱼苗。他们给鱼打针,打了针的鱼就很兴奋,在水池里撒欢一般闹腾。雄鱼和雌鱼纠缠在一起,弄得水池里浪花飞溅。等它们安静下来了,他们用网将雌鱼捉住。那雌鱼已一肚子籽,肚皮圆鼓鼓的。他们就用手轻轻地捋它的肚子。那雌鱼好像肚子胀得受不了了,觉得捋得很舒服,就乖乖地由他们捋去。捋出的籽放到一个翻着浪花的大水缸里。先是无数亮晶晶的白点,在浪花里翻腾着翻腾着,就变成了无数亮晶晶的黑点。过了几天,那亮晶晶的黑点,就变成了一尾一尾的小小的鱼苗。这景象让大麦地的大人小孩看得目瞪口呆。(《青铜葵花》)

劳动成为曹文轩乡土童年叙事中极为重要的场景,它们充满"大地之子"的庄严感,也充满了土里刨食的艰辛不易,有时候又带着戏谑

感,如《草房子》中油麻地小学想收回秦大奶奶的小屋,秦大奶奶进行了倔强的抗争:

> 秦大奶奶只孤身一人。但她并不感到悲哀。她没有感到势单力薄。她也有"战士"。她的"战士"就是她的一趟鸡、鸭、鹅。每天一早,她就拿了根柳枝,将它们轰赶到了油麻地小学的纵深地带——办公室与教室一带。这趟鸡、鸭、鹅,一边到处拉屎,一边在校园里东窜西窜。这里正上着课呢,几只鸡一边觅食,一边钻进了教室,小声地,咯咯咯地叫着,在孩子们腿间到处走动。因为是在上课,孩子们在老师的注目下,都很安静,鸡们以为到了一个静处,一副闲散舒适的样子。它们或啄着墙上的石灰,或在一个孩子的脚旁蹲下,蓬松开羽毛,用地上的尘土洗着身子。

田间劳动,是农耕社会的重要特质,也是曹文轩的童年记忆。劳动在特定年代中与意识形态、道德伦理同构了坚固的逻辑关系,是知识分子改造的重要途径。《草房子》《红瓦黑瓦》《细米》《青铜葵花》等作品一方面强调了劳动对于当地民众生活的重要意义,另一方面有意淡化了劳动的时代氛围,带着"劳动乌托邦"的文学想象,生成了一种洁净、整饬的审美风格。

### 2. 地域风物与年代记忆

曹文轩笔下的苏北农村,充满了 20 世纪的年代记忆,也构成了曹文轩笔下苏北农村的风物特产,尤其是对芦花鞋、搓绳、草房子等风物的描写,成为曹文轩乡土童年景观的重要组成部分。如"芦花鞋":"这两双芦花鞋,实在是太好看了。那柔软的芦花,竟像是长在上面的一般。被风一吹,那花都往一个方向倾覆而去,露出金黄的稻草来,风一停,那稻草被芦花又遮住了。它让人想到落在树上的鸟,风吹起时,细软的绒毛被吹开,露出身子来。两双鞋,像四只鸟窝,也像两对鸟。"(《青铜葵花》)。如"搓绳":"都是精选出来的新稻草,一根根,都为金黄色。需要用木榔头反复锤打。没有锤打之前的草叫'生草',锤打之后的草叫'熟草'。熟草有了柔韧,好搓绳,好编织,不易断裂,结实。青铜一手挥着榔头,一手翻动着稻草,榔头落地,发出嗵嗵声,犹如鼓声,使地面有点儿颤动。"奶奶搓绳:"奶奶搓的绳,又匀又有劲,很光滑,很漂亮,是大麦地村有名的。但现在要搓的绳不同往日搓的绳,她要将芦花均匀地搓进绳子里面去。但,这难不倒手巧的奶奶。那带了芦花的绳子,像流水一般从她的手中流了出来。那绳子毛茸茸的,像活物。"如"卡泥鳅":"这地方抓泥鳅的手段很特别:将芦苇秆截成两尺多长,中间拴一根线,线的一头再拴一根不足一厘米长的细竹枝,那细竹枝只有针那么粗细,两头被剪子修得尖尖的,叫'芒',往剪开的鸭毛管中一插,穿上四分之一根蚯蚓,然后往水中一插。觅食的泥鳅见了蚯蚓张嘴就是一口,哪知一用劲吞咽,芒戳破蚯蚓,在它嗓眼里横过来,它咽不下吐不出,被拴住了,然后可怜地翻腾挣扎出几个小水花,便无可奈何地不再动弹了。这地方上的人称这玩意儿为'卡'。"(《泥鳅》)里下河地区的农耕特色、俚语、物产等构成了曹文轩重要的文学景观。

### 3. 乡村娱乐、传统民谣

在这一物质匮乏、精神贫乏的年代,人们的娱乐生活稀缺,充满了年代特色。《草房子》中多次出现的乡村文艺宣传队;《红瓦黑瓦》中的林冰靠拉二胡进了宣传队。各种表现劳动、时序、娱乐的乡间民谣是儿童们日常生活中的娱乐方式。在《草房子》《青铜葵花》《细米》中,各类童谣穿插在文本中,既表现出了乡村儿童日常的精神生活,也让文本更加丰润饱满。

如《草房子》中的童谣：

> 一树黄梅个个青，
> 打雷落雨满天星，
> 三个和尚四方坐，
> 不言不语口念经。

**表现苏北地区时序和物候的童谣：**

> 正月梅花香又香，
> 二月兰花盆里装。
> 三月桃花红十里，
> 四月蔷薇靠短墙。
> 五月石榴红似水，
> 六月荷花满池塘。
> 七月栀子头上戴，
> 八月桂花满树黄。
> 九月菊花初开放，
> 十月芙蓉正上妆。
> 十一月水仙供上案，
> 十二月蜡梅雪里香。

《青铜葵花》中葵花融入大麦地是从向当地女孩子学歌谣开始的：

> 粽子香，

香厨房。

艾叶香，

香满堂。

桃枝插在大门上，

出门一望麦儿黄。

这儿端阳，

那儿端阳……

　　《青铜葵花》中的童谣更是不胜枚举："南山脚下一缸油，姑嫂两个赌梳头。姑娘梳成盘龙髻，嫂嫂梳成羊兰头。""四月蔷薇养蚕忙，姑嫂双双去采桑。桑篮挂在桑树上，抹把眼泪捋把桑……""树头挂网枉求虾，泥里无金空拨沙。刺槐树里栽狗橘，几时开得牡丹花？"这些朗朗上口的童谣，既丰富了儿童的生活；也是表现哑巴青铜无法开口说话，却在心中表达细腻情感、热烈期待的重要手段。

## 二、苦难叙事

　　对于人类的基本处境，曹文轩在《青铜葵花》的后记中用一个词做出了概括：苦难。"苦难是人生最好的老师。对现代化物质的迷恋，苦难的缺席，导致了儿童文学中人文精神的衰落。"①在曹文轩看来，人的生命处的永恒性是悲剧。面对这一永恒的困境，人的突围的方式是"向善""向美"。"善"和"美"也具有永恒性。因此，"苦难"就与"善美"构成了一体两面的对抗性和共生性。正是出于这样一种人生立场，曹文轩反对将儿童文学置于一派天真的纯然欢乐中，强调"苦难"意识能

---

① 王泉：《儿童文学：应直面苦难的缺失与手法的单调》，《光明日报》，2001 年 10 月 10 日。

够带给儿童文学重量;反对将现代文学完全投身于丑恶、虚妄中,强调
"美感"带给人类精神世界的意义。在《永远的古典》《红瓦黑瓦》代后
记)和《青铜葵花》的后记等创作论中,曹文轩提及"中国当下文学在善
与恶、美与丑、爱与恨之间严重失衡,只剩下了恶、丑与恨。诅咒人性、
夸大人性之恶,世界别无其他,唯有怨毒。使坏、算计别人、偷窥、淫
乱、暴露癖、贼眉鼠眼、蝇营狗苟、蒜臭味与吐向红地毯的浓痰……"反
复重申了"苦难""善""美"作为古典小说的重要内涵和当代意义,以及
对于人类精神的救赎作用。

"苦难"贯穿于《草房子》《红瓦黑瓦》《细米》《青铜葵花》等作品的
整个文本之中。无处不在的自然灾害、生离死别、身体残缺,或者人性
深处的痼疾,成为人的生命存在的处境,赋予文本以悲情,赋予生存以
意义,赋予儿童成长以力量。

### 1. 自然灾害

在《青铜葵花》中火灾、水灾、蝗灾贯穿于文本中,成为推动故事发
展的重要动力。青铜变成哑巴,起因是一场火灾:"跑出大麦地村时,
青铜看到了可怕的大火。无数匹红色的野兽,正呼啸着,争先恐后,痉
挛一般扑向大麦地村。……主人一时来不及去解开拴在牛桩上的牛,
它们看到大火,就拼命挣扎,或是将牛桩拔起,或是挣豁了穿缰绳的鼻
子,在被火光照亮的夜空下,横冲直撞,成了一头头野牛。……坐落在
村子前面的房屋,被火光照成一座座金屋。秋后的芦苇,干焦焦的,燃
烧起来非常的疯狂,四下里一片劈劈啪啪的声音,像成千上万串爆竹
在炸响,响得人心里慌慌的。几只鸡飞进了火里,顿时烧成金色的一
团,不一会儿就坠落在了灰烬里。一只兔子在火光前奔跑,火伸着长
长的舌头,一次又一次要将它卷进火中。它跳跃着,在火光的映照下,
它的身影居然有马那么大,在黑色的田野上闪动着。最终,它还是被

大火吞没了。人们并没有听到它痛苦的叫喊,但人们却又仿佛听到了,那是一种撕心裂肺的叫喊。只一刹那间,它便永远地从这个世界上消失了。……鸡鸭在夜空下乱飞。猪哼唧着,到处乱窜。山羊与绵羊,或是混在人群里跟着往大河边跑,或是在田野上东奔西突,有两只羊竟向大火跑去。……火像洪流,在大麦地村的一条又一条村巷里滚动着。不一会儿,整个村庄就陷入了一片火海。"曹文轩充分调动了视觉、听觉、触觉,甚至幻觉,构成了一幅凄厉的自然灾难惨象,时时提醒着安逸了许久的当代都市人灾难的可怕。之后的水灾让青铜家失去了家园。"蝗灾"更带来了一片饥荒:

> 哪里还看得见天空,那蝗群就是天空,一个流动的、发出嗞嗞啦啦声响的天空。
>
> 太阳已经升起来了,阳光被蝗虫遮蔽了。
>
> 太阳像一只黏满黑芝麻的大饼。
>
> 蝗群在天空盘旋着,一忽儿下降,一忽儿上升,像黑色的旋风。
>
> ……
>
> 振翅声越来越响,到了离地面还有几丈远的高度时,竟嗡嗡嗡地响得让人耳朵受不了了。那声音,似乎还有点儿金属的味儿,像弹拨着簧片。
>
> 一会儿,它们就像稠密的雨点儿一般,落在了芦苇上,落在了树上,落在了庄稼上。而这时,空中还在源源不断地出现飞蝗。
>
> ……
>
> 蝗虫离去时,就像听到了一个统一的口令,几乎在同一时间里,展翅飞上天空。一时间,大麦地暗无天日,所有一切都笼罩在黑影里。个把钟头之后,慢慢在蝗群的边缘露出亮光。随着蝗群

的西移,光亮的面积越来越大,直至整个大麦地都显现在阳光下。

阳光下的大麦地,只有一番令人悲伤的干净。

自然灾害侵袭的"油麻地""大麦地"一轮又一轮地上演着"天地不仁,以万物为刍狗"的悲剧,一次又一次地扑灭着人类的希望,挫伤他们的自尊,考验他们的意志。

### 2. 物质匮乏

曹文轩创作的儿童小说中关于物质匮乏的书写大多是对自己苦难童年的追忆。如《红瓦黑瓦》是依据1970年代他的中学记忆写成的。油麻地的孩子们大多只有两套衣服,一套棉衣一套单衣。衣服破旧,绽裂开来,棉絮像"板油"一样裸露着。到了青春期,即便是男孩子也为衣着破烂而自卑,走路时尽量贴着墙根走路。吃一顿饱饭是件奢侈的事情,半年沾不到荤腥。人的行为也和动物一般,为了吃而活着。在《青铜葵花》中描写了蝗灾过后,全村人都在食物匮乏中艰难度日:"青铜和葵花,两人的眼睛本来就不小,现在显得更大了,牙齿也特别白,闪着饥饿的亮光。奶奶、爸爸、妈妈以及全体大麦地人,眼睛都变大了,不仅大,而且还亮,是那种一无所有的亮。一张嘴,就是两排白牙。那白牙让人想到,咬什么都很锋利,都会发出脆响。"正如马斯洛所言:"对于一个长期极度饥饿的人来说,乌托邦就是一个食物充足的地方。"[1]对于极度饥饿的肉体来说,任何东西都没有食物重要。《红瓦黑瓦》与《青铜葵花》构成了极有意味的互文。在《红瓦黑瓦》中,马清水仗着自己有钱,可以随意支使同学替他刷碗、洗衣、做作业;而谢百

---

[1] [美]亚伯拉罕·马斯洛:《动机与人格》,许金声译,北京:中国人民大学出版社2007年版,第20页。

三、刘汉林、姚三船等人为了能蹭一顿肉吃,也心甘情愿,甚至巴结着为他做事。在《青铜葵花》中青铜是大麦地最穷的人家,却愿意和最富有的嘎鱼家争夺葵花的收养权。蝗灾过后,极度饥饿的青铜和葵花仰躺在船上,将天上的朵朵白云想象成各种食物,"画饼充饥"式地挨过饥饿。《红瓦黑瓦》的写实与《青铜葵花》的写意构成了曹文轩对苦难岁月的价值判断和美学选择。《红瓦黑瓦》直击了现实的冷酷,《青铜葵花》给予读者一份浪漫、温情的苦难想象。在时代悲剧面前的林冰们给出了更真实的反馈,他们为能吃饱饭、不用上课、成群结队到南通、上海等地参观而热衷于"串联"。而淡化了时代背景的《青铜葵花》里,忍受饥饿、互助互爱、等待援助,成为对抗苦难的方式。现实与想象带来的差异,童年精神怎样成为时代的希望和力量,仍是儿童文学一个有难度的追求。

### 3. 身心残缺

我们的身体是我们的经历,也是构建人生经验的基础。我们的灵魂在熙熙攘攘的人群里常常无处皈依,幸有文学陪伴和收容。桑桑曾一度重病缠身;丁丁、当当是一对痴呆儿;青铜是个哑巴,常常在心中唱念歌谣。那些在《草房子》《青铜葵花》等作品中反复吟唱的歌谣温暖着艰难岁月,涤荡着荒蛮乡村。秃鹤是个秃子,儿时乐意向人们显现光溜溜的秃头;13 岁以后渐渐明白那些笑声里的嘲弄意味。他带过薄帽,被桑桑等人戏弄,又在冬天里拒绝带帽子,以自虐的方式对抗着众人的歧视。当学校希望他不参加会操,他所受到的歧视来自代表着权威世界的成人时,秃鹤内心的痛苦跌到了谷底。他开始报复这个一再伤害他的集体,他戴着帽子参加会操,却突然扔掉帽子,导致队伍大乱。很多人和秃鹤一样,因外形的缺憾、身心疾患而带来自卑。在遭遇歧视、排斥和屈辱时,秃鹤做出了自己的抗争,他是曹文轩塑造的诸多人物形象中特别平凡却又异常顽强、自带光芒的一个儿童形象。

## 三、儿童成长与精神动力

曹文轩书写了苏北地区的贫瘠与苦难,更深情地书写了忍受贫瘠,以向善、向美之心直面苦难的儿童。诚如朱光潜所言:"人性中的精神力量只有在困苦和斗争中,才充分证明自己的存在。"①曹文轩始终坚信人类的历史就是苦难的历史,并让人类从"存在的虚无"中走出来,反思当下。充分肯定儿童直面苦难时的勇气、应对苦难时迸发出的成长内驱力。

### 1. 充满内驱力的成长

曹文轩赋予了笔下人物成长的自省力和内驱力,如秃鹤、杜小康、细马等儿童。当众人嘲笑秃鹤的秃头时,秃鹤选择"放大"自身的缺憾来抵抗他人的嘲笑;用扔帽子打乱会操节奏,使学校失去了获奖的机会,由此被全校师生孤立。文艺汇演时,他主动申请参演《屠桥》中的反角大秃子伪连长。秃鹤将这个反角演得惟妙惟肖,为学校赢得了荣誉,也为自己赢回了尊严。他成为油麻地"最英俊的一个少年"。秃鹤的不屈不挠让读者看到了少年的力量。同样的执着发生在杜小康、细马身上。洪水冲毁了杜小康父亲赌上全部家当的货船,殷实之家顿时负债累累。为了还债,杜小康被父亲逼到大芦荡放鸭。恶劣的自然环境、忍饥挨饿,"既困扰、折磨着杜小康,但也在教养、启示着杜小康"。回到油麻地以后,杜小康已不再是娇气的儿童,而是为改变家庭命运

---

① 朱光潜:《朱光潜全集(新编增订本)4:悲剧心理学(中英文)》,北京:中华书局 2012 年版,第206 页。

而运筹着数个计划、自立自强的少年。细马是邱二爷、邱二妈过继的孩子,作为异乡人,他要面对和油麻地当地儿童融合、适应学校生活的挑战,更要让心有抵触的邱二妈接纳他。他曾是执意要返回亲生父母家的孩子。但是当邱二爷离世、房子被洪水冲垮以后,他不但留下来与邱二妈相依为命,还将重建房屋作为自己的奋斗目标。

这些令人动容、佩服的儿童,闪耀着精神力量的光芒,烛照了贫瘠荒芜的乡村生活,也照亮了时代前行的希望之路。

### 2. 精神与情感的追求

直面苦难,需要精神力量和情感依托。在曹文轩笔下,那个特定年代里的儿童,几乎都是善与美的化身。大麦地最穷的青铜家坚持收养葵花。为了让葵花上学、拍照片,青铜及家人做出了无数的努力和牺牲。青铜为了让葵花在表演时出彩,精心准备了"冰项链":

> 在太阳落下去之前,他用妈妈给他的那根红线,将吹了洞的几十颗冰凌,细心地串在了一起,然后将红线系成一个死结。这时,他用根手指将它高高地挑起:一条冰项链,便在夕阳的余辉里出现了!
>
> 灯光下,那串冰项链所散射出来的变幻不定的亮光,比在阳光下还要迷人。谁也不清楚葵花脖子上戴着的究竟是一串什么样的项链。但它美丽的、纯净的、神秘而华贵的亮光,震住了所有在场的人。

曹文轩写下了纯净如月光般的两小无猜,也写了少年细米与女知青梅纹的姐弟情谊:

这天,他们谈起了三鼻涕。

细米开口就说:"三鼻涕……"

梅纹立即打断他的话:"你说是谁?"

"三鼻涕。"

"再说一遍。"

"三鼻涕。"

梅纹说:"三鼻涕难道是一个人的名字吗? 这样叫人可不好。这是对人不尊重。人要知道尊重别人,人甚至要知道尊重树木与花草。"

细米低着头。

他出门后,正巧就遇见了三鼻涕。他不免有点生硬地叫道:"朱金根!"朱金根愣住了:"什么? 你叫我什么?"

"朱金根。"

"你叫我朱金根?"

"朱金根。"

朱金根望着细米,向后倒退着,随即转身冲进教室,站在讲台前,大声说:"细米不再叫我三鼻涕了,细米叫我朱金根!"

朱金根又跑出教室——他不知道自己要干什么,一边走一边在嘴中自语:"我叫朱金根,我叫朱金根! ……"


曹文轩对少年成长的心理探索,从不流于表面。他能够深入到少年的内心,细腻地描写少年对异性懵懂而美好的生命感受,比如在《红瓦黑瓦》的大串联中,林冰和他一直暗恋的女孩陶卉有了一次集体睡通铺的经历:


我的两侧都是呼吸声。我静静地聆听着。在这片青春的熟睡中发出的声音里,我发现男孩与女孩的呼吸声竟然是那样地不同。男孩的声音是粗浊有力的,显得有点短促,让人有点不放心,其间总夹着一些杂音和压抑住的叹息,加之睡梦中的一些放肆的动作,显得缺少了点教养。说心里话,我不习惯听这样的呼吸。由此我想到了自己熟睡后的声音:大概也是很不像样的?

女孩的呼吸是温柔的细长的,几乎是无声的,像秋天树叶间晃动的阳光,又像是薄薄的流水。这种声音神秘而可爱,并令人神往。

我感觉到陶卉也已入睡。我屏住呼吸听了一阵,认定她确实已经睡着之后,才慢慢地、试探着将自己的身体放平——我的一侧肩膀已经被压麻。这样,我的左耳离她的呼吸声更近了。我的左腮觉察到了一团似有似无的热气。她的呼吸声均匀而纯净,比其他任何一个女孩的呼吸声都要细长,犹如春天寂静的午间飘飞着的一缕游丝。偶尔也会有微微的喘气,但总是很快又恢复到一种平静的节律上。她睡着,但,是睡在梦里——无邪而明净的梦里。呼吸间,她的唇里、鼻子里散发出一种来自她体内的不可言说的气息。

我忽然微微颤抖起来,紧紧地闭上了眼睛,直觉得脸滚烫烫的。

我感觉到了她的心跳和她身体的温热。她有时会咂巴咂巴嘴,像摇篮中的婴儿于睡梦中的咂嘴。这声音就在我耳边。我向马水清紧紧地靠去,像躲让着慢慢浸过来的水。

月亮越来越亮。当我把眼珠转动到一边时,我看到了陶卉的面孔。我看到了,从未有过如此真切。平素我是不敢打量女孩的面孔的。因此所有女孩在我的头脑里都是一种轮廓,一种大概的印象与感觉。她的脸泛着乳白色的亮光,脸的一圈被月光照得毛茸茸的。她的一只眼睛在鼻梁投下的阴影里,而靠我的那一只眼眼却在月光里静静地十分清晰地显示着。它自然地闭合着，只有弯弯的二道黑线。有时，它会微微地抖动一下。薄薄的微红的嘴唇，此时也闭合着。

她大概觉得有点热了，用手将被头往下推了推，于是露出了两个肩胛。当我看到一件印着小朵粉花的布衬衫时，我的呼吸急促起来。怕人听出来，我便将嘴张大。我的心跳得很凶，很有力。我觉得我的被子下仿佛有一颗一伸一伸的拳头，不住地将被子顶起。我痛苦地闭着双眼。

我从心底里盼望着天亮。然而夜却是一寸一寸地缓缓移动；我有一种被囚禁的感觉，一种被压迫的感觉，一种承受不了的感觉。

曹文轩有一枝生花妙笔，他将少年的心事写得激情澎湃又含蓄蕴藉，点到为止又无限波澜。他热烈讴歌了青铜葵花之间的纯洁兄妹情；带着谐趣和玩味地写下了细米等乡村儿童在女知青梅纹的启蒙下成长的过程性；他深情而隽永地描绘了少年的朦胧情愫。他从不遮掩对"情"的钟爱，他让桑桑既充当了蒋一轮与白雀爱情的信使，又使这份诗意的爱情消逝在种种阴差阳错里，构成一种命运弄人的遗憾。可谓心中有柔情，笔下有斑斓。

## 3. 引路人

朱自强认为，"儿童内心的痛苦是个隐秘的世界，儿童自身很难理清自己情感的来龙去脉，即使明白自己的痛苦和不满源于何处，他们也往往不想与成人进行对话"[1]曹文轩笔下的成人并不刻意以"谆谆

---

[1] 朱自强：《朱自强学术文集1："三十"自述·儿童文学的本质》，南昌：二十一世纪出版社集团2015年版，第303页。

教诲"的方式与儿童沟通,恰恰相反,他们都是以自己身体力行的形式,默默感染着儿童,丰富着孩子的精神世界。比如那些来到大麦地的干校下放人员:"许多陌生人,他们一个个看上去,与大麦地人有明显的区别。他们是城里人。他们要在这里盖房子、开荒种地、挖塘养鱼。他们唱着歌,唱着城里人唱的歌,用城里的唱法唱。歌声嘹亮,唱得大麦地人一个个竖起耳朵来听。"他们用"城里人"的方式向大麦地的村民展示了另一个世界。而那些生于斯长于斯的乡亲,更将自己的勤劳、善良、坚韧、倔强无言地展示给孩童,如《草房子》中的秦大奶奶、《红瓦黑瓦》中的老校长王儒安、《青铜葵花》中的奶奶。尤其是《草房子》中常年生病的温幼菊老师,在桑桑得了怪病以后,给桑桑熬药,向他讲述自己的不幸人生,安抚流泪的桑桑,并唱起了仅有几个叹词构成的歌谣:

咿呀……呀,
咿呀……呀,
咿呀……哟,
哟……
哟哟,哟哟……
咿呀咿呀哟……

这首完全靠气韵、节奏和腔调完成的歌谣,饱含着吟唱者的情感、精神和气质。温老师唱得沉郁深情、哀而不伤,如同我们遭遇命运棒喝时的悲欣交集。正是温老师坦然从容的生命态度,让这首无名歌谣闪耀着纤弱而坚韧的光华,让桑桑意识到即便有一天见不到太阳了,也"变得一点也不可怕了"。当他拖着病体履行诺言,背着妹妹看城墙时,嘴里吟唱的正是这首无名的歌谣。温老师那份坚韧、豁达的气度已经传承在桑桑的精神世界中。

### 4. 自然的引渡

童年时期是人类最接近自然的时期,"人是一生命物,自然山川草木鸟兽也是生命物,人与之相浃相资,既把自己的生命活动外溢到自然物中,又从自然物中观照到自己的生命活动。"①儿童比成人更接近自然,他们在自然中认知万物、陶冶性情、驰骋想象、领悟生命的意义,获得了"天人合一"的观照。在《草房子》中曾经家境优裕、娇生惯养的杜小康正是在大芦荡放鸭时,饱受风霜、饥寒之苦,在这样的自然洗礼中成为真正的小男子汉。少年细马在邱二爷去世后撑起了家庭重担,结尾处:"夕阳正将余晖反射到天上,把站在砖堆顶上的细马映成了一个细长条儿。余晖与红砖的颜色融在一起,将细马染成浓浓的土红色⋯⋯"在这一宏阔而略带伤感的画面中,少年细马如铜像般伫立,让读者感受到少年在天地间成长的力量。

在《青铜葵花》中"自然"作为一个巨大的主体存在,无时无刻不牵引着青铜和葵花的心灵世界。一方面,火灾、水灾、蝗灾这些"天地不仁,以万物为刍狗"的自然灾难一次次击穿大麦地村民的生存底线,考验着他们的耐力和意志力;另一方面,"天地有大美而不言"的澄明自然,无时无刻不在陶冶着青铜与葵花的性情。如随着爸爸下放到大麦地的葵花:"葵花很孤独,是那种一只鸟拥有万里天空却看不见另外任何一只鸟的孤独。这只鸟在空阔的天空下飞翔着,只听见翅膀划过气流时发出的寂寞声。苍苍茫茫,无边无际。各种形状的云彩,浮动在它的四周。有时,天空干脆光光溜溜,没有一丝痕迹,像巨大的青石板。实在寂寞时,它偶尔会鸣叫一声,但这鸣叫声,直衬得天空更加的

---

① 汪涌豪:《中国文学批评范畴及体系》,上海:复旦大学出版社 2007 年版,第 510 页。

空阔,它的心更加的孤寂。大河这边,原是一望无际的芦苇,现在也还是一望无际的芦苇。那年的春天,一群白鹭受了惊动,从安静了无数个世纪的芦苇丛中呼啦啦飞起,然后在芦荡的上空盘旋,直盘旋到大麦地的上空,嘎嘎鸣叫,仿佛在告诉大麦地人什么。它们没有再从它们飞起的地方落下去。"正是这片苍茫的景色描写,预示了葵花的命运。也正是这样的"表里俱澄澈"的天人合一,葵花的孤独才得到了大自然的慰藉:"太阳照着大河,水面上有无数的金点闪着光芒。这些光芒,随着水波的起伏,忽生忽灭。两岸的芦苇,随着天空云彩的移动,一会被阳光普照,一会又被云彩的阴影遮住。云朵或大或小,或远或近,有时完全遮蔽了太阳,一时间,天色暗淡,大河上的光芒一下全都熄灭了,就只有蓝汪汪的一片,但又不能长久地遮住,云去日出,那光芒似乎更加的明亮与锐利,刺得人眼睛不能完全睁开。有些云朵只遮住太阳的一角,芦苇丛就亮一片,暗一片,亮的一片,绿得翠生生的,而暗的一片,就是墨绿,远处的几乎成了黑色。云、阳光、水与一望无际的芦苇,无穷无尽地变幻着,将葵花迷得定定的。"自然之美让儿童进入物我两忘的情境中,抚慰心灵,释放自我。

在无数动人心弦的瞬间,时间仿佛静止,定格在大自然的空旷、宁静、澄澈中。这是哑巴青铜失去"语言"表达能力以后,获得的如神启般的自然感受力。这也是曹文轩在"童年"视域中驰骋的时空遐想和艺术"迷狂"(柏拉图语)。风景描写成为一种审美品质,也成为一种价值立场,是曹文轩对"童年"样貌的解读途径。它可以超越时代和生活的困厄,以自带光芒的独立客体的存在方式,照耀、抚慰童年中的种种不幸,甚至能成为儿童成长的"精神导师",以天地大美而不言的方式,熏陶着儿童的情操。

## 四、文风的优雅与古典的辉光

曹文轩作品的美学特征非常鲜明:纯净精致、浪漫唯美、有节制的伤感,闪耀着古典主义的辉光。曹文轩是一位自我要求严格的文体作家,无论是书名、篇目、语言、意象和意境的构造,都经过细致的推敲。如《青铜葵花》的书名,"青铜"二字带给人沉郁深沉的视觉与触觉效果,恰与哑巴男孩的心性贴合;"葵花"的明亮灿烂与女孩的心性接洽,"青铜"与"葵花"构成了刚柔相济、亦真亦幻的美学品位。《细米》是男孩细米的名字,他玩伴的名号既有"三鼻涕"这样充满乡村戏谑感的诨名,也有"红藕"这般"水乡"特色鲜明的女孩名字。曹文轩对篇目的安排也极为用心,如《细米》的篇目连在一起就是一首童谣:"1. 树上的叶子树上的花。2. 树上的叶子就是我的家。3. 风也吹,雷也打。4. 太阳落进大河我回家。"《草房子》中,蒋一轮和白雀的爱情完全融入那片月光和笛音中。干校人员、知青等异乡人,也在这片自然天地间来来去去:"稻香渡很少有人见过长成这样的女孩儿。她们的形体、服饰、面容、肤色与姿态,皆与岸上的稻香渡人形成鲜明的对比。她们优雅而美丽,带着城市少女特有的文静、安恬、害羞与一种让人怜爱的柔弱。她们有几许兴奋,又有一番怯生生的样子,仿佛一群长飞的鸽子因要在半途中落下觅食而落在了一片陌生的田野上,让人有一种只要一有动静,它们就会立即飞掉的感觉。"(《细米》)《青铜葵花》更是淡化了情节,置身在瑰丽的自然情境中,青铜为葵花寻灯,从而置身在那片萤火虫灯海;饥饿、孤独都可以忘却在那片孤寂的芦荡中。而那片明艳的葵花花海,让人们在生活的绝望处看到一缕希望:"中午时,太阳金光万道。葵花进入一天里的鼎盛状态,只见一只只花盘,迎着阳光,在向上挣扎,那一根根长茎似乎变得更长。一团团的火,烧在蓝天之下。

四周是白色的芦花,那一团团火就被衬得越发的生机勃勃。葵花田的上空,飘散着淡紫色的热气,风一吹,虚幻不定。几只鸟飞过时,竟然像飞在梦中那般不定形状。"曹文轩将其最具才情的笔墨都倾注在这片如梦如幻的花海中。如果说凡·高的"向日葵"系列名画尚且是向日葵昂扬、热烈地绽放在花瓶中,那么这片野蛮生长的向日葵花海就更加洋溢着浓郁狂野的自然气息。自然万物的神性辉光,让苦难人间有了诗意栖居的可能性。

"生命是苦难和痛苦,但这并不能解决对待生命的态度。"[①]文风的精致优雅贯穿于曹文轩的整个创作中,在曹文轩的《根鸟》、"大王书"系列中进入一种极致。值得一提的是,在整体的唯美典雅中,不时出现一些诙谐、幽默的人物、情节、场景,如《草房子》里的秃鹤、《细米》中乡村儿童间的玩闹,尤其是《红瓦黑瓦》中极为写实的生活场景,让曹文轩的美学世界不时闪现斑斓,在"唯美""典雅"中多了些活泛的色彩、别样的意趣。曹文轩无疑是一位出众的文体家,他对"美"的不懈追求,构建出独特的美学世界。另一方面,对整饬、简洁、唯美、正面文风的刻意追求,也使得曹文轩近期的作品少了些锋芒和活力。

## 结　语

曹文轩对苏北盐城的童年生活的书写是他最具代表性的文学作品。在儿童视角下,疯狂年代中的丑恶和苦难被过滤和淡化,田园、自然、乡情之美可以庇护心灵。这是曹文轩的善意和童心。他的作品洋溢着典雅之"美",儿童率性之"真",又闪烁着成人智慧的光芒和悲悯的精神气质。以散文化的笔法进行乡土叙事,充盈着清洁的精神气

---

① ［俄］别尔嘉耶夫:《论人的使命》,张百春译,上海:学林出版社2000年版,第157页。

质。他继承和发扬了中国现代文学诗化小说的品质,在古典美学与现代小说之间走了一条"光荣的荆棘路"(安徒生语),并将这一艺术品质自觉融入当代中国童年故事的叙事中,立足本土和民族,走向世界和全人类,获得了2016年安徒生儿童文学奖。这对于中国儿童文学提升品质、走向世界是极大的鼓舞,代表了中国儿童文学发展的重要前进方向。

## 第二节　金曾豪:沉郁奇崛的自然之子

金曾豪是江苏常熟人,新时期以来将主要精力投向儿童文学创作,笔耕不辍、文类丰富,尤其以动物小说、少年成长小说为代表,构建了无数传奇般的故事情节,塑造了热爱自由、性格飞扬的主人公形象,洋溢着吴地风韵,赞颂了阔朗的自然生态。其主要作品包括动物小说《凤凰的山谷》《戴领结的鹅》《警犬出击》《义犬》《青角牛传奇》《狼的故事》《狐的故事》《鹤唳》《狐狸只有一件衣裳》《苍狼》《白色野猪》《绝谷狢猁》《紫色的猫》;少年小说《秘方 秘方 秘方》《绝招》《幽灵岛》《石头里的哥哥》《魔树》《奇怪的窗帘》《芦荡金箭》《男孩不带伞》《阳台上的船长》《青春口哨》等;散文集《蓝调江南》等。其中长篇小说《狼的故事》《青春口哨》《苍狼》和散文集《蓝调江南》分别获得第二、第三、第四、第六届全国优秀儿童文学奖,很多作品还获得中宣部全国"五个一工程奖"、中国图书奖、国家图书奖、全国新时期优秀少儿文艺读物奖、陈伯吹儿童文学奖、冰心儿童图书奖和紫金山文学奖等奖项。其创作所涉猎的文类、题材和主题之广泛,艺术感染力、想象力和语言驾驭能力之纯熟,在新时期以来的儿童文学界殊为特异。他的作品表现出了江南水乡的地域特色、少年成长的生命高度、"自然传奇"的独特美学形态。

## 一、地域特色与诗性表达

金曾豪出生于江苏常熟练塘的中医世家。江南水乡的氤氲、书香门第的熏陶,使得他的创作有着自然天成的地方特色和诗意表达。在他后来的散文集《蓝调江南》中曾言:"作为常熟人,我很幸运,因为评弹确实给过我许多艺术方面的教益。可以说,评弹是我的第一个文学老师。"(《听书》)"回想起来,西园茶馆对我的赠予还真是不少的。"(《老茶馆》)"对于我的童年和少年来说,不结荚的老树给予我的已经相当丰富了。"(《母亲树》)童年生活的自在、少年时代的激扬、良好的家庭环境、江南的小镇生活和灵秀的自然,赋予他丰润、敏感而独特的洞察力。他的作品问世之初即有较高的起点,如使其声名鹊起的《小巷木屐声》充满了浓郁的乡土文学的气息,"黄箬壳,青竹篾,黄昏编只小斗笠。蒙蒙雨,雨蒙蒙,雨打斗笠淅沥沥……"呱哒呱哒的木屐声透着作家独特的乡土气息从小巷深处自远而近,童年意趣与传统地域特色交相辉映。这一特色鲜明的艺术表现力在金曾豪的作品中不时闪现光芒。

### 1. 作为一种写作方式的"江南"

金曾豪儿童文学作品中的地域文化特色表现为对方言词汇的津津乐道,对地域特色意象的追溯,对江南风土意蕴的不经意点染。他非常乐意捡拾出故乡的种种方言俗语,细细品味,乐在其中。如土语"打碗碗花""火手""打官司草""酸姊姊""压邪""开秧门酒""叹茅柴""秀雕""叫哥哥"。在《干稞巷的秘密》中深情地写道:"为表示亲昵,吴地人把猪称作'猪奴奴',把羊叫作'羊妈妈',把狗唤作'狗鲁鲁'。吴地人居然也给了黄鼬一个类似的绰号——'黄鼬鼬'。黄鼬还有一个更出名的绰号:黄鼠狼。"

尤其是那些乡间小调,被金曾豪信手拈来,织就了独特的民俗画卷。如《石头里的哥哥》中莫阿六买螺蛳的风趣招牌:"卖螺蛳,莫阿六,罐头里厢笃笃肉,一碗螺蛳一碗壳,吃了螺蛳还你壳。"活灵活现地表现出小吃"螺蛳"肉质饱满的"笃笃肉"的美味。《家里的灶头》中提及的"新米饭,炒青菜,三碗饭,现来甩",很逼真地形容了新米和青菜的甘甜清香。《网船》里的童谣"亮月亮,出淌淌,淌淌船上好白相……",以及"稻要养,麦要抢""白露白弥弥,秋分稻秀齐"等江南地区的农谚,朗朗上口、情趣盎然,充满了日常生活的趣味。

《秘方 秘方 秘方》中的长调子:

> 乌篷船上挂双圆环响叮叮,
> 看见方家郎中坐在船上笑吟吟。
> 有人说方家船圆环是银子打,
> 银子声音好听,开胃通气,眼目清亮精神兴;
> 有人说方家船圆环是金子做,
> 金子声音压邪,瘟神屁滚三千,逃得无踪影……

《萤火虫,夜夜红》出现了一首《吃与不吃歌》——

> 咳嗽的吃了我的梨膏糖,
> 清肺止咳喉咙爽;
> 肚皮痛吃了我的梨膏糖,
> 放三个响屁就灵光;
> 姑娘吃了我的梨膏糖,
> 面如桃花红堂堂;

　　小伙子吃了我的梨膏糖，

　　三更扯篷到天亮……

　　裁缝师傅不吃我的梨膏糖，

　　领圈开在裤裆上；

　　皮匠师傅不吃我的梨膏糖，

　　钻子钻在大髀上，

　　呜啊呜哩汪,伊啊伊哩汪……

　　谚语、俚语、方言等特色语言的穿插,令江南的地域风情跃然纸上。《巷口小吃》几乎全篇都在写乡风民俗,津津有味地叙述着各种当地风味小吃与民间掌故。如臭豆腐与常熟状元翁同龢的故事;被称为"泊累"的爆米花;吴地称为"麻腐"的凉粉,俗称"蚕豆豆腐"。换麦芽糖的小贩一手拿扁担,一手吹竹箫。换糖的孩童为求小贩再添点糖,会央求着"绕一绕""再绕绕",童谣里透着狡黠的趣味:"换糖三绕头,勿饶触霉头!"绕了三次后,换糖小贩会回应:"换糖三绕头,口绕烂舌头",不再听凭孩童纠缠,挑起扁担叮叮当当地离开了。这些俗语、童谣、农谚、顺口溜、乡间小调,以及与之相关的民风民俗、自娱自乐的家长里短、当地人悠然心会的约定俗成,构成了独具特色的吴地风情风俗。很多作品的主题即是吴地特有的意象,如《常熟的船》《芦苇荡》《蟹眼天井》,《古董守望者》中的"紫砂壶",以荸荠、茨菇、菱角、莼菜等为主旨的《江南"水八仙"》,以船坞、看瓜棚等为主题的《乡间小景》等。

　　金曾豪对水乡小镇的人文环境的书写,将"江南"意蕴营造的非常妥帖,如早期作品《有一个小阁楼》:"清清的河水在这儿拐弯,和曲尺形的店房抱成了一个不小的院子,讨巧极了。院子是用青砖竖铺的,向阳处有两颗桂花树,背阴的地上染些苔绿,还有一丛天竺。竺字加个'人'字就是'笑'字;种天竺就有了'见人就笑''笑脸相迎'的美意。

坐在桂园里喝茶,耳边有咿呀的橹声,眼前是天竺的笑脸;更有满壶的香茶、满桌的乡音……"寥寥几笔勾勒出吴地人的人文意识、风土人情和民居文化。《芦荡金箭》更是熟稔地将芦荡风景、吴地风俗、民风民情和战争烈焰对峙起来,在这一"相斥""异构"的氛围中勾勒出江南少年英雄的成长轨迹。江南文化的毁灭与求生,投射于少年金瑞阳的成长之路中。他既是抗日小英雄,也是吴地文化的继承人。

江南气韵也孕育了无数风流人物,"小舅舅"、江南孩童、少年英雄将在下文专门讨论。如《小巷木屐声》中阿芒的爸爸,清贫、热心、体贴,问阿芒和楠楠世上最好的补药是什么;孩子们越猜越乱,他喜不自禁地说:"是交情!是情分!"对势利的楠楠妈妈,仍是不计前嫌、坦荡荡的热心肠。《有一个小阁楼》里的三娘,守寡、失独,十四岁的儿子为救落水乞丐而死。在她眼里,人无贵贱,坚信儿子救乞丐并非"不值";她帮助常去赌博的皮子,也不是图"好心有好结果",只因自己与生俱来的那份见识和精神上的高贵,吴地人的风骨可见一斑。

评论者常把金曾豪的作品分为动物小说和"小男子汉"两种类型,但是金曾豪本人更愿意再单列出江南系列。可以说,"江南"不仅是金曾豪文学创作的特色、笔法,更是他的重要主题,并成为他心灵栖息之地、文笔寄托之处。这在他对《蓝调江南》等散文体的童年颂歌中可见斑斓。当作者回忆侧身躺在蒲草编的新席子上的少年时代时,无不怅惘地说:"醒了,我也不睁开眼睛,伸展四肢,让身体尽量多地接触席子;侧过头,吸吮蒲草水幽幽的清香……就觉得世界很太平,很干净,很美妙;觉得自己很年轻,很健康,很英俊。"(《赤脚走在田埂上》)本雅明认为:"的确有一种二元的幸福意志,一种幸福的辩证法:一是赞歌形式,一是挽歌形式。一是前所未有的极乐的高峰;一是永恒的轮回,无尽的回归太初,回归最初的幸福。……正是幸福的挽歌观念……将

生活转化为回忆的宝藏。"①金曾豪对少年时代"江南"追忆也充满了
"幸福意志"，带有作者生命本体的诉求。比如《赤脚走在田埂上》带着
追忆逝水年华的深情隽永，单是那少年乡间的鸟儿，就啾啾地陪伴
至今：

> 　　鸡鸣只是开场锣鼓，乡村晨曲的主演是各怀绝技的鸟。鸟鸣
> 大多只一两个字，最多为一个短句，却经得起无数遍的重复。经
> 得起无数遍重复的作品就是经典了。鸟是原生态唱法，细瓷的质
> 感，一粒粒滴溜溜的，圆，润。听的人永远不嫌闹，不嫌烦，就觉得
> 宁静，觉得朗润。大概鸟也有方言，有一种鸟用吴语一遍又一遍
> 追问："几——个几——个？"有一种鸟一天到晚叫"滴滴水儿，滴
> 滴水儿"，句末那个"儿"一带而过，一大半粘在"水"上，极像北京
> 话中的"儿化"。还有一种鸟叫"你想一想，你想一想"，相当标准
> 的普通话，口齿清晰，觉得这是指着你鼻子的谆谆教导。
>
> 　　最有江南水乡风味的是布谷鸟。布谷鸟很少，怕羞，所以难
> 得一见。它们总是在很远的什么地方哼唱，"谷谷谷布，谷谷谷
> 布"，中音，一声，一声，哑哑的，很从容，很悠远，很亲昵，一点也没
> 有催人播种的意思。……
>
> 　　布谷鸟来到江南，正是初夏。农家大多新换了蒲草编的席
> 子，清香，我家也是。……鸟鸣是唯一能进入梦境的声音。这是
> 我少年时代的一个发现。……
>
> 　　就这样，在鸡啼之后，乡村的日子就像一枚新鲜的蛋，被鸟的
> 喙一点一点地啄破了壳。

---

① ［德］本雅明：《普鲁斯特的形象》，《天涯》，1998 年第 5 期。

金曾豪笔下的江南,散发着"蓝调"的闲适、悠扬和隽永,丰润了童年的色彩。历史长河漫溢出的文化精神,与江南特有的风韵,融汇在水乡少年的成长中,勾勒出江南少年成长的精神面貌。

### 2. 诗性的话语形态

金曾豪擅于运用诗性话语构建文本,其儿童文学创作从《小巷木屐声》《有一个小阁楼》《书香门第》等作品起步,在新时期伊始的伤痕、控诉式的文学创作中不落窠臼。呱哒呱哒的木屐声中少年阿芒和楠楠的友谊,"我"在桂园听书的遭遇,中医世家里农家媳妇的市侩和豪爽,这些作品既没有长篇累牍的说教,也没有卒章显志式的"点题",而是将故事、人物熨帖在诗意的表达中,传达出温暖、明亮的"少年中国"意味。如《小巷木屐声》晨曦中的少年:"当阳光照到树冠上,院子里就飘荡起一种橘黄色粉末般的东西。或许这就是书上写的晨曦? 合欢树要开好几次花,花是粉红的。小鸟们吵吵着,在花枝间跳来蹿去;有的像在思考什么,头侧来侧去。阿芒在石条上或站或跑,尖起嘴唇用啾啾的口哨和小鸟们对答。我喜欢看他这时候的侧影——眼睛亮晶晶的,仿佛融尽了阳光;脸蛋轮廓线上的汗毛,茸茸的,被阳光染成金黄色……"《书香门第》中的药店:"一进店堂,猛地发现门外的世界原来太喧器。店堂里弥漫着一种香味,沁人心脾,如一掬名泉的水。让人觉得自己化作了一张宣纸,一下子就被这'泉水'晕晕地洇透了"。对生活的细致观察,对细节的准确把握和精妙描写,在字里行间显现出了吴地风情、江南风韵,构成了金曾豪书写的穿透力。

随着作品题材的拓展,少年探险、动物传奇成为金曾豪创作的主要方向,江南的灵秀诗意逐渐隐退,取而代之的是千山独行、风声鹤唳的奇崛世界。在诸多的景物描写中,金曾豪对"夕阳"和"夜色"的意象情有独钟。

夕阳正在西天迷茫处一点一点地沉入太湖。太湖的细浪上粼粼地闪烁着金光。波浪从非常遥远的地方一坎一坷地奔来，或者撞碎在嶙峋的岸头，或者撞碎在两个男孩并不结实的胸脯上。

月光下的园子黑黝黝而又白弥弥，朦胧一片。摇晃着的树、花丛，不摇晃的太湖石，在这一刻都幢幢如鬼影。"荷花一卷廊"失去了诗情画意，看上去像是谁布置的一个阴谋。这时，最适宜在长廊上翩然走过的是狐狸或者披头散发的妖精。池塘里的水似乎是黑色的。一条横渡的蛇昂着头，在暧昧的水面上画出一袭一袭的波纹。有几只蛙在湖心亭那一带断断续续地怪叫……（《幽灵岛》）

太阳快下山了。夕辉使池水宛若铜汁。天池对面有一片杂树林，原来密匝匝的树冠现在已变得稀疏，颜色也不再油绿，斑驳中透出些憔悴。杂树林的寥落更显出黑松林的威仪。寒风掠过，松涛起伏。

黎明之前的黑暗和寂静非常深刻，这是人的感受。对狼来说这世界是没有寂静的。除了风吹草动，除了流水潺潺，除了蝙蝠翼颤，这河边还起伏着一种声息，若无而确有。这声息由无数声息组合而成，所以非常密实。像来自渺渺苍空，又像来自大地深处；像一万只蟹在水底吐沫，像有一万只狐狸在雪地上疾行……这是根须在蔓延，这是茎叶在拔节、舒展，这是木质在扩张年轮……

当大雾慢慢稀落时，山林巍巍地出现在大河对岸。有劲的风掠过林梢，密匝匝的树摇撼着，涌动着。林涛起伏，声震山谷。山林自有山林的威仪。（《狼的故事》）

月亮受到感动，从一片灰色的云朵后面走了出来。是瘦瘦的一弯新月，银银地亮。因为月光，芦苇丛有了层次，水塘有了粼粼的波动。一条小蛇正在泅渡,在水面上连绵地画着"S"。受到月光的鼓励,昆虫的吟唱更加卖力。蟋蟀、油蛉、纺织娘的鸣叫此起彼伏,共同构成了荒野中的背景音乐。一只蛙坐在一片浮萍上,想当独唱演员……一只夜行的鸟在水塘上空飞过。小汀上的野鸭有些不安,发出细碎的羽毛的瑟瑟声……哦,荒野的夜原来是这么热闹的啊!(《白色野猪》)

月亮弯弯地俯看着人、狐、树林。稠稠的黑暗正在林子深处聚集。有蚱蜢在草丛间嗒嗒地飞蹿。一只孤独的鸟在树林深处断断续续地啼叫:"滴滴水儿,滴滴水儿……"风从林中飘过来,亲切地拂着丹丹的毛。荒野就这样轻轻地呼唤着丹丹心灵深处那被压抑的本性。(《小狐狸丹丹》)

初秋的月光水似的把大药谷漂洗过,除了北山的黑松林外,一切都晃白而湿润。沼泽的水面反射出银子似的光泽,从山坡往下看,整个沼泽就像一面破碎的镜子。几只蛙在芦苇丛或蒲草间断断续续地应答。在严肃的松涛的背景音乐上,蛙鸣显得弱小而怪诞。一条小蛇正在渡水,在水面上画出袅袅的线。一只长了许多长足的昆虫在一片苇叶上一摇一晃地走……

大药谷是朝向西方的,拉拉看着太阳一点一点往下沉,看着西天的云彩一点一点燃烧起来。云朵大多是红色和黄色的,每一朵的红与黄又是有所不同的。只有一道云是紫色的,看上去比较结实。太阳在下面想粘住紫云,无奈自己在一点一点地膨胀、变重,终于就黏不住了,往下坠,往下坠……整个大药谷灌满了金红的光,连黑松林都被镶上了金色的轮廓线……(《退役警犬拉拉》)

语言艺术随着作品的情景而发生变化,细节的展现融合着作者的独特感受,精致而整饬,细腻而磅礴。海德格尔曾言"语言是存在之家",对于小说而言,语言不仅是形式和手段,也具有"内容"的高度,标示了作者的思想。金曾豪的作品有很强的表现力,逼真的画面感,擅于运用准确的语言去触动读者心中的敏感部位,吸引着、打击着、考验着读者循着那个场景读下去。

## 二、性格人物与少年故事

首先,金曾豪的少年小说有着亲切率真的叙事视角,尤其是在场的"小舅舅"视角。他在《我的儿童文学 30 年》中曾言:"在多年的儿童文学创作实践中,我逐步认定了'小舅舅视角':儿童文学作家不要当老师,不要当校长,也不要当爷爷奶奶爸爸妈妈,要当'小舅舅'。"[1]在民间总有"外甥像舅舅"的说法,"小舅舅"既是长辈又是年轻男性,他不是老师、校长式的训诫,不是爷爷奶奶式的宠溺,也不是父母式的絮叨,而是亦师亦友的小长辈。年龄、身份和性别赋予了"小舅舅"们青春活力、开阔视野和阳刚之气;能具有亲和力地理解少年成长的心路历程;能够以"过来人"的身份陪伴、解读、指点少年的成长。正如保罗·阿扎尔在《书,儿童与成人》中写道:"成年人是儿童在各种困难时刻的有力依靠,他们让小孩在面对影子、黑暗和大灰狼的时候不再恐惧。"[2]比如《青春口哨》中,小舅舅为了千百生灵而舍身护堤,由此有了一条叫"舅舅"的大堤的传说。《迷人的追捕》中充当引路人的小舅舅,为盛双豆指明了成为男子汉的道路和方法。《七月豪雨》中如精神向导般的"小舅舅"意味深长地说:"在这个世界上,做个真正的男人并不容易。惟其不容易,男人们才活得丰富,活得有劲。"《阳台上的船长》

---

① 金曾豪:《我的儿童文学 30 年》,《小巷木屐声》,广州:21 世纪出版社 2008 年版,第 5 页。

② 〔法〕保罗·阿扎尔:《书,儿童与成人》,梅思繁译,长沙:湖南少年儿童出版社 2014 年版,第 4 页。

中的大冯初到城市也经常怀念和乡下小舅舅在一起的美好时光。小舅舅告诉他现在可以哭，因为大冯才6岁，男孩子过了10岁就不能哭了。小舅舅热乎乎的大手，对于大冯来说是一种温暖的力量。当然，在金曾豪诸多的少年小说中，"小舅舅"的形象更在于说明金曾豪对待少年的立场：少年的心灵状态没有拘役，没有束缚；少年的成长空间也是自在奔腾的。正缘于"小舅舅"这一平视视角，他才能更自如地随物赋形，以激赏的目光注视少年成长；对他们的独立、自我、叛逆的心理和行径，流露出更多的鼓励和期许。

第二，"激赏"性格人物。金曾豪笔下的少年从来不是被动的受教育者——通过一次难忘的经历而"恍然大悟""醍醐灌顶"甚至"洗心革面"——这不是金曾豪的写作模式。恰恰相反，少年的"性格"特质始终是推动文本行进的动力和支柱。金曾豪笔下的少年们往往坚强、顽固、不盲从、不委顿，有着强大独立的主体性，他们尚没有被沉重的学业压垮脊梁，没有被物欲的"小时代"引诱，也没有在网络世界里迷失自我，他们是新时期以来中国少年群像中自信、自在、自得的群体。正如作者在《青春口哨》后记中坦言："人类的感情，大概是可以分成两类的。一类是'小感情'，即只关乎一己或少数几个人的利益。另一类是'大感情'，关于集体、地区、国家、民族、历史、未来、人类命运……一个人是不可能，也不能没有小感情的。……只有小感情而没有大感情的人，必是卑琐、狭隘、脆弱、不负责任的人。他们不是真正的人。……大感情使人的小感情健壮、丰富、鲜亮，因为有了它们，人类才有了尊严、美丽和伟大。"金曾豪努力塑造了"大感情"视野下充满"小感情"波澜的少年形象，让他们在"大感情"的阔朗和"小感情"的细腻中，彼此交织、互文，成长为最有活力和希望的"中国少年"。

《青春口哨》是金曾豪"儿童本位"立场的代表作。它的故事情节并不复杂，鞠天平、郑康儿、桑堤、冬青四位来自不同家庭，有着不同经历、性格、爱好的少男少女,在悠长假期中相识,共同经历了许多事件,结下了深厚的友谊。主角鞠天平一出场就表现出冷静、睿智、富有想象力的特质。他会不动声色地注视着蛇爬进自家阳台,"为了不使黄蛇的来访过分频繁,我割断了阳台下那株爬山虎的根。然而,那倒霉的藤并没有立即死去,它挺着,挨着,挣扎着,一直坚持到了秋天。当然,它一定像一支断了给养的部队那样,活得艰苦卓绝。我猜想它除了依靠吸收墙缝里的水和可怜的养分之外,还靠了我说过的'生命场'。这株爬山虎终于在桐叶纷飞之时死去了。第二年春天,那地方一下子长出了许多爬山虎小苗。我顿时明白了老爬山虎苦苦坚持着活到秋天的原因。"鞠天平会把小城想象成森林,把一条狗想象为孟加拉虎,把自己想象成猎人……他将自己的精神漫游编织成了有序号的"鞠氏猜想",时不时发出富有哲理的感想:"对我们男孩子来说,危机这东西实在是一种很来劲的东西。这东西在我们的生活里不多(我是说除掉考试那一类),我们的生活总是被安排得井然有序。"他出生于知识分子家庭,为了摆脱作家儿子的光环效应,他故意用"郑康儿"的名字参加作文大赛以验证自己的实力。在发现妈妈的散文集被用作小吃摊上的包扎纸时,又和爸爸不惜代价地回购了全部的书籍。在他身上可以看到"小男子汉"的顽强勇敢,拒绝平庸。当然他也有少年特有的敏感区域,比如他对"阿迪达斯"等名牌运动衫的喜爱,他见到郑康儿的妹妹冬青时产生的微妙感情:

> 门框里灿烂地站着一个漂亮的女生。一身洁白的束腰连衫裙,还有破门而出的热烈的声浪夺人声目。
>
> 在这种厉害的女生面前,你一不小心就会被嘲笑。
>
> ……
>
> 这时,我看见了冬青。宽松的鹅黄色蝙蝠衫,很线条的白色

长裤,随随便便就描写出了她活泼的性格和舒朗的心情。……她将双手插入裤兜,有什么目的似的走路。从绿荫间漏下来的阳光,在她波动的白草帽上试验着多种奇幻的光影效果。看来康儿的绝望是有点道理的。他妹妹展露的优越身材,在他身上连个端倪也没有。……我看见的是冬青的背影。她远远出现时,我第一眼就认准了是她。我毫无理由地认为我已经熟悉她了。

《青春口哨》首版于 1994 年,在此之前的中国儿童文学界除了《今夜月儿明》《我要我的雕刻刀》等中短篇小说、程玮的"少女"系列中长篇作品,鲜有如此正面、坦荡、率真地描写少年成长的自主性、少男少女间朦胧情愫的作品。它所表现出的健旺精神、坦荡胸襟和少年气象,给新时期以来的中国少年形象留下了光彩照人的一笔。

在鞠天平身上,可以看到作家对当代中国少年的理想人格设定:有思想、有担当、不盲从、拒绝平庸。比如看到妈妈的散文集《纯情》变成包春卷的油纸时,略带解嘲地说,莎士比亚、巴尔扎克、沈从文等大作家也免不了遭此厄运。鞠天平不愿意和作家妈妈一起进入剧场,是因为别人总会称他为"作家的儿子",把他和妈妈的发卡、皮包放置在同等地位上。对于"暴发户"家庭的孩子郑康儿的判断,爸爸认为他"游手好闲,毁于随;纨绔作风,失勤俭;粗俗平庸,难成器",希望儿子不要与之交往。但是鞠天平很镇定地说:"你和妈妈的观点都不重要,重要的是我怎么看。"作者也细致地刻画了鞠天平的少年友伴们的特点,如郑康儿的机智、灵活、风趣;从农村来到爷爷"苗圃"生活的桑堤,倔强、勇敢、好强;女孩冬青迷恋着歌星童安格,张扬着青春的美丽气息。他们在假期中悠游、嬉戏、探索。有时不乏少年特有的趣味,比如鞠天平和郑康儿乐滋滋地讨论没有腿的鞋匠不仅擅长补鞋,而且特别喜欢夏天,是因为鞋匠可以借机看女人的大腿。和父亲们一起在野店冒险吃河豚,犹如一次小小的"成人典礼":"我一有机会就会意识到自己是一个男人。从此,爸爸除了是我的父亲之外,还是另一个男人,而妈妈除了是我的母亲之外,同时还是一个女人……这一类不怎么逻辑的东西,像就地在水里一样融进了我的意识深处。""少年",人生极有意味的成长阶段。在《青春口哨》出现之前,很少被如此郑重、细腻、丰富地书写;而此后的中国童年书写,往往流于琐屑和戏谑,俯就于读者的兴趣点,再难吹出时代风云中少年自在而潇洒的"青春口哨"。

《青春口哨》中有很多充满隐喻意味的意象,比如从小说开头就出现的"蛇蜕",犹如少年们不断接受洗礼的青春;被命名为"舅舅"的大堤和那位舍己救人的"舅舅"的传说;桑堤去寻找的"金钉"的探险故事;影迷们精心奉上的礼物被歌星随意丢弃,等等。整部作品犹如少年们自由自在、放飞自我的"青春口哨",沿着少年们成长的轨迹顺流而下,流畅、自然、明亮。

《迷人的追捕》中盛双豆认为自己的酒窝有碍其"男子汉"形象,并制定了"男子汉方程式"。一号方程式是"男子汉＝不笑＋敢打赌＋吊环或足球";二号方程式是"男子汉＝不避艰险＋好心肠＋X","X"还有待寻找。正是通过不断经历、不断试错、不断修正"男子汉方程式",在走出芦苇荡时,方程式变成了"男子汉＝社会责任感＋刚强＋力"。《迷人的追捕》是一个追捕逃掉的水貂的故事,更是盛双豆、大吉等在"追捕"过程中追寻、修正男子汉品质的过程。类似的作品还包括《七月豪雨》《阳台上的船长》《马丁的绝招》《男孩不带伞》等。如《七月豪雨》充满了男性荷尔蒙的气息:"我们忍不住大笑起来。雷雨突然停止了,可能是被我们笑停的。烟波森森处出现了一条小船。小船在向将军坟驶来!但愿小船上没有女人。小船驶近了……哦,坐在船头上的竟是黄毛先生!驾船的是那个黑不溜秋的阿生!哈哈!我们的友军到了!做个男孩真有劲。""有性格""真带劲"几乎是金曾豪对小小男子汉成长路径的期许。

第三,少年故事走向奇幻化。正是源于对塑造小男子汉性格的追求,金曾豪创作了许多带有探险、探秘、奇幻性质的少年小说。在诡异的情节、神秘的气氛、扑朔迷离的事件中呈现少年探险的勇气和智慧。在增强可读性的同时,也带来了文本过度"求新求异"的问题。

金曾豪的小男子汉成长路径,从最初的江南灵秀小镇的温情书写起步;到平视与父母的关系,在同伴的相处和历练中生成强大的自我意识;再到以行走"江湖"、独闯天地的方式完成自身的"成人礼"。《秘方 秘方 秘方》是关于捕鱼少年阿亮拜师学艺的故事。他最初投拜耍蛇人为师,渐渐识破了师傅的诈骗伎俩。其后又拜德术双馨的方中医为师,在与师傅及玉龙、金龙相处的过程中,真正领会到医德、人心的崇高意义。阿亮在方中医遭难时表现出了男子汉的勇气和仗义。随着故事情节的展开,江湖技艺、中医文化等一一展现。《芦荡金箭》是以常熟地区抗日斗争为背景的少年英雄故事。"芦荡"这一江南美景变成了水上战场。少年英雄金瑞阳的智慧、胆识、领袖气质都在这片热土上激情演绎。金曾豪越来越热衷于编织"故事",故事的知识性、传奇化所带来的可读性也随之加强。

"从孩提时候开始,故事伴随着我们成长:故事让我们认识世界,分辨美与丑、善与恶,了解对和错的道德抉择。"[1]金曾豪是一位非常会讲故事的作家。《幽灵岛》采用了三线并进的方式。故事的主线是少年马林寻访太湖青螺岛上的棋界高人唐鬼手的故事;第二条线索是刑满释放人员胡立人冒充摄影师到青螺岛寻宝;第三条线索是已经捷足先登的贩毒团伙"梅花帮"人员,在青螺岛冒充文管会工作人员。这个故事很像斯蒂文森的寻宝故事《金银岛》,多条线索、暗藏玄机。正是

---

[1]　马一波、钟华:《叙事心理学》,上海:上海教育出版社 2006 年版,第 19 页。

缘于马林对后两条故事线索的一无所知，使故事更充满了惊险、刺激的意味。一心想找到棋界高人的马林无意中陷入了一场生死对决的寻宝大战；流浪儿加加的神秘身份、亦敌亦友的行为举止，让这个故事更加扑朔迷离。金曾豪尤擅长营造"神秘"的气氛，比如唐鬼手的"鬼手"，男孩加加怪诞的呼哨，墓碑上的象棋残局正是几个月前唐鬼手在游船上给马林设下的"五步蛇"的棋局，灌木丛中幽幽发亮的眼睛，破败的白虎山庄，湿漉漉的苔藓，无故消失的小船，黑森森的地下水道，神秘来客右胯上的黑梅花纹身……正如书中提及的"夜的气息""像一条灰色巨蟒的眼神，像展开着的蝙蝠的肉翼"一样，寻找唐鬼手、寻宝、智斗等，各种玄机和关目，吊足了读者的胃口，使以《幽灵岛》为代表的诸类作品充满了悬疑色彩。

但是，正是对"故事""情节"的过于热衷，使得金曾豪的作品渐有路走偏锋、钻于"机巧"的意味，导致其后期作品剑走偏锋，以"险"致胜。

《魔树》被称为儿童文学界的"魔幻主义"作品，金曾豪将他擅长的神秘氛围、奇幻情境的描述方式演绎到了极致。小说一开头就渲染了神秘、阴森的氛围，制造了一系列的疑问：老森头为什么要带着阿木登上棺材岛，过离群索居的生活？阿木以及老森头最亲近的子孙和其他平常的孩子有什么不同？老森头悲情而又极端的教育方式，并没能将阿木培养成男子汉；恰恰相反，背负沉重"原罪"感的阿木是乖戾、懒散、冷漠、宿命的，其性格悲剧在棺材岛这片"丛林法则"的自然世界中，显得格外压抑。尽管对于教育方式、教育目的，金曾豪有了更多的思考；但是为了凸显老森头家族"尾巴"的秘密，为了营造"棺材岛"殊于常态的情境，金曾豪不仅放弃了阿木成为小男子汉的可能，也刻意夸张了"棺材岛"的魔幻场景，凸显作品的魔幻、神秘、压抑、死亡的氛围。

《石头里的哥哥》的故事梗概是:弟弟张觉华来到哥哥张俊华的牺牲地——江南小城琴川市,寻找多年以来用"包德"名义捐助善款的好心人的故事。六年前,在琴川读师范的张俊华勇斗歹徒、壮烈牺牲,此后张觉华家不时会收到署名"包德"的汇款。张觉华来到琴川,想找到"包德"本人。这本来是一个可以通过查证汇款寄出地址、寻访当年张俊华救下的三个孩子等方式顺藤摸瓜完成的事情。可是张觉华偏偏把它变成了"XB行动"计划,宁愿隐姓埋名开始搜寻。然而,他一到琴川就丢了钱包,寸步难行。无巧不成书的是他在"方桥面馆"吃饭无钱付账时,遇到了好心收留他的古先生。而古先生,正是为英雄张俊华塑像的雕塑家;"方桥面馆"店老板的孩子辛小虎正是当年哥哥救下的孩子之一。此后张觉华和琴川的新伙伴又破获假币案,这些"巧合"难免消弭了故事的合理性。

金曾豪是一位讲故事的能手,对故事氛围的熏染、人物形象的塑造、情节节奏的把握,都拿捏自如、随物赋形。他的知识经验、文化视野,也使其能将作品提升到一个较为开阔的格局中进行书写。但是对情节奇巧性的过度追求,对人物性格的极端化处理,对各类细节的刻意雕琢,对读者阅读体验的曲意迎合,使后期作品失于过度包装、流于"华丽"叙事,从而失去了早期创作的昂然气度和坦荡气质。

## 三、"自然传奇"的美学形态

对于新时期以来的动物小说,金曾豪的创作具有开创意义。他打破了"小白兔""大灰狼"式的简单呈现,放弃了对动物肤浅的"拟人化"处理方式,而采用"上帝视角"(金曾豪语)平等看待众生万物,以敬畏自然的姿态郑重地书写大自然中的动物,反思人类对动物世界的掠夺和侵占。对于儿童读者而言,既是生动的自然课程,也可培养环保意识、生态意识，还能从动物小说中感悟到生存、竞争、暴力的沉重。正如金曾豪自言：

> 大自然是人类的母亲。大自然不仅造就了作为生物的人，也给予作为社会的人的心灵以巨大的影响。如果自小缺少大自然的养育陶冶，一个人性格的铸造和心灵的发育都会受到不良的阻滞。日出的瑰丽、海涛的恢宏、瀑布的激越、虎啸的雄悍、鹤唳的悲怆、秋虫的幽远……离开了如此丰富生动的感染，人类的情感将会怎样的苍白和干瘪啊！
>
> ……
>
> 血腥、暴力、死亡……这些作家们在其他儿童文学作品中绕开的话题，在动物小说中变得可以容忍，可以不必完全绕开（也难以绕开）。对生活在和平、优越的社会、不知艰难困苦为何物的孩子来说，这种阅读是非常有益的性格锻打。①

正是基于这一创作观，金曾豪创作了大量优秀的动物小说，其中《狼的故事》《苍狼》获第二、第四届全国优秀儿童文学奖，《苍狼》《鹤唳》获"五个一工程奖"，《绝谷猞猁》获中国图书奖、冰心儿童图书奖，等等。金曾豪的动物小说成功地塑造了无数有特点的动物形象，同时将"自然传奇"的美学形态展现得淋漓尽致。

### 1. 动物传奇

金曾豪笔下有孤独的苍狼、狡黠的狐狸、带领结的鹅、有情有义的

---

① 金曾豪：《为什么要给孩子们动物小说》，胡继明、李丽：《苏州作家研究·金曾豪卷》，上海：复旦大学出版社 2008 年版，第 16—17 页。

警犬拉拉、悲情的相牛、逐渐野化的母猪"别克"、不断寻找家园的猞猁、优雅的鹤、可爱的小鹿波波等。它们形态各异，有着非常真切的动物习性、坚强的意志力和对自由的渴望。

首先，金曾豪刻画了丰富多彩的动物形象。如有着"狷介而忧郁的目光"的小狐狸。小猪的"左右脸颊上各有三道并行的浅棕色条纹"，像极了别克汽车的标识，故而被命名为"别克"。一匹名叫"贝贝"的马："四肢挺拔，骨架雄壮，双耳灵动，鬃毛飘扬；两块强健的肌肉从宽宽的胸前突起如两只攥紧的拳头，浑身的白毛闪着瓷质的光泽……健和美、刚和柔在这里个个表现出极致，又是如此的和谐。站在这匹白马前，几乎所有的人都会联想到最美丽的童话和最浪漫的梦境。骏马是大自然的杰作。"（《烈马西风》）他对于动物形象的刻画可谓惟妙惟肖。

对动物间"情感"的描写非常生动。它们既有同类的感情，比如《狼的故事》里公狼解救了被铁夹夹住腿的雌狼。虽然它们来自不同的族群，却在孤独的旷野中组成了家庭。狼甚至和人类豢养的狗产生了感情，"独狼对拉拉（母狗）的亲昵表示的响应一开始是假装的，但是就在鼻子相触的那一瞬，它的内心深处涌起了一种温情。这种感受已久久地离开它了。"而在《白色野猪》中，小猪"别克"和小狗"金子"也有着令人动容的友谊：

> 一条狗和一头猪就在水塘边并排趴下了。身体靠着身体，尾巴在对方身上扫来扫去、划来划去，没个完。一会儿两条尾巴又绕在一起了，缠来缠去、绞来绞去，没个完。它们毕竟不是同类，语言难通，无法在这静静的秋夜里喁喁私语，只能更多地使用这种不用翻译的尾巴语言了。
>
> 在语言不发达的时候，尾巴的功能至关重要。如果人类真是

由猿猴进化而来的,那么尾巴退化的原因就是因为语言的发达?谁知道呢。

除了对动物外形、情感的描写,金曾豪对动物"心理"的摹刻也别有意境:

> 阳光很灿烂,独狼斜眼谛视着阿麦的脖子。壮健的男子的颈项是很漂亮的,当然独狼是看不到美的。审美是人类的特权。狼看见的是鲜嫩的食物。
> 因为人的误会,独狼有过一个当狗的机会,而小狼阿灰得到的机会更好。然而,他们都断然拒绝了。狼就是如此固执地保持着它们生命的原生态,不肯作一点点的变通。这一点使它们不凡,同时也是它们悲剧命运的缘由。如果有一天人类想留下生命原生态的活标本的话,那就选择狼这种动物吧。(《狼的故事》)

作者将老鹰的"英雄迟暮"描写得尤为回肠荡气:

> 这是他的最后一个早晨。他孤独地坐着,等待着太阳从远山的缺口跳起。他回想着他能回想起的一切,不由得生出了悲凉。他竟想流一滴泪了。他深知鹰是有泪的……要不,那胸臆间泛滥的是什么?那涌塞着眼眶的是什么?(《鹰泪》)

这些生动、富有个性、充满激情的动物形象,加之动物小说本身的趣味性、神秘感,构建了金曾豪动物小说的奇观。作者将自己的写作方式称为"上帝视角":

"上帝视角"是我杜撰的。这里的"上帝"即是大自然。所有的生物都是自然之子。如果用大自然母亲的目光来看,一切生命的权利都是平等的。

我无法保证我笔下的动物世界和人类世界没有关系。搁笔反顾,我常常能发现一些动物角色确实是折射着人性的亮点和生命的光彩。

我不乐意接受"拟人化"这类指认,是因为我一直努力在摆脱动物小说的这种"拟人化"状态。我希望我笔下的动物世界和人类世界只有一个比兴的关系。(《狼的故事·后记》)

事实上金曾豪对动物的描写有很强的"人格化"特征,这是作家面对人与自然关系的思考:"艺术不是自然精确的忠实描绘,而是通过人的心灵来熔炼在自然中所发现的某种元素。"[①]动物世界和人类世界的"比兴"关系,是对动物意识的反顾,对人类思维的反思,也是对自然的敬畏。

第二,金曾豪对动物的生活习性也非常了解,而且写法别致:"野兽每走一程就会在树干、石头、水沟边等地方嗅一嗅。它们这么做如同人每天读报了解世事一样,是在'阅读'它们动物世界的社会新闻。"如《带领结的鹅》中有许多动物知识:天鹅是一夫一妻的终生配偶;动物的视觉细胞包括杆状细胞和锥状细胞。狼、狐、猫等夜行动物的杆状细胞更多,能看得清夜间的物象,但是它们的视觉世界是黑白色的。《白色野猪》中猪不仅很爱干净,而且非常聪明。《绝谷猞猁》中属于猫科动物的猞猁有着一般动物难以企及的耐心,在突袭前能够长时间地

---

① [英]罗莎芒德·哈丁:《诗人画家与科学家》,收入周宪译《艺术的心理世界》,北京:中国人民大学出版社 2003 年版,第 229 页。

潜伏。《鹤唳》中的鹤作为地球古老的生物,生性宁静、阔朗、高雅。

在《狼的故事》《白色野猪》中为猪正名:

> 一般的人对猪多有误解,以为猪是又蠢又馋又脏的畜生。其实错了,猪很愿意动脑子,只要有人教,它就可以轻易地掌握一条狗能掌握的技巧,甚至能弄明白插销的开启这一类连狗也难以学会的技巧。顺便提一下,当猪长到相当于人的十六七岁的时候就把全身的血肉毛骨献给了人类,能活到成年的只有极少数的猪,智力尚未发育成熟。说猪馋也不公正,因为他们从不过量进食,把它们称为动物中的美食家倒也未尝不妥。它们不把进食仅仅当作填肚子的动作,从不匆忙地囫囵吞下食物,总是从容不迫地细细咀嚼、品味,还不时用长嘴搅拱食物,使食物的香气弥漫开来。人们常把它们这种美食家的习惯看作贪馋。只要条件允许,猪也不脏,相反,猪是驯养动物中最讲卫生的,譬如从不随地大小便。

在《狼的故事》《苍狼》《青春口哨》《赤脚走在田埂上》等多部作品中提及"大地"对于生灵的意义:

> 狼在伤了病了沮丧了的时候,就会紧紧地依倚大地,拥抱泥土。他们以为孕育哺养了无数生灵的泥土会给他们身体注入新的活力。
>
> 两条狼尽可能多地让自己的身体和大地接触,它们相信大地会给予自己力量和勇气。(《狼的故事》)
>
> 几乎所有的动物在伤病严重时都会紧紧依偎大地。它们认为大地能赐予活力。这是好多动物行为学家都注意到了的现象。

动物不可能知道安泰的神话,它们这么做一定自有缘故。我想,
医院的重危病房应该安排在底楼。(《青春口哨》)

更重要的是能接"地气"。……地气就从涌泉穴进了人体,比
吃药还灵呢。母亲说,那些伤了病了的狗会去哪里?它们没法找
郎中,就去僻静的野地里静静地趴着,它们知道要和土地接通气
息,慢慢地,地气真就让它们缓过来了。(《赤脚走在田埂上》)

在金曾豪笔下,它们不属于人类,不拘囿于"牲畜""动物"这样一
种人类立场的归属定义;而是作为大自然的"生灵",有着独立、强大的
精神品格。

第三,在"丛林法则"的残酷生存环境中,动物的求生意志力非常
顽强。如一路逃亡,摆脱了动物园、人类驯养、地震等重重阻碍的狼;
逐渐适应野生环境,多次躲过人类捕杀的母猪"别克"。有时候,这些
动物的意志力甚至超出了读者的想象力。比如为了摆脱猎人的铁夹,
公狼咬断了母狼被夹的左后腿。"雌狼明白过来了,不再向公狼扑咬,
吮着断足上淋漓的鲜血,甚至还看了一眼离开身体的那一截脚爪。它
的眼睛里涌满了泪水,说不清这泪水是因为痛苦还是因为感激。是
的,狼也有泪。"而临产的母蛇为了完成繁衍后代的使命,舍身刺进竹
尖,用类似人类"剖腹产"的方式产下小蛇:

它还处于极大的痛苦之中。痛苦使它一阵阵痉挛、不停地蠕
动,就像在跳着一个漫长的无伴奏的舞蹈。……它明白自己活命
无望,可作为母亲的庄严使命尚未完成。

它在河边的一丛箭竹里逡巡,终于如愿以偿,找到了一个竹
茬。……终于下了最后的决心,它离开竹茬几丈之地,然后微昂
头颅,笔直向竹茬冲去,越游越快,最后简直成了一支暗绿色的飞

矢。难于清楚过程,不知怎么一来,那笔直锋利的竹刺已经深深地剖开了老蛇的腹部。许多小蛇在鲜血里蚁蚁蠕动!(《狼的故事》)

在这段惊心动魄的生产过程中,母蛇在自杀前甚至去河里极具仪式感地洗了澡,待产下小蛇以后,"晃动着前半身,拖着后半身向大河游去。在水边,它又回头看了一眼它的儿女,看了一眼天空和大地。这是它投向世界的最后一瞥。"《鹤唳》中鹤"大顶子"在"环环"面前,巧妙地利用反弹树枝的方式,击败了天敌老鹰。大顶子既享受了战胜强者的胜利感,也在同伴环环面前赢得了自信。这些带有"人格"化的动物形象,充满了奇崛的想象色彩。

第四,对自由的渴望与向死而生的品格。金曾豪的动物小说有一个核心意象,那就是对"自由"的绝对渴望。对"自由"的追求,绝不是靠摇尾乞怜、妥协让步得到,而是"不自由,毋宁死"的芳烈。这是动物世界的"尊严"。狼、狐、猞猁、鹤等都在勇敢地捍卫自由和尊严,甚至不惜悲壮地死去。金曾豪早期的代表作《狼的故事》《苍狼》凸显了狼的桀骜不驯:"狼总是崇拜强者,争做强者的。这是残酷的几万年乃至几十万年生存竞争教诲的结果。"当它们被囚禁于动物园里供人玩赏时,不断地咬啮着铁丝,看到络绎不绝的游客,狂怒、暴跳、沮丧,徒然地奔走、嗥叫,"整天处于一种交织着仇恨、愤懑和屈辱的激动之中"。在《烈马西风》里,作者讲述了一匹因地震而失明的赛马贝贝的故事。失明后的贝贝被寄养在山庙里,成为供人合影拍照的"道具"。它再也不能在草原上奔驰。它的新主人胖子担心它的奔跑会撂倒那些只能靠拍照留下"骑士"幻想的游客,把它的脚用铁链锁起来。贝贝"没有挣扎,没有暴躁,贝贝就像它身旁的石马一样伫立不动"。当它结束一天的工作时"猛地挣脱了控制,引颈长嘶一声,然后不顾一切地向落日的方向狂奔而去。一转眼,贝贝就到了悬崖边上。没有一点犹豫,它纵身一跃,跳进了辉煌的落日。"在《鹰泪》中失去妻子、孩子的老鹰愈发的孤傲、孤寂。"他衰老了,不是因为岁月,而是因为寂寞。""这是他的最后一个早晨。他孤独地坐着,等待着太阳从远山的缺口跳起。"最后老鹰纵身一跃,坠入深潭,以"决不让别的生物目睹他们的死,看到他的尸体,乃至一片羽毛"的清高的方式结束生命:"他猛地收拢双翅,收拢每一片羽毛,成为一支坚硬如铁的梭,掉过头,陨石似的从高空向山谷坠落,向孔雀绿扎去。……他完成了自己的葬礼。如此潇洒,如此美丽。"在金曾豪笔下,自由和死亡都是珍贵、壮烈的。这种视"死亡"为节烈归宿的写作方式,常成为金曾豪动物小说的模式。比如短篇小说《想飞的小鹿》就有四次死亡:小鹿的家人、司机大龙、小病人小泓、小鹿波波。《白色野猪》中野猪"高尔夫"在陪伴母猪"别克"的过程中是耐心、睿智的,但是最后的行为却是莽撞而疯狂的,它不顾一切地用獠牙挑死了小狗"金子",在急躁的冲撞中被迎面驶来的卡车撞死。而"别克"也被孙胡子击伤,逃进山林后气绝身亡。它怀里还有五个正在吃奶的小猪。这个故事时而充满幻想的浪漫,时而充斥着残酷的冷静。这种断裂式的写作方式,已脱离了"上帝视角"的客观性,或者说作者已以"上帝"自居,为了完成一个决绝的姿态而刻意地摆弄了他笔下的人物命运。可见,金曾豪的动物小说有着向死而生的悲剧意识,但是当对自由渴望延伸为对死亡的渴望时,这一"套路"式写作方式难免显得刻意、偏执,过于沉重。

## 2. 独特而完整的"大自然"体系

金曾豪的动物小说有着宏观的生态写作视域,尤其注重"人"在自然中的角色、意识。人对自然的侵占掠夺或和谐相处,生成了文本的审美建构,呈现出生态美学的本土化特征。

一方面,在金曾豪笔下,人与自然的关系被人为地割裂,丧失了生命的从容。如老森头看到降临在小岛上的野鸭群时,眼里看到的不是鲜活的生灵,而是"遍地的钱"。生态伦理问题因人的伧俗而显现出来。《夜莺的月亮》为了制造吉他和夜莺合作的轰动效果,少年用胶水抓住了夜莺。夜莺不吃不喝不吭声,"没有了风和月,这曾经美丽的音乐竟是如此干瘪,如此生硬,如此丑陋!"在红衣少年的吉他声中,夜莺死在囚笼之中。

《老马之死》是一个悲凉的故事。"老豆腐"老马受到豆腐店管理员老兴的悉心照料。一人一马,彼此陪伴:"上过料,老兴还要和老马说几句废话,然后再回屋去睡觉。灯一一熄灭,偏院恢复宁静,蛐蛐有一声没一声地吟唱。夜还长,老马慢慢地咀嚼,慢慢地看着夜空的星斗。这里的夜空不能和乌兰巴托比,乌兰巴托大草原的夜空和草原一样辽阔无边。"寥寥几笔,写尽了老马的孤寂。男孩三官领着老马遛弯,路过理发店时,老马突然闯进去,气咻咻地对着镜子瞧。三官明白过来了——"这老马以为这里有它的同类呢! 它不知道镜子里的马就是它自己。"老兴退休、三官到县城上中学以后,老马的境遇就变得非常可怜。"一个下雪的晚上,老马撞开了马厩的半栅门,到了院子里,在院墙缺口那儿久久地站着",变成了一个"凄美的雪冢"。老马被"囚禁"在小镇上当作劳动工具,没有见过一个同类十多年。老兴、三官、阿七,以及豆腐店老板,尽管对待老马的态度不同,老马的境遇也曾在老兴和三官的善待下略有好转,但是老马的悲惨命运却是无法避免的。

《绝谷猞猁》将人类对自然的破坏放置在一个更宏观的视野中。逃出动物园的猞猁灰灰和依依在一处绝谷安家。但是人类入侵,未经处理的废水严重污染了山谷的土壤、植物和地下水源,生活在山谷中的动物慢慢地成批成批地死去。猞猁再次失去家园,环境恶化将它们逼上绝路。一系列触目惊心的惨剧让读者不断地反思人类的残忍。

金曾豪没有刻意去谴责人类,而是在动物的悲情抗争中展示了文本对生态问题的逻辑归因,并清晰地凸显出生态伦理立场。

另一方面,对于理想生存形态的建构,是生态写作中的核心命题。人如何与自然、与动植物共生,是金曾豪生态写作中切入核心命题的重要维度。

《想飞的小鹿》中小鹿波波渐渐地适应了儿童医院的生活方式,"学着护士小姐的样子在走廊里嗒嗒地走。小病员们听到这温文尔雅的蹄声就从被子里探出头来亲热地招呼它。但是波波并不随便走进有药水味的病房,只是在走过房门时略做停留,不声响,或转动一下耳朵,或晃一下尾巴。那些护士小姐都是这么悄悄走路的。"小鹿的憨态可掬遇见了孩子们的纯真热情,在"儿童医院"这片小乐土上其乐融融。但是,这片小乐土只是转瞬即逝的乌托邦,小泓转院了,小鹿也被歹人猎杀了。

很显然,在人类的"孤岛"上很难有动物的真正空间。金曾豪也书写了人与动物之间的和谐相处,表现出难得的柔软和温情。《嘭嘭嘭的渡口》的主角小水獭"嘭嘭嘭"是个盲人。刘爷爷耐心地为它做眼部手术。在小水獭恢复健康以后就将它放回沼泽。"大白猫想去村子里找同伴玩,上了渡船却不知道怎么驶船过河,心里好生烦恼,就在船上嘭嘭嘭地蹦跳。小水獭听见了,以为是刘加唤它呢,赶紧游过来帮忙。它叼住了垂在水里的绳子往对岸拉。小船被拉动了。"《渔船上的红狐》船夫星和他的狗鲁鲁,在水里捡到了一只小狐狸,给小狐狸起了一个红彤彤的名字"丹丹"。丹丹很快就适应了船上生活,能够模仿渔人到鸭埘"收蛋":"鸭埘是悬在船尾下水面上的,要收蛋,人得下到淌淌船上去才行,挺麻烦的。丹丹收蛋就不必如此麻烦,它轻易就能从船尾下到鸭埘,叼了蛋再攀缘而上,直接将蛋送入贮蛋的篓子,埋在砻糠之中。"除了擅于模仿人类,丹丹对鸭群的管理方法也是出手不凡,能够通过一口叼住头鸭、操纵方向,看管好整个鸭群。尽管人、狗、狐相处融洽,但是渔人还是觉得狐狸属于山林,他把丹丹放归山林:"月亮弯弯地俯看着人、狐、树林。稠稠的黑暗正在林子深处聚集。有蚱蜢在草丛间嗒嗒地飞蹿。一只孤独的鸟在树林深处断断续续地啼叫:'滴滴水儿,滴滴水儿……'风从林中、从荒草丛中飘过来,亲切地拂着丹丹的毛。荒野就这样轻轻地呼唤着丹丹心灵深处那被压抑的本性。"丹丹最终回到荒野。文末,作者写道:"就这样,一个人、一条狗、一只狐在一条船上生活了几个月。没有离奇的故事发生,没有。"笔者以为,《渔船上的红狐》在文学艺术表现上是克制的,而这种克制与金曾豪其他许多作品的恣意汪洋构成了一种对照。也正是这种清醒的克制,使得这部短篇小说精致、含蓄、耐读。

《凤凰山谷》以自然为坐标,以生命哲学为参照,以乡村生态为全景,勾勒了一幅万物有灵的宏图。金曾豪有着多年动物小说创作的积淀,使这部作品不局限于了解动物习性、关爱动植物、热爱大自然的层面,而是将人、动植物等一切生灵纳入"命运共同体"的生态体系之中:灵秀的山村、"碧水泱泱"的凤凰潭、温顺的水牛"豆豆"、老母鸡"刘桂花"、小公鸡"赳赳",小主人"奔奔"……人与自然的和谐相处谱写了一曲美妙的田园牧歌。金曾豪抒情地描绘着自在自足的乡村生态,传神地勾勒出各类动物的形貌神态、心理情绪。但是,田园牧歌式的乌托邦很快被商业利益驱动的开发计划毁于一旦,"凤凰潭哆嗦了一下,像中了一只毒箭"。作者对凤凰山谷的生态体系做了全景式的描绘。以凤凰山谷的生灵万物为喻体,来比喻人、人与人、人与万物、万物之间的关系。动物情感、人类情感、自然物象通过这种隐喻方式整合起来,清晰地凸显出人与自然万象间的深层的机制关系和血脉渊源,从而生成了人与自然"命运共同体"的美学品格。在文末,对生态伦理的理性认同和情感迁移,被较为突兀的城市化进程瞬间摧毁。这一文本实践沿袭了金曾豪创作的惯常思路。

<h2 style="text-align:center">结　语</h2>

金曾豪是位非常高产的作家。在勤耕苦创的同时,难免出现"技术便利"的复制现象,也出现了一些内容雷同、结构相近的情况。尤其是对于少年探险、动物传奇的过度书写、悬疑式追捧,损伤了金曾豪后期作品的艺术性。总体而言,新时期伊始的《小巷木屐声》《狼的故事》《青春口哨》《蓝调江南》等作品对地域特色的风格凸显、动物小说的艺术提升、少年小说的类型挖掘,均具有前瞻性和示范性。金曾豪在语言艺术的造诣、文本叙事的能力上也达到了相当的高度。

<h3 style="text-align:center">第三节　黄蓓佳:两种笔墨写童年</h3>

新时期以来的江苏儿童文学版图,如果撇开黄蓓佳,就会失去重心。正像黄蓓佳本人的创作,如果撇开她的成人文学作品而单独来谈其儿童文学创作,也很难全面认识其文学成就,更遑论在其成人文学创作的背景下儿童文学作品的特色。

从1973年开始发表文学作品,黄蓓佳勤耕笔墨近半个世纪,其创作历程贯穿了新时期以来整个江苏文学的发展。主要儿童文学作品包括长篇小说《我要做好孩子》《今天我是升旗手》《我飞了》《漂来的狗儿》《亲亲我的妈妈》《遥远的风铃》《你是我的宝贝》《艾晚的水仙球》《余宝的世界》及"五个八岁"系列(《草镯子》《白棉花》《星星索》《黑眼睛》《平安夜》)、《童眸》《野蜂飞舞》等。中短篇小说集《小船,小船》《遥远的地方有一片海》《芦花飘飞的时候》及《中国童话》等。作品曾多次获全国优秀儿童文学奖、中宣部全国"五个一"工程奖、中国出版政府奖、冰心儿童文学奖、宋庆龄儿童文学奖,以及部省级文学奖数十种。与此同时,她的成人作品主要有长篇小说《夜夜狂欢》《新乱世佳人》《婚姻流程》《目光一样透明》《派克式左轮》《没有名字的身体》《所有的》《家人们》等。中短篇作品集《在水边》《这一瞬间如此辉煌》《请和我同行》《藤之舞》《玫瑰房间》《危险游戏》《忧伤的五月》《爱某个人就让他自由》等。

不难看出,黄蓓佳的创作游走在两个世界中:童年与成人、童话与现实。童年的懵懂、童话的恣意,与成人的复杂、现实的局促,常常能够各自安好地呈现在她不同类型的创作中。黄蓓佳非常自如地用两种笔墨写人生,正如作者自言:"儿童文学的魅力在于它的纯美。每写完一本儿童文学,心里就像被洗过了一样,那么干净,那么透明,跟写成人文学是两种完全不同的享受。成人文学中,我会淋漓尽致地表达我对社会、对人生的看法,我生活当中不能去够到的东西,或者想了不敢去做的,我可以用文学来完成。"①从黄蓓佳的创作轨迹来看,她的早期成名作品如《小船,小船》从儿童文学创作出发,成为专业作家后专注于成人文学创作,带着诗意化、浪漫化的诉求,丁帆称其为"当今文坛最后的浪漫主义作家之一"②。抚育女儿、直面升学压力……这些当下中国父母都要经历的育儿焦虑催使她时隔十多年以后创作了《我要做好孩子》《今天我是升旗手》等能够引起大量读者共鸣的儿童文学作品。随着阅历的增加和写作观念的转变,黄蓓佳的近期创作越来越擅长从"童年"出发,在儿童所感知的生活场景、风俗风景中,以历史化、

①　陈香:《黄蓓佳:成人文学让我释放儿童文学让我纯净》,《中华读书报》,2008 年 8 月 20 日。
②　丁帆:《我们从'童眸'中看到了什么?——兼论儿童文学创作观念的嬗变》,《文学报》,2017 年 1 月 12 日。

家族化的方式探寻成人世界的冷暖。如她的"五个八岁"系列、《童眸》《野蜂飞舞》等作品,儿童与成人的裂隙、童年与历史的耦合,构成了文本的张力,而填充、缓和这一张力的方式是用日常生活的场景与细节来揭示百年中国的童年生态。从黄蓓佳对成人文学、儿童文学两种文体的边界控制,力图超越一般"童年生活"而苦心经营的"青阳城"中"童年生态"的呈现,可以洞悉黄蓓佳的写作惯性、转型探索、美学诉求,对百年中国"儿童""童年"想象的积极探索,也展现了当代中国儿童文学创作的一种深沉气象和开阔格局。

## 一、 自觉的文体意识

黄蓓佳能够自由穿梭于成人与儿童两种文学创作场域,来自她自觉的文体意识。她有意识地描绘了"时代的儿童,儿童的时代",儿童的主体性是通过与成人的"人生对话"凸显出来。《艾晚的水仙球》《黑眼睛》可与成人文学作品《所有的》互文,《遥远的风铃》可与《目光一样透明》互文。不同的隐含读者的指向决定了前者与后者的文本差异,可以看到黄蓓佳自觉的文体意识。

弥尔顿在《复乐园》中说:"童年展示成人,正如早晨展示白天。"黄蓓佳的儿童文学作品从不为"儿童"单独设立微观小世界,也不是隔绝于现实的孑然本体;她笔下的"儿童"来自家庭、社会和时代,故事的发生关涉到现实世界的各种变故,引发儿童与成人进行了人生对话。成名作《小船,小船》中第一位"刘老师"溺亡后,第二位"刘老师"的出现引发了男孩芦芦的排斥,儿童细腻的心理变化,芦苇荡的自然风情,以及隐隐可感知的有关民办教师的状态、师范教育的成果、乡村小学的设置等1980年代初期的社会气息扑面而来。此后黄蓓佳的创作不断转型和突破,但是始终或明或暗地使用儿童与成人对话的"复调"方式,将儿童的世界推向更高远的格局中,也透过儿童的目光看到成人世界的乱象。如时隔三十年后出版的《草镯子》(2010 年版),女孩梅香目睹了裁缝家的童养媳秀秀凌辱而死、自家太奶奶张罗着给父亲娶小以延续香火、父亲秘密包养的情人芸姨;另一方面,1924 年的民国,学校、女学生、天足、婚恋自主……现代文明俨然在"青阳"城中引领风尚。正如蒙台梭利所言:"不经历童年,不经过儿童的创造,就不存在成人。"①正是通过八岁梅香的眼睛,将母亲的纤弱和隐忍、父亲的恣意和优柔、呆小二的憨直善良、裁缝娘子的尖刻恶毒,以及围绕"水井"的小城镇生活、旧时院落的四季风景、节庆民俗的场景、新式学堂的风貌等历史细节——呈现。儿童冲撞、撕扯着现实世界习以为常的幕布,向静水深流的成人日常生活投下鲁莽、不羁的童真。作品不仅刻画出儿童丰富细腻的身心成长之路,而且映衬出现实生活中各色成人的立体形象。世界与儿童就在这样的陌生与熟悉、逃离与妥协、对峙与融合中,生成了充满年代感的时代风貌和童年样貌。

可以说,儿童与成人的"人生对话"写作模式,一直以螺旋上升的方式贯穿于黄蓓佳的文学初创期到当下的成熟期,在成人文学作品《所有的》《家人们》,儿童文学作品《漂来的狗儿》《遥远的风铃》、"五个八岁"系列、《童眸》等后期作品中表现得尤为圆融自在。自觉的文体意识,向读者提供"有滋味的阅读"的创作态度,长期、高产的持续写作,使得黄蓓佳愈加能够收放自如、张弛有度地把握好这一写作策略和节奏。

黄蓓佳的文体意识不仅表现为对技巧、结构和形式的追求,更在于她能够根据成人文学和儿童文学的读者群的差异而选择不同的语

---

① ［意］蒙台梭利:《蒙台梭利幼儿教育科学方法》,任代文主译校,北京:人民教育出版社 1993 年版,第 334 页。

言风格、叙事视角和主题内容。比如"艾晚"和她的姐姐"艾早"、哥哥
"艾好",三兄妹的人物形象、故事梗概先后出现在《所有的》(2008 年)、
《艾晚的水仙球》(2010 年)、《黑眼睛》(2010 年)的成人与儿童文学作
品中。成人文学《所有的》的内容跨越近五十年,"文革"背景下成长起
来的双胞胎姐妹艾早、艾晚,以及天才少年艾好的凋零,艾家酱园的变
迁,姨夫张根本的崛起,艾早和艾晚以不同方式爱恋着的陈清风等人
物故事细密地交织在一起。在艾家姐弟的成长过程中,个人情感、命
运始终和时代的风云变幻紧密联系在一起:恢复高考、中科大"少年天
才班"、下海潮、出国热……在场的时代风云与人物个体的悲欢离合、
日常生活的涓涓细流,不经意间构成了离场后痛楚的诗意。而归类为
儿童文学作品的《艾晚的水仙球》和《黑眼睛》("五个八岁"系列之一),
人物形象和情节结构与《所有的》大致相同,比如大姐艾早爽利执拗,
因沉溺在对记者陈清风的爱恋中而高考失利;哥哥艾好极为聪慧,却
毫无生活自理能力,因沉醉于"费马大定理"走火入魔而被中科大劝
退;在家中经常被忽视,相对"平凡"的艾晚却稳步成长。所不同的是,
《艾晚的水仙球》《黑眼睛》简省了艾家酱园的变故和母亲的李氏家族
的传奇暴富,艾氏夫妻的身份更加平实简单,艾早、艾晚也由双胞胎姐
妹变成了大姐和小妹的关系。《所有的》倾注了黄蓓佳对爱情、命运、
死亡的多重理解。艾晚被姨夫张根本收养;多年后艾早为了解救陈清
风,嫁给了姨夫张根本;当艾早发现艾晚和陈清风的私生子艾飞以后,
又杀死病重的张根本以求骗保,试图给艾飞留下大笔保险赔偿金。黄
蓓佳全面调动倒叙、插叙、闪回、铺陈、意识流等写作方式,将复杂的亲
情、纠缠的伦理编织的繁杂又清晰、迷离又生动。而这一切在孩子们
的童年期即见端倪,艾早、艾晚背着脑瘫的弟弟艾多下乡看母亲:

    "你说艾多要长到几岁才会死?"艾早跟在我身后,伸手托着

艾多的一条腿,希望帮我减轻一点负担。

"不知道。二十岁吧?"我猜测。我曾听李艳华说过,艾多这样的人不会活得太长。

艾早叹口气说:"他今年才五岁,如果二十岁死,还要活十五年。"

我们都不说话了,都在想着十五年该有多么漫长。

**在回程的路上,艾多愈发沉重,尿湿了艾早的整个后背。**

艾早又气又恼地看了他一会儿,忽然抬起头,盯住我和艾好的眼睛,说出一句石破天惊的话:"我们把他扔了吧。"

艾好倒退一步,吃惊得眼珠子都要掉出来了,脑袋转来转去,一副张皇到极点的样子。他不敢出声,就可怜巴巴地看着我,希望由我来替他做一个决断。

我在那一刻忽然觉得身子发冷,冷得双肩止不住哆嗦起来。我仔细看地上艾多的眼睛,越看越觉得那双白多黑少的眼睛里面藏着一个魔鬼,冰冷,邪恶,嘲讽,还带着嘿嘿的冷笑。这双眼睛天生就是要戏弄我们的,要折磨和纠缠我们的。我不知道艾早看出来没有,我想我应该提醒她警惕。

**最终三个孩子扔下了五岁的弟弟艾多:**

艾好走着走着忽然站住了,揪住我的衣角,面露恐惧地:"姐,我听见弟弟在笑……"

我一哆嗦,浑身的汗毛都噗地竖了起来。我惊惶地转过身去,望着大路的尽头。艾多太小了,把他放在路边,很快就被路边的草根和荆棘遮眼不见,可是我分明也听到了一种异样的声音,凄厉、尖锐、绝望,又缠绵,有点像深夜里猫头鹰的笑,又有点像春天里猫儿叫春的哀嚎。

艾早同样地站立不动,辨别从远处传过来的,或者说是从我们心灵深处传过来的若有若无的声响。她脸上的神情,迷惘、迟疑、沮丧。

我拉了拉她的袖子,用目光征询她的同意。她以半梦半醒的那种混沌看着我,点了点头。于是我拔腿往回走,从一百米开外的地方,把艾多捡了回来。

三个孩子经历了一场心灵炼狱,各自性格特质也纤毫毕现。正如托多洛夫所言:"构成故事环境的各种事实从来不是'以它们自身'出现,而总是根据某种眼光、某个观察点呈现在我们面前的";"在文学方面,我们所要研究的从来不是原始的事实或事件,而是以某种方式被描写出来的事实或事件。从两个不同的视点观察同一事实就会写出两种截然不同的事实。一个物体的各个方面都是由为我们提供的视点所决定的。"①艾晚和艾早在《所有的》中的各种阴差阳错、事与愿违、时空交错、今昔对照,到了《艾晚的水仙球》《黑眼睛》中,简省为同伴游乐、民俗节庆、学习竞赛等成长期最显性的主题。在这三部作品中,作为叙事者"艾晚"的多重视角,显现出黄蓓佳对题材的把握、对写作尺度的权衡。正是这一自觉的文体意识,黄蓓佳能够在成人视域中写出儿童心理的极致,也能够在儿童视野中写出成人世界的裂隙。

---

① 王先霈、王又平主编:《文学批评术语辞典》,上海:上海文艺出版社1999年版,第321页。

## 二、"有滋味"的笔墨

　　毫无疑问,黄蓓佳是80年代以来有品质的畅销书作家,其作品好读、耐看。黄蓓佳又一直是"纯文学"写作的坚守者,尤其是在儿童文学创作上,充满神圣感和使命感。她强调儿童文学作品应当给予读者"有深度的阅读,有质量的阅读,有品位的阅读"①。这既是对隐含读者的期待,也是对文本质量的要求。如《童眸》发布时,她更是感慨"人性的复杂,构成了我们这个世界的千姿百态,正因为如此,我们的人物才有温度,我们的文字才值得反复咂摸和咀嚼。希望我的《童眸》是一本有滋味的书"。由此可以回到黄蓓佳作品"畅销"的原点,讨论其作品是否止于一种流畅轻松的阅读? 笔者以为,黄蓓佳的儿童文学作品,其主题选择、人物与情节设计、语言文字都努力实践着深度、质量、品味的要求。

### 1. 主题选择的多元

　　《我要做好孩子》《今天我是升旗手》涉及应试教育背景下的儿童成长、评价标准和荣誉意识。《我飞了》讲述了单亲家庭中的平凡男孩单明明和罹患白血病的杜小亚之间的真挚友谊,病逝后的杜小亚成为陪伴单明明心灵成长的"精灵"。《漂来的狗儿》中渴望变成白天鹅般舞者的女孩"狗儿",以及1970年代"梧桐院"中成长的男孩女孩们。《亲亲我的妈妈》中比较抑郁、自闭的母子二人在离散多年以后,彼此间小心翼翼地、由浅及深地交流。《遥远的风铃》中1970年代的江心洲农场,下放的知识分子、知青在这片贫瘠又浩荡的土地上演绎着无

① 王力:《作家黄蓓佳:给孩子有深度的阅读》,《新华日报》,2006年4月22日。

奈又绮丽的人生悲歌。15 岁的少女小芽目睹、经历着人性沉浮与世事沧桑,逐渐成长、迎接新的人生。从上述作品的选题来看,既有直指当代教育问题和社会现象的作品,如《我要做好孩子》《今天我是升旗手》《我飞了》《你是我的宝贝》《余宝的世界》《平安夜》;也有与黄蓓佳成长经历高度契合的 20 世纪六七十年代的成长主题,如《漂来的狗儿》《遥远的风铃》《艾晚的水仙球》《星星索》《黑眼睛》《童眸》;还有对民国时期儿童成长的怀想,如《草镯子》《白棉花》《野蜂飞舞》。无论选题如何,黄蓓佳对"儿童"的书写,从不以教育者、训诫者自居,从不用"好孩子""坏孩子"相对照对比的方式进行归类和说教。正如她在《我要做好孩子》后记中所言:"我把孩子当上帝一样尊敬,从来都没有低估他们的智慧和能力。我努力追赶孩子们前进的步伐,像夸父追日一样辛苦。"平视、尊重儿童,才能够写出童年的真切,以及穿透儿童目光后生活的悲欢。

最为难能可贵的是,黄蓓佳很早就开始为特殊儿童代言,并且超越了一般意义上的人道主义对残障、特殊儿童的所谓怜爱、同情,而是在平等的位置上去表现这一群体。她的成名作《小船,小船》中的主人翁是残疾男孩芦芦;《我飞了》中的两个小伙伴,一个是单亲家庭中平凡男孩单明明,一个是父亲入狱、患有白血病的杜小亚;《亲亲我的妈妈》的主角是从小父母离异,有轻微自闭症的男孩赵安迪;《你是我的宝贝》主角是唐氏综合征的孤儿贝贝;《余宝的世界》关涉到城市流动儿童的成长状态;引发社会较大共鸣的《我要做好孩子》中的金铃是非常普通的"中等生"。他们渺小、卑微,容易被忽视、被边缘化,但是"世界上所有的孩子,都是上帝赐予我们的宝贝"[1],黄蓓佳尤其看重这些

① 黄蓓佳:《每一个孩子都是我们的宝贝》,《亲亲我的宝贝·后记》,南京:江苏少年儿童出版社 2008 年版,第 253 页。

"沉默的大多数"："对于这些失败的孩子,这些中不溜秋所谓消极的人物有一种亲近感。我觉得在这些所谓的失败与破碎之后,恰恰能恢复到一种日常的状态,从中感受到一种人性的温暖。"①黄蓓佳的作品里,拂去了世俗意义上的"精英"因优越感带来的傲慢,用芦芦、贝贝、余宝等孩子的眼光看这个秩序井然的世界,从而得出了另一种判断,闪烁着人本主义的哲学光芒。从传统社会的父为子纲,到五四时期的"儿童本位"论的昙花一现;从红色江山继承人的塑造要求,到"教育工具论"意识下对"好孩子"的推崇;"童年"基本是一种成人社会催生的产物,"儿童"形象被成人集体意识所"形塑"。新时期以来的儿童文学创作渐渐能够从"儿童"这一原点开始勾勒童年,黄蓓佳更能从残障儿童、特殊家庭儿童、留守与流动儿童等处境不利的儿童身上寻找"日常状态",感受"人性温度",这是一种有意识的主题选择,更是一种写作格局和风骨。

### 2. 人物塑造与情节设计的精致圆融

曹文轩曾赞黄蓓佳"属于那种有才情的作家,但她从来不去张扬自己的才情。她将自己的才情很有分寸地控制住,细水长流地灌注于那些来自她内心的绵绵不断的文字中间"。作家具有纵情逞才的能力,而一名优秀的作家恰恰能够合理、克制地使用才情,把握好"分寸感",人物形象的入木三分、情节设计的精巧而不落痕迹、结局的开放性,均是对"分寸感"的考验。

黄蓓佳塑造了很多脍炙人口的角色,如肉嘟嘟、率真的金铃,看似安静内秀的艾晚,亭亭玉立的少女小芽。相对于主角及相关重要人物的闪耀,很多不显眼人物的偶露峥嵘,更能显现写作的力道,比如《遥

---

① 肖林:《黄蓓佳:你的眼泪,我的奢望》,《金陵晚报》,2006 年 3 月 11 日。

远的风铃》中小芽的父亲林富民。他是农场招待所的所长,"生就了一个地道农村人的模样,面色黧黑,颧骨鼓突着两块结结实实的肌肉,肌肉上方密密麻麻的鱼尾纹中,一双小而亮的眼睛总是似笑非笑地看人,现出了这一带农民特有的精明和狡黠"。当小芽得知老江头即将回东北,回家质问父亲为何不告知这个消息时,林父的神态和反应如下:

> 林富民抱着搪瓷大缸子"滋滋"地喝茶,听见小芽问,抬起头,表示惊讶:"又不是什么了不起的大事,你一个孩子家,江书记走,碍着你什么?"
> ……
> 林富民摊着手,哭笑不得的样子:"有什么好难过的呢? 共产党的干部,今天调过来,明天调过去,都是常有的事。……要是都像你这样,走一个人难过一次,我忙得过来吗?"

表面看起来,林富民对老江头的离开是无所谓的。但是,在为老江头送行的时候,老江头那件过大、过沉的杞柳箱无法拎上船,所有人都犯难、无可奈何的时候,林富民的举动出人意料。

> 林富民不声不响站出来,两把扒去鞋袜,一直往堤下走,走进江水中,站着,对人大喝一声:"箱子给我!"有人把箱子送下去,他发一个狠劲扛上肩,身子往一边歪得像要倒,哗啦哗啦蹚着江水冲到船舷边,顶着,由船上的人弯腰把箱子拎上去。
> 腊月天的江水能咬人,林富民上岸时两腿红得发了肿。小芽奔过去,脱了自己的棉袄,不由分说裹住了那两条泥乎乎的腿。林富民急得一个劲抓小芽的手:"丫头你做什么呀,大冷的天,脱

了棉袄,你作死啊!"小芽紧紧按住棉袄说:"你坐着别动,别管我。"林富民又是心疼又是高兴,当着一码头的人,龇牙笑着,表情很不自然。

农民林富民是《遥远的风铃》中很不起眼的角色,但是看似不经意的几笔,却将他农民的形貌神态、性格品性描绘地栩栩如生。人物塑造精妙又恰到好处,是多年写作训练而形成的"分寸感"。

情节设计的精致圆融。黄蓓佳从创作初期,就表现出有意识的情节布局。《小船,小船》的开头很吸引人:"虽然明明知道,不会有人摇着小船来接他上学了,芦芦还是大清早就挂了双拐,一步一步挪到河边",引出了第二位"刘老师"的出场。这位刘老师怎样和芦芦交流,如何赢得信任,都成为叙事的动力。纵观黄蓓佳的儿童文学创作,比较擅于使用"冰糖葫芦式"的情节设计,使得叙事范围非常开阔,立体地呈现人物的多面性和事件的前因后果。如《我要做好孩子》的章节结构:"1.关于主人公简短和必要的介绍;2.关于老师;3.关于父母;4.好学校,坏学校;5.好孩子,坏孩子……"《遥远的风铃》的章节设置:"1.场部;2.学校;3.情书;4.冬雪;5.医生;6.风铃;7.惊变;8.秋阳;9.摇晃;10.艺校;11.影展;12.高考。"每个章节基本围绕一个主题独立成章,又能够彼此串联。尤其是《遥远的风铃》将小芽从 15 岁到 19 岁的身心变化与农场的世事变迁、江心洲的四季更替、时代的风云变幻很自然地融合在一起,使整个作品既有各个章节的重心,又浑然天成。

在叙事策略上,黄蓓佳非常娴熟地使用倒叙、插叙、闪回等手法,既提升了作品的节奏感,也凸显了作品的可读性。尤其是"草蛇灰线"式的各种悬念,使情节发展更有意味。比如《我飞了》中杜小亚病情与鸽子的神秘关联,《漂来的狗儿》中狗儿对跳舞的渴望,《星星索》中曹叔叔丢失的"信鸽王",均成为故事发展的推动力或隐形线索。《草镯子》中的女孩梅香通过家中无端少掉的粽子；丢失的"金胎包镶珊瑚的首饰盒"；以及无意间发现了父亲带芸姨去上海游玩，对家庭、当差的衙门两头撒谎的秘密等诸多端倪，渐渐洞察了父亲和情人芸姨的生活细节。在线性时间的叙事策略中添加上这些倒叙、插叙、闪回、伏笔、悬念，加强了时空的层次感。黄蓓佳的描写重点显然不是人物、事件，而在于人物感受，她所要描述的故事被包裹在人物的感受和想法中，成为读者自然关注的阅读体验。

开放的结局带来诗性特质。黄蓓佳的儿童文学作品在故事层面都是完整而确定的，但在话语层面却是开放的、不确定的，叙述者将"自我"与一个"想象出来的他者"相等同，从而赋予这个故事一个获取力量的结构，让读者能够延续性地思考故事主人公的命运走向。如《黑眼睛》的结尾是艾晚注视着爸爸摆弄水仙球，感到父亲渐老，"艾晚的心里，有一点酸涩，有一点惊恐，还有一点胀胀的疼痛。她想，这大概就是长大的滋味了"。《亲亲我的妈妈》的结尾是舒一眉为儿子安迪朗读王尔德的《快乐王子》中的一段："舒一眉的眼睛，在这样陶醉的朗读中，微微眯缝起来。她身上橙花的香味，就像王尔德童话中传递出来的气息，把弟弟包裹了起来，鱼儿一样地漂浮和呼吸。"《遥远的风铃》的结尾，小芽即将奔赴复旦大学开始新的人生，离开农场时看到江面上跳跃的江豚："一个发亮的黑色物体在飞快地滑行，时沉时浮，时而漂亮地跃起，如一枚黑色鱼雷，时而隐入江水，留下一条笔直的波纹尽情玩耍，旁若无人，顽皮任性得像一个孩子，一个健壮和快乐的水中精灵。"小芽不由想起已经去世的温医生："这就是江猪啊！小芽在心里大声喊着。温医生你看到了吗？是你想看见的江猪啊！"戛然而止的回望，既是向以温医生为代表的农场风流人物的致敬，也是对农场生活峥嵘岁月的告别。结尾的开放性放大了文本的内涵和外延，有意识地让读者去认知、思考"后来"发生的一切，从而拓展了读者对文本的内涵把握和美学认知。

### 3. 语言的质感：景物与细节

景物和细节，总能体现作者的生活经验、生命体验、主观情感、创作技巧和艺术境界。与此同时，儿童偏于细节性的审视生活，他们眼中看到的是一个个富有趣味的细节、片段，没有宏观、完整地把握时间和梳理人物命运的能力。碎片化、主观性的阅读倾向无形中应和了文学现代性的某些特质，又打破了传统儿童文学创作"类型化"模式，丰富了儿童文学的美学品质。

首先，景物的描写在黄蓓佳的儿童文学创作中从不是"闲笔"，它不仅彰显了作者美学趣味和文学修养的自信，更令作品变得舒缓从容、饱满丰润。如短篇小说《小船，小船》中的一段："东边的天空火红火红的，青青的芦苇映着这片霞光，微微闪出一种紫色。叶片上有露水，水珠儿是红的，芦苇的头一动，红水珠儿就跟着闪出蓝的、橙的、黄的各种颜色的光芒，就像神话里的那种宝珠，不时地，有一只翠绿的小青蛙'噗'一声跳上芦苇，蹲在叶梗上，那水珠就纷纷地往下掉落，落在清碧碧的河水里。"一派儿童眼中的纯美自然。长篇小说《遥远的风铃》非常注意景物的描写，在四季景物的变更中折射出农场生活。从初冬的农场开始："天空蓝得透明。满岛子的芦苇花开得有些败了，白色的花絮漫天里飞飞扬扬，屋顶上、门前晒着的蓝印花棉被上、人们的发梢睫毛胡须上，哪儿哪儿沾得都是，腻腻歪歪，躲又不行，拂又不行，闹心得很。"收割季的秋老虎"秋阳"一章："天太旱，秋阳似火，玉米和山芋的叶子晒得蔫蔫的，稻子无精打采耷拉个头，空气闻上去都有一股焦煳的味儿。所有的抽水机都架到了田头，突突的电机声日日夜夜响着，叫人心里烦躁，起毛。突然地，让你根本就猝不及防地，天说阴就阴，狂风卷着尘土枯叶肆虐地掠过小岛，豆大的雨点噼里啪啦扫射过来,庄稼被打得低头弯腰,不大功夫田里汪了积水,再一夜功夫便是河满沟平,抗旱改成了排涝。"这些景物描写展示了作者丰富的生活经验,也倾注了作者对自身经历的生命体验和深远情感,令她对青春岁月的回忆和展示进入一个独特的境界。

《漂来的狗儿》首先介绍了大院后门的"水码头"的景象:

> 那块赭红色的麻石,形状像个大枕头,中间还有个凹进去的坑,就像我们早晨起床,枕头上被脑袋压出来的痕迹似的。下雨之后,凹坑里会储存着一洼水,有一天我甚至在水洼里发现了一些黑黑的蹦来蹦去的小虫子。我妈说那是蚊子的幼虫,夏天蚊虫繁衍得很快,稍不留意,一对蚊虫父母就能在人的眼皮下面生出一大堆孩子。我觉得蚊虫真够了不起的。

从作者的创作思路来看,对"赭红"颜色的儿童认知式的辨析,对蚊虫的童趣式的认同,将这段景物描写与"我"的性格、性情,以及60、70年代梧桐院里孩子们贫瘠、艰难而又丰富的生活呼应起来。

这种故事情节、人物命运与景物描写的同构对应,比一般的心理描写要高明很多、艺术很多。形而下的景物描写不仅增强了故事的生活现场感,更具有形而上的意味,可以上升到人性情感和哲理的高度来认知。对景物描写的热衷在黄蓓佳的后期作品中尤为明显,无论是《漂来的狗儿》《遥远的风铃》《草镯子》《白棉花》《星星索》《黑眼睛》还是《童眸》,童年视域下的景物描写更透出一种沧桑时代中的独特韵味。

《草镯子》中的梅香看到的1924年青阳城的初夏:"墙头被夕阳照得金光灿灿,青砖泛出紫红色的光,砖缝里的白石灰亮得像着了火,那些灰扑扑的瓦楞草和野藜,此时被夕阳罩着,居然换了个模样,流光溢彩,摇曳生姿着,比巧手匠人做出来的琉璃花还要好看。……晚霞淡去,巷子里炊烟的气味也慢慢淡去。凉风吹过来,墙头上的热气很快消散,刚刚还流光溢彩的瓦楞草和野蒿,一眨眼的工夫光彩褪尽,成了暗色天空中的渺小而又灰暗的剪影。"这段场景描写宛如梅香那看似丰衣足食、欢乐祥和的家庭,暗藏着母亲无法继续生育、父亲偷偷包养了情人、太奶奶执意要为父亲娶小以延续香火的裂隙。随着父亲和芸姨的决然离开,这片"流光溢彩、摇曳生姿"瞬间变成了"渺小而灰暗的剪影"。场景的变幻与人物命运的走势构成了彼此的呼应。这种风景描写成为一种情节装置发生器的写法,渐成为黄蓓佳一种叙事策略和创作风格,在她的诸多作品中均有体现:

《白棉花》中1944年的乡村:"立秋后的这个季节,碧蓝碧蓝的天空上,也不知道从哪儿生出来那么多的雪白雪白的云,每一朵云彩都是魔术师,它们不声不响地,把自己变成咆哮的狗,变成奔驰的马,变成高低错落的树林,变成飞檐高耸的宫殿,又变成长胡子的老头儿的脸,变成摇篮里啼哭的小婴儿。它们一大团一大团的,在天空中缓慢地聚集、排列、翻滚,而后又迅速地分手、裂变、重叠。"如果没有侵华战争,这是一幅非常祥和的景象。然而,"从云朵里钻出一架飞机,很低很低,银色的大鸟一样,摇摇晃晃地朝着地面冲下来……刹那间,小半个天空被它弄得乌烟瘴气"。将儿童视角下的壮丽山河与厄运般的战争拼接在一起,显得异常触目惊心。

《星星索》1967年"文革"中的小城:"三月,河边的柳树开始萌芽,一团一团现出朦胧绿意的时候,我爸爸被关进了牛棚。"青阳城的街景:"路口东南角有一栋破旧的米黄色的建筑,建筑物的外面围着一圈低矮的围墙,围墙上砌着米字型的花砖,石灰剥落,露出黑色的砖体,有几处还长了细细的狗尾巴草,这就是我爸爸工作的县文化馆。院门上原先挂着很大的隶书写的字牌,去年红卫兵涌进文化馆抄家,把藏书和字画都拉出去烧,顺便也把牌子砸了。"同样的"青阳城"一派败落的景象,和"文革"浩劫对民族心灵的碾压——一对应。

《黑眼睛》1982 年:"冬至在青阳本地算是大日子,从冬至这一天开始'数九'。……冬至一大早,艾晚和姐姐艾早起床,衣服扣子都来不及扣,先开门看天气。天当然是不好,残雪也还没有融尽,四处灰蒙蒙的,随时随地都有雨雪飘下来的架势。"透露出改革开放初期的残雪未消、方兴未艾的早春气象。

景物与人物环境的同构对应,构成了一种地方特色浓郁、即视感极强的生活现场感,如不断在各个作品中出现的江苏小城青阳城、仁字巷、四海楼、灌汤包、方烧饼、草鞋烧饼……在不同的时代背景中有着相似或迥然的特征,既勾勒出了作品的时代背景,也为主人公的命运做了谶纬般的铺垫;而那些不变的美味小吃、梅雨天的黏黏虫、夏天的云彩、秋天的庄稼、冬天的冰凌,在风云变幻的社会历史里、在历代儿童的童年生活里,散发着永恒而又动人的光芒。

其次,细节描写可以将作品的人文意蕴、主观情绪间接地呈现出来,并与人物心境产生了物我交融的联系。汪曾祺曾言:"美,首先是人的精神的美、性格的美、人性美。……性善的标准是保持孩子一样纯洁的心,保持对人、对物的同情,即'童心''赤子之心'。"[1]黄蓓佳对细节描写的热衷带着天然的童趣,也可以看到她对生活的感悟和灵性,以及作家本人的美学趣味和文学修养。

《白棉花》中男孩克俭的童趣世界:"南瓜地里有各种小虫子,蚯蚓和地鳖虫什么的就不说了,光是蚱蜢,长相各异的就有好几种。深褐色的一种,个头小,但是灵活,猛然一蹦,弹到克俭的额头上,'噗'的一声,又痒又疼;粉红色的一种,新娘子一样羞答答的,总是藏在南瓜叶

---

① 汪曾祺:《汪曾祺全集》(第六卷),北京:北京师范大学出版社 1998 年版,第 182 页。

子底下,你一掀叶子,它就慌忙往藤蔓深处躲,死活都不肯出来;绿色的一种个头最大,飞起来的时候最漂亮:浅绿色翅膀下面,还有一层极薄的玫瑰色的翅膀,阳光下发出粉亮粉亮的光。"依然是旁若无人的童年,依旧是独自嬉戏的儿童。比如《星星索》中的小米:"我自己从水缸里舀半杯冷水,兑上一点热水瓶里的开水,往牙刷上挤一截花生米那么大的牙膏,到院子里刷牙。左边三下,右边三下,不多也不少。我喜欢一小口一小口地往地上吐牙膏沫,吐出我想要的图案来:圆的太阳,弯的月亮,或者是方方正正的房子。吐泡沫不仅有趣,重要的是能够延长时间,让妈妈认为我的刷牙过程足够长久。"视觉上构图色彩的变化,听觉上的静动结合,再到儿童想象力的丰富传神,使人物形象真切、生动、饱满,又带着梦幻般的色彩,让焦土抗战、"文革"浩劫中的童年生活有了一抹令人动容的亮色。

黄蓓佳对细节的执着,既是一种才情的显现、古典美学的坚持,也与人物的身份、审美、生活场景、时代背景紧密联系。比如描写民国初年的《草镯子》,出生小康之家的梅香的衣饰、各类女性用品,就成为作品中的点睛之笔。梅香一亮相就是从爬墙头喂猫蹭脏了衣服开始的:"梅香身上的浅紫色绉纱阔腿裤,扫帚一样簌簌地扫着木梯上的灰尘,两条裤腿眨眼间污成了深紫色。"上衣是件短衫:"新短衫儿是粉色绸子的,掐着窄窄的腰身,袖子齐肘弯,喇叭花一样张开着,边缘镶了一圈黑丝绦,看起来有点像戏装。"梅香的发饰也在作品中被浓墨重彩地书写:"梅香穿着一身月白色的洗旧的夏布裤褂儿,头发被余妈贴了头扎紧,编出两个硬撅撅的麻花辫,水牛角一样地弯着。梅香照了镜子,她不喜欢余妈强加给她的这两根小辫儿,看起来显得蠢。她喜欢娘梳的那种'S'髻,头发光溜溜地抿到耳后,一把握起来,拎上去,露出清爽的脖颈,发髻上再簪起一根碧绿的翡翠簪,走一步,簪子上的翡翠坠儿水滴样地晃一晃,好看得像戏台上的人。"去新学堂面试时"麻花小辫梳得溜光水滑的,白底红花的小布衫儿新崭崭的"。梅香第一天上学的装扮是"新做成的宽袖掐腰的粉绸小衫儿,下面配一条水绿色纺绸撒腿裤,辫子绑得很紧,把眼梢都吊得斜上去,辫根上扎起两朵粉绸的蝴蝶结"。这身俏丽如戏服般的装束,到了新学堂却显得格格不入,"学校里的女生都是青布上衣,齐脚踝的黑裙子"。这既暗示了精心为梅香准备入学衣饰的"娘"审美观的落伍,也是传统家庭文化和新式学堂潮流之间的狭路相逢。《草镯子》对小女孩的日常生活描写还包括:秀秀用碎布头拼出来的千层布垫肩、梅香学包粽子、"娘"的已经不时兴的红嫁衣、父亲从上海带回来的衣料"墨绿色提花丝绒""薄如蝉翼的浅紫色乔其纱"、梅香和秀秀一起给洋娃娃打扮……这些细节体现出作者对特定历史场景的丰富遐想,对女童生活的细腻体察。它们成为黄蓓佳儿童文学后期作品的一种常态,一种符号特征。它们为读者提供了鲜活真切的生活在场感,也为那个动荡的时代做了有温度的注脚。

黄蓓佳的景物和细节描写,显现出一种动态、流动的美,与所塑造的人物性格、命运、人文意蕴、时代变迁构成了一种共鸣或异响。这种比一般儿童文学作品平铺直叙的陈述或对话、天马行空的想象等表达方式更具有艺术性和文本张力。"小说对普通人日常生活的深切关注,似乎依赖于两个重要的基本条件——社会必须高度重视每一个人的价值,由此将其视为严肃文学的合适的主体;普通人的信念和行为必须有足够充分的多样性,对其所作的详细解释应能引起另一些普通人——小说的读者——的兴趣。"①从隐含读者的"有滋味的阅读"的后见之明来看,儿童思维偏于具象、形象、细节化,他们眼中看到的正是一个个饶有趣味或不得其解的生活细节和片段,还不能够宏观地把握

① [美]伊恩·P.瓦特:《小说的兴起》,高原、董红钧译,北京:三联书店 1992 年版,第 62 页。

人物命运和故事整体，也不能用更严谨的理性思维梳理叙事结构。因此，黄蓓佳对景物和细节的张扬，更贴近儿童所能体验、感知世界的本真状态。这不仅是作家本人文学修养和艺术趣味的体现，更使其作品有了张弛有度的节奏感，有了丰满、立体、有温度的叙事，有了可供儿童玩味、盘桓的文本空间，显现出中国儿童文学作家创作的成熟样貌和文化自信。

### 4.《中国童话》的文本意义

从儿童认知的阅读史、民族文化的接受史来看，前现代社会中传统故事、民间传说的传播与接受是朴素自然的。儿童的"听赏"习惯与传统故事的口耳相传方式能够融洽地对接起来。儿童通过对这些神话传说、民间故事的接受来获得民族认同感。但是在当代中国，童书的国际交流空前繁荣，儿童对以西方童话为代表的"世界"认识越来越普泛，对本土传统故事的了解却越来越疏离。无论是口耳相传的传播方式，还是传统故事的价值认同，都出现了断裂。正如成人文学有自己的民族经典一样，儿童文学也应当有自己的民族经典。这些带着本民族精神"复演"意味的神话传说、民间故事，经过无数代人的集体创作、历代加工，熔铸了朴素的民族理想、文化意蕴、价值取向，是一个民族的基因密码。儿童对本民族神话传说、民间故事的习得，显然有助于他们建立民族的自我认同意识和审美方式。这在西方童话全面渗透的当下，显得尤为重要。

从民俗学的视域来看，任何神话传说、民间故事的"母题"都会有不同版本，在时间和空间里不断地增删、流变。因此它们拥有"母题""故事"，却不存在"文本"。正如格林兄弟的《儿童与家庭故事集》的出现很大程度上来自格林兄弟对民间故事搜集的热情和耐心，将口耳相传的民间故事文本化、经典化。美国作家霍桑对希腊神话的改写，更是充盈着自身的文学意志、叙事策略和美学选择。黄蓓佳的《中国童话》出现的意义是对中国传统故事的文学化书写。可以说中国的神话传说、民间故事在时间和空间里的"大众记忆"中反复演绎,却没有真正经典化、文学化的文本。这是一个空白,也是一个挑战。黄蓓佳自言:

> 很多有知识的父母崇尚外国的儿童文学,给孩子读外国的童话,格林童话、安徒生童话,读中国童话少,我觉得这是缺陷,作为中国人,无论生活在哪里,对本民族的文化传承还是要有所了解。我小时候听过的故事非常有价值,我希望把这些故事原汁原味地告诉孩子们。写这本《中国童话》之前,我做了很多案头工作,打捞收集了各个民族口头流传的故事。一篇篇看过来,这些故事中有很多相似和重复的东西,因为是口述文学,文字也简单和粗疏,甚至没有人物形象,没有场景描写。这些故事我们小时候曾经读得津津有味,但是现在孩子的阅读口味比我们那时候高得多,简朴的民间文学吸引不了他们的眼球。所以我在写作过程中,把原始的故事重新分类组合,调动了一切文学手段,编写出故事性更丰富、人物更丰满、文字更华美,同时又是原汁原味的童话作品。①

每一个民族的神话传说、民间故事,不仅在解释生命和自然的各种现象,更在诠释对与错、正义与邪恶的道德观念。在重写"中国童话"之时,故事重述人不仅需要吸收故事的内容,还要掌握整个故事的环境和背景。唯有此,她才能游刃有余地运用手中的材料,并带着对故事所属的民族的生活和思想的理解,对它进行再加工。黄蓓佳对中

---

① 舒晋瑜:《黄蓓佳:40 岁后,我对回忆铭心刻骨》,《中华读书报》,2012 年 8 月 22 日。

国神话传说、民间故事的改写，保留了那个单纯年代与生俱来的奇妙之感，叙述简洁、词汇纯粹、笔调高雅，在破碎的片段和难懂的情节上加入了细节和解释，在显得单薄的地方进行修饰和装点，充满了作者因对故事的热爱而产生的想象。

"每一个民族都创造了属于自己的解释，再将它们变成故事。""一旦要把这些不同版本的故事变成儿童的读物，它们那种缺乏细节与原始出处的特点反而给予了讲故事的人发挥个人色彩的机会。"①与流布千百年的神话传说、民间故事相比，黄蓓佳的《中国童话》有更生动的人物形象、更丰富的情节结构、更精致的细节和景物描写。尤其是语言的文学化、艺术化，让"中国故事"由口头的粗糙随意，变为书面的圆融完整；由听觉的简易变为中国文学语言的精美；由集体大众记忆变为具有现代气息的个体文本创新。因此《中国童话》的创新意义，不仅是培养儿童的民族文化认同的教育实践，也是向民族文化记忆的致敬，对本土文化遗产的整理与保护。

### 三、　童年生态想象：文本经典化的归宿

正如菲力普·阿利埃斯《儿童的世纪》追溯了四个世纪以来绘画、日记、游戏、礼仪、课程中"儿童"的历史，黄蓓佳笔下的儿童从不是孤立封闭的小我。他们在"青阳城""江心洲农场"以及南京的校园、小区中成长，在父母、亲朋、邻里、师友等社会网格中，在生活的伧俗与庄严中，在社会的残酷与温情中，在历史的必然与偶然中成长。他们所处的生活场景构成了一种特定时代中的"童年生态"，并在这一特定语境

---

① ［加］利利安·H.史密斯：《欢欣岁月》，梅思繁译，长沙：湖南少年儿童出版社 2014 年版，第 80、81 页。

中,生成了百年中国"儿童"的样本性。

20 世纪 90 年代中期以来,黄蓓佳重新回归儿童文学创作,《我要做好孩子》《今天我是升旗手》《我飞了》《亲亲我的妈妈》《你是我的宝贝》《余宝的世界》《平安夜》等长篇小说自觉保持着对当下童年生态的持续关注和关怀。《漂来的狗儿》《遥远的风铃》《艾晚的水仙球》《黑眼睛》《童眸》则带有浓重的作家本人的成长印痕。"五个八岁"系列长篇小说借五个特定的历史时段,再现了一个世纪以来中国童年的一种样貌和生态。

正如莫言所言:"一个作家难以逃脱自己的经历。"①童年生活、成长经历对黄蓓佳的创作有极大的影响。《漂来的狗儿》《艾晚的水仙球》《黑眼睛》《童眸》中主人公的年龄段集中在小学生阶段,充满了黄蓓佳自身的童年印迹。她在《童眸》后记中写道:"这些可爱的,有时候又觉得可恨的小孩子们,曾经都是我童年的玩伴。所以我这本新书,说它是小说可以,说它是记事散文,是回忆录,也都可以。"《童眸》中十岁的朵儿目睹着"白毛"和马小五的恶斗;二丫对有癫痫病的姐姐大丫的嫌恶和迁就;母亲偏瘫以后,细妹靠做芝麻糖支撑家用;闻叔叔家过继的儿子闻庆来的出现和消失……黄蓓佳延续了她的叙述风格,在不疾不徐的景物描写中开启了一段童年生活:"太阳落到了西边那棵大柳树的树杈中,活像一块火力正旺的超级大煤饼,呼啦呼啦地燃烧着,转眼间就要把密密簇簇的树枝啦树叶啦卷进热浪,烧出一地灰烬。"在一个炎炎夏日里,仁字巷的故事拉开了序幕,重现了 20 世纪五六十年代小城镇生活的风俗画卷,逼仄的街巷、过于熟悉的邻里、强调集体意识和劳动表现的校园、清贫而又郑重的年俗、铁圈和香烟壳等就地取材的儿童游戏……黄蓓佳复原了那个时代的生活场景,更用"童眸"与

---

① 莫言:《我的故乡与童年》,载《新华文摘》,1995 年第 1 期,第 106 页。

成年后作家的自我回望,在自身的那段童年记忆中不断穿梭、重合、远观中,深情而悲悯地注视着在悲剧时代和悲惨人生中挣扎的儿童。白毛的病症、马小五的泼皮、大丫的买卖婚姻、二丫的野心和绝望、从乡间来的闻庆来的孤独压抑,朵儿的眼睛看到了他们的不幸。年幼的她在每个人面对的残酷命运前无法给出解释和答案,她稚嫩的童心还期待着这些没有结局的故事会有一个圆满的可能,因此人物结局多是开放的、留白的。马小五和细妹去了上海;闻庆来走了,替换成了他的妹妹来完成"过继"的使命;朵儿和弟弟弯弯也随父母离开了仁字巷,"世事永远是一道无解的题,好像套不进任何公式,你走到了哪个位置,你的人生就在哪里。"黄蓓佳的儿童文学作品从不忌惮涉及苦难和残缺。从身体残疾的芦芦、唐氏综合征的贝贝、罹患白血病的杜小亚,到有轻微自闭倾向的赵安迪,儿童的不完满和世界的不完满,才是生活的本相。正如《童眸》后记中黄蓓佳引用奈保尔的那句名言:"生活如此绝望,每个人却兴高采烈地活着!"黄蓓佳写出了"生活的绝望",更写出了儿童的"兴高采烈",这是黄蓓佳的创作立场,也决定了她对人物性格命运、情节结构、环境背景、景物和细节描写的表述方式。

　　对童年的回望和执着,还带来了《遥远的风铃》这样具有自传性质的少女成长小说。四季变换的江心洲农场,困窘而又热闹的日常生活、年俗节庆,各有峥嵘的右派老师们,特立独行的上海导演夫妇,鲁莽桀骜的知青们,15岁的少女小芽在这片黯然又激荡、粗粝又沧桑的土地上成长,她的皮肤变光洁,身体变颀长,眼睛变明亮,她对爱的感知、对人生的认知,也在这段光阴中获得了珍贵的洗礼。

　　从《漂来的狗儿》《艾晚的水仙球》《黑眼睛》《星星索》《童眸》到《遥远的风铃》,黄蓓佳绘制了童年成长的图谱。而这段带有极强时代性的童年生活,打上了五六十年代鲜明的时代烙印,也是黄蓓佳个体成长的自我印痕。"这不仅仅是因为人的知识积累中有很大一部分是来自童年,而且因为童年经验是一个人的心理发展的一个不可逾越的中介,因为童年经验对一个人的个性、气质、思维方式等的形成和发展起着决定性的作用。个体的童年经验为他的整个人生定下基调,规范他以后的发展方向和程度,是人类个体发展的宿因,在个体发展史上打下了不可磨灭的烙印。"①这也使得相关作品的人物性格、生活场景、民俗节庆、风物与细节显得异常细腻动人。

黄蓓佳对童年生活的描摹,从未止步于个人经验。《我要做好孩子》《今天我是升旗手》《我飞了》《亲亲我的妈妈》《你是我的宝贝》《余宝的世界》《平安夜》对当下儿童生态的捕捉和把握,对普通、残障、底层儿童的关注,将他们平凡、困厄,甚至无解的生活展示出来。尽管金铃非常偶然地得到退休后的特级教师的辅导;贝贝被街道洪主任、实为富二代的水电工李大勇无条件地呵护着;任小小的"宅男"爸爸在帮助少年犯成长的过程中也获得了自身成长……这些善意的情节多少带着黄蓓佳的不忍之心,带着她对儿童文学的边界的认知,但是这一系列作品相较于许多喧哗、灿烂、甜美的当代中国童年想象来说,写出了真切里的困境,温情下的深沉。

黄蓓佳对童年史诗的拼图,不仅从她本人的成长经历下延到21世纪的儿童,更上溯到民国时代。《草镯子》《白棉花》分别发生于1924年、1944年。结合"五个八岁"系列长篇的另外三部所设定的历史时段:《星星索》1967年、《黑眼睛》1982年、《平安夜》2009年。正如前文所述,黄蓓佳将这百年中国的童年生活放置在特定的历史节点上,民国初步实现统一和安定的1924年,抗战即将结束的1944年,改革开放初期、刚刚恢复高考的1982年,以及网络时代的21世纪。而在这些显著的历史节点中,梅香、克俭、小米、艾晚和任小小都没有应和着

---

① 童庆炳主编:《现代心理美学》,北京:中国社会科学出版社1993年版,第198页。

历史节点，成为某个时事所造、应运而生的时代小英雄。梅香还沉溺在与秀秀一起装扮洋娃娃的嬉闹中，克俭在伶牙俐齿的两个姐姐面前拙于表达，小米对爸爸被批斗游街已经司空见惯，被哥哥姐姐光环遮掩的艾晚显得毫不出众，任小小已经在父母离异、外公外婆离异、爷爷再婚的复杂家庭关系中游刃有余。

　　毫无疑问，黄蓓佳再次从日常生活的声响、气味、纹理中敲击着个体的感官。历史的重要节点所形成的景观与个体独自承担的生活细节，形成了彼此的互文：历史的重量与每一个个体不能承受的生命之轻；日常生活承接着历史变迁所释放的能量，并以燎原之势反作用于宏大叙事，它的真实和无孔不入甚至还会形成巨大的惯性。因此，如何看待百年中国中的童年生活，谁又具有百年中国儿童的典型性，黄蓓佳给出了一份很不一样的样本。梅香既不像叶圣陶的"稻草人"、沈从文《阿丽思中国游记》的英国小女孩阿丽思那样，无能为力地注视着中国农村惨相；克俭也没有遇到《大林和小林》的阶级选择与价值判断，更没有像《三毛流浪记》中的三毛那样颠沛流离、尝尽炎凉；小米没有成长为"小英雄雨来""小兵张嘎"式的小战士，也没有神笔马良式的奇遇，他迷恋的小人书是《地道战》《地雷战》《李闯王》《孙悟空大闹天宫》。泼辣能干的艾早、学习能力超强的艾好，以及平凡的艾晚都和刘心武的《班主任》中的谢慧敏完全不具有可比性。即便是《童眸》中流氓习气很重的马小五，也与宋宝琦无法并置。黄蓓佳拒绝了"儿童生命中的每一个钟头都应该贡献给有用的事物"[①]的儿童文学创作逻辑，放弃了某种整饬的典型性，偏离了伤痕、反思、改革文学的范式，揶揄了现代主义和后现代主义的凌空虚蹈，在日常生活的涓涓细流里，疏

---

① ［法］保罗·阿扎尔：《书，儿童与成人》，梅思繁译，长沙：湖南少年儿童出版社 2014 年版，第42 页。

密有致地"让生活变成一件艺术品"①。黄蓓佳笔下的儿童是脆弱、稚嫩、懵懂的，他们不是被历史选择的关键人物，不是时势所造的英雄，不是随着一个严密精致完整故事的演进而横空出世、光芒四射的宠儿。他们的童年生活在历史细微处，有着命运弄人的不测、时代潮流的无奈、历史趋势的卷席，却始终葆有着明亮、率真、柔韧的生命体验。这是黄蓓佳对百年中国童年历史的深情回眸。

## 结　语

尽管前文各种条分缕析观照了黄蓓佳作品的技术和观念，但从本质上来说，黄蓓佳的儿童文学创作更多的是一种本色写作，一种生命自在的释放。柯勒律治曾言："把儿童时代的情感注入成年人的理性中去，用儿童新颖和惊奇的感受去鉴定我们几十年来熟视无睹、习以为常的日常事物表象——这便是天才的独特个性和才能。"②黄蓓佳笔下的儿童绝非"儿童本位"意识下孤立的个体；其童年从不拘囿于清浅、甜腻的独立小王国。自由穿梭于成人与儿童文学创作，两幅笔墨运用自如，使她得心应手地刻画出"时代的儿童，儿童的时代"，在直面苦难时留一份不忍，直指世道人心时存一缕温情。历史的复杂、社会的变幻与儿童个体的脆弱、日常生活的细微，同构或异构出了百年中国的童年想象，既充盈着儿童生命的真实体验，又将童年的文学书写释放在广阔的历史时空中。

---

① 陈学明等编：《让日常生活成为艺术品——列菲伏尔、赫勒论日常生活》，昆明：云南人民出版社1998年版，第73页。

② 王佐良主编：《英国文学名篇选注》，北京：商务印书馆1987年版，第668页。

# 第二章　儿童主体性的再发现

　　对儿童主体性的认知意味着成人认为在儿童获得自由、有效的实践中需要什么样的自我。Coutney Weikle-Mills 在《公民想象——儿童读者与美国独立的限制(1640—1868)》中反复挖掘美国独立战争至南北战争期间,儿童文学作品的文本形态、对隐含读者的规约和期待等问题,对美国"公民"历史内涵的生成性与演变性的意义,认为"怎样定义'儿童'与怎样定义'奴隶''移民'的情况是一样的"①。同样,中国现代儿童文学的开启与儿童主体性的"发现"是同步开展的。国家民族话语的元叙事给中国儿童文学刷上了一层底色,不同年代、不同文学形式中"儿童"形象的嬗变与国家民族、政治、社会、历史和人的主体性有着重要的关联意义。在相当长的一个时段里,"儿童"是在政治语境中被"塑造"的,是泛政治化的官方意志的呈现。新时期伊始,作为主体的人在认识、改造自然与社会过程中所表现出的自主性、能动性和创造性,成为文学创作的重要命题。儿童主体性被再次确认为新时期以来儿童文学的精神内核,儿童文学被再次强调是儿童的文学,这一概念包含了对其审美对象和接受主体的预设。当代儿童文学立意于

---

① Courtney Weikle-Mills, *Imaginary Citizens*: *Child Readers and the Limits of American Independence*, 1640—1868, Baltimore: The Johns Hopkins University Press, 2012:211.

对童年精神特征的发现和表现,并将对儿童主体性的激赏提升到"塑造未来民族性格"①的高度上。回眸百年,中国儿童文学语境下的儿童主体性的再发现,是流动的、过程性的,充满了复杂的时间形式,与同样复杂的中国政治历史进程既有应和,也有疏离。儿童主体性的生活空间与环境的漂移,与儿童主体性的时间形式的代际转变,以及儿童与成人在对话、互动中产生的"主体间性"的交互与共识,共同赋予了儿童主体性的历史内涵。

与此同时,童年的游戏、自由、幻想精神会天然地、本能地抵抗着来自成人世界的某种"塑造""规约","无论他们有着怎样的年龄、性别、社会等级差异,当它们面对戴着面具的说教、虚伪的教育、完美无缺的小男孩和比洋娃娃还乖巧的小女孩时,他们都是一致痛恨的。因为他们能在隐约中感到来自外界的虚荣和牵绊,因为他们生来对于缺乏真诚和虚假的东西带有一种自发的仇恨感。在成年人的坚持下,儿童们假装让步的样子,其实他们丝毫没有退让。"②儿童对于成人作家所提供的作品的接受是能动的,甚至会对成人的创作产生反作用力,无形中影响了新时期以来儿童文学创作的观念、形式和审美。从这个意义上来看待新时期以来江苏的儿童文学区域书写对于"儿童主体性"的再发现,不是一个封闭、独立的体系,它与新时期以来的中国社会嬗变日益合谋,处于更大的"文学场""文化场""经济场""政治场"的空间结构与权力关系中;并且以"儿童主体性"的鲜明姿态和独立身份参与到上述场域的建构中。

20 世纪 70 年代末到 90 年代,是儿童文学打破旧范式、突破政治话语禁忌,建构新主题、新题材、新的人物形象的活跃期。这其中,江

---

① 曹文轩:《中国八十年代文学现象研究》,北京:作家出版社 2003 年版,第 359 页。

② [法]保罗·阿扎尔:《书,儿童与成人》,梅思繁译,长沙:湖南少年儿童出版社 2014 年版,第 61 页。

苏作家所表现出的强烈的儿童主体意识、执着的求真态度、敏锐的艺术探索能力、热情的现实主义精神，为中国当代儿童文学的转型与发展做出了积极的贡献。"艺术是一个时代精神的索引，任何一个时代的特殊的感情，都会诱导出与这些感情相合拍相一致的形式。"①无论是刘健屏等人塑造的"小男子汉"形象的铿锵有力，还是程玮推动"少女"主题浮出历史地表，以及丁阿虎、范锡林等人对儿童文学表现形式与内容的先锋性探索，都具有里程碑般的意义。

## 第一节　刘健屏：" 小男子汉"主题的变奏曲

新时期的儿童文学何谓"新"，首先从塑造什么样的儿童这一理念开始。刘心武的《班主任》反思了"文革"思想对儿童身心的戕害；刘健屏在 1970 年代末、1980 年代中期的创作则塑造了一系列新时期的儿童形象。"儿童形象"曾是"十七年"到"文革"时期的"小英雄""小战士""接班人"；曾是拨乱反正时期"小流氓"（宋宝琦）和思想僵化的政治工具（谢惠敏）。刘健屏无意去展示时代痼疾带给儿童的"伤痕"，而是以治病救人的态度抨击了时代症候下儿童的无知与盲从，刻意强调独立思考的意识和能力。他耐心细致地刻画了新时期的儿童形象，他们不再是完美无缺、忠贞烈骨的"小英雄""小战士"，而是与新时期的百废待兴同步成长的有血有肉的孩童。刘健屏尤擅于对他们的怯懦、顺从、顽劣、撒谎等问题做"心灵辩证法"式的剖析，并通过儿童自我反思的"过程性"完成精神洗礼。在 1976 至 1988 年这段时间内，刘健屏创作了《漫画上的渔翁》《第一次出门》《我要我的雕刻刀》等系列短篇

---

① 滕守尧：《审美心理描述》，成都：四川人民出版社 1998 年版，第 191—192 页。

小说,《眼睛》《小泥鳅和大将军》等中篇小说,《初涉尘世》和《今年你七岁》等长篇小说,给新时期以来的江苏儿童文学留下了浓墨重彩的一笔。他用"雕刻刀"来雕刻民族性格,不遗余力地召唤"小男子汉"们撑起民族的未来;从父亲的视角记下儿子刘一波七岁的生活点滴,以健笔写柔情。他着力于对人物心理变化做全景式剖析、塑造极富个性的人物形象,在新时期清浅欢愉的儿童文学天地中发出了铮铮之声。

## 一、 特立独行的人物形象

刘健屏的儿童文学作品有着强烈的时代气息,尤其是早期短篇小说集《漫画上的渔翁》如"写真"般地摹刻了这一特定时段中儿童在学习、生活、交友等各个方面出现的问题。带着治病救人、寓教于乐的创作宗旨,塑造了这一时期儿童的群像。

首先是平视有"缺点"的儿童。《漫画上的渔翁》里的罗小波,今天想当小提琴家,明天想当数学家,随即又想当篮球运动员。只有一时冲动,没有付诸行动的勇气和毅力。刘健屏对儿童"三天打鱼两天晒网"的惰性做了善意的劝诫。《龚大明戒"药"》指的是"懊悔药",懊悔之后必须改正。考试中龚大明不把答案抄给李惠林,就是一次自我悔改。《沙喉咙》中的谢文宝是"沙喉咙"。最初非常顽劣,欺负盲人徐大奎;后来改邪归正,不但送盲人回家,还推一板车废煤渣,把盲人家门口的烂泥地铺成煤渣地;甚至趁盲人不在家,装了一架半导体收音机,为盲人解闷。通过前后对比的方式,塑造了有声音特征"沙喉咙"的谢文宝改过自新的过程。《诀窍》中的"我"不断地琢磨冯琨为什么每次都考第一名。《入队第一天》二年级的康小乐,在入队第一天就遇到同学潘大年请求帮忙隐瞒考了 81 分的事情。康小乐不断纠结于少先队员能不能撒谎的自我质询,最终向家人吐露真相,并和爸爸一起去潘大年家说明事实。《交了"倒霉运"的人》中逞强、好胜的梁冲总是抱怨自己交了"倒霉运",总遇到各种不顺心的事情。经过反省才发现是自己过于莽撞才制造了各种麻烦。《演反角的叔叔》针对孩童喜欢效仿银幕和舞台上的反角,喜欢使用不好的语言、行为,甚至变成一种时兴的游戏、习惯。通过"演反角的叔叔"和班主任老师的引导,让汤小鸣认识到了自己的问题。《痛苦的旅程》是关于孩童携带"火药纸"这一违禁品上火车后的思想斗争开展起来的。"我"获得火药纸的狂喜,在火车站验票口的愕然,上了火车后的紧张,听到广播播出有关违禁危险品后的惊慌,乘警走过时的大汗淋漓,吃橘子时的难堪。想到万一出事后戴手铐、剃光头的恐惧……侥幸思想和守法观念在"我"的内心激烈搏斗。每一次风吹草动的外部影响,都激起小主人公内心世界的变化,整个情节是他心理活动的外化。

可以说这一系列短篇包蕴了新时期初期儿童的生活气息和时代印痕,其创作目的是借人物的"转变"来"对读者的思想品德是很有帮助的"[①]。我们可以看到惩前毖后、治病救人的创作模式留下的写作惯性。纵观这一时期刘健屏作品中的主要人物,均是由于"外力"影响或自我反思带来了思想上的"转变"。有时候这种转变显得较为突兀,比如"沙喉咙"谢文宝欺负盲人并乐在其中,"一晃,两年过去了。冬去春来,一切显得生机勃勃。谢文宝读初中一年级了,人也长高了。他那乱蓬蓬的头发理成了平顶头,本来留着油腻的袖管上也带起了袖套。"再次偶遇盲人徐大奎时,他感到非常内疚:"是呀,自从学校开展共产主义道德品质教育活动,不知怎的,我老想着那件事。以前,我们太不像话啦。"相较于20世纪的50—70年代的儿童文学作品,以刘健屏作

---

① 陈伯吹:首版《〈漫画上的渔翁〉序》,收入刘健屏《漫画上的渔翁》,南京:江苏凤凰少年儿童出版社2017年版,第211页。

品为典型的新时期初期儿童文学的创作特点有：一是以往作品中的主角往往是又红又专的正面人物，这一类"改正缺点"的角色往往被归类为"中间人物"，是不可能成为主角的。但是刘健屏既正视了儿童的"缺点"，又将有"缺点"的儿童视为正常的、普通的、能够改正缺点的儿童，并将其放置在主人公的位置上，给予分析和劝讽。二是还原了儿童的生活。做数学题、拉小提琴、打篮球、夏令营、看杂技、买火药纸……儿童不再在跟踪"特务"、斗私批修的场景中出场，而是以真实生活作为活动场景。三是儿童的"转变"是温和、自然的。既没有疾风暴雨式的呵斥训诫，也没有立地成佛的纯粹肃然。而且这种"转变"往往不是由成人引导或先进典型的表率作用而引发的，恰恰相反，短篇小说集《漫画上的渔翁》中的儿童往往是靠自我反思完成了转变的成长性，赋权了儿童本体的自省能力。

第二，打破"脸谱化"的扁平人物形象设计，塑造了"被误解"的儿童形象。如《胆小的勇士》中的章聪聪以胆小出名：跳绳怕扣住脖子；一张枯叶掉进衣领就以为是蛇钻进了他的身体里；过一座小竹桥，怕晃荡到水里。但在夏令营活动中，却能顶住风雨雷电，站在鱼塘里竖木桩，不让竹帘子倒塌，保护了队里的鱼苗。别人问他："刚才你一个人在水里害怕了吗？"他回答："我没来得及想到害怕，真的！我只是担心队里的鱼苗逃走，把害怕也忘记了。"《"假姑娘"》中文静秀气的高静静常被同学嘲笑为"假姑娘"，在他和"我"值日的时候，失手打碎了绰号"惹不起"的俞萍的砚台。"我"坚决要求对此事保密，并嘲弄高静静的胆小如鼠。但是高静静却默默地省下买早点的零花钱，买了砚台赔给了俞萍，让"我"深受教育。《孤独的时候》中盗窃犯的弟弟吴小舟被同学冷落时，他是被动而痛苦的；当毫不起眼的姜生福向他伸去友谊之手时，他是深受感动、倍感温暖的。但是当两人玩耍时发现了哥哥的"赃物"，吴小舟上缴后重新获得荣誉，成为众人眼中的正面典型以后,他又冷落了姜生福。这份变了味的友谊让人唏嘘不已。

第三,"小男子汉"的特立独行。《我要我的雕刻刀》里的章杰、《脚下的路》中的冷竹辉、《假如我是个男孩》中的欧阳健,无疑是刘健屏塑造的最具特色的人物形象。这一"小男子汉"形象在新时期儿童文学发展史中具有"拨乱反正"的意义,这与新时期的历史背景有着互为表里的关系。这一时期的"小男子汉"们集体出场,比如曹文轩的《海牛》、常新港的《独船》、范锡林的《一个与众不同的学生》等,与拨乱反正的时代潮流共鸣,又表现出知识分子立场的慎独意识。彼时的中国既负载着长期的政治动乱与文化荒芜所带来的焦灼感,又面临着改革开放的时代使命。强烈的反思精神、忧患意识和开放观念,催促着人们对民族性格、国家未来命运做出迅速的回应。"小男子汉"形象的不断涌现被视为刷新民族性格的"药方"。正如曹文轩所言,"我们中的许多人,在像锉刀一样挫着我们的孩子们,而且挫得那么认真、那么深情,直挫到成千上万的孩子,一律是圆溜溜、光滑滑的可弹滚入坑的球儿方罢。这就不会导致一个过去曾伟大得让世界仰目的民族走向消亡吗? 健屏有想让自己的儿童文学作品能获得更大社会包容量的企图。他想把孩子还原给社会。"①

在今天看来,"小男子汉"的出现不完全是与儿童文学既有范式的断裂与告别。恰恰相反,20 世纪 50—70 年代的儿童文学的许多创作策略,被赓续在这一时期的叙事策略中,如以中心人物的心理活动为主线、以教育儿童为写作目的。更需要指出的是,旧范式的文化象征系统对"英雄""典型"不遗余力的塑造,也成为有着强大意志力的"小男子汉"们隐秘的源头。当然,"小男子汉"之所以不同于小英雄雨来,

---

① 曹文轩:首版《我要我的雕刻刀〉序》,收入刘健屏《我要我的雕刻刀》,南京:江苏凤凰少年儿童出版社 2017 年版,第 193 页。

更为鲜明的特点在于特立独行、充满反叛意识;而不再是成人引导、规训下,走上"英雄"之路的"小战士"。"小男子汉"所带有的英雄气概有着鲜明的"自我"意识、独立精神,而不是政治话语裹挟下的代言品。

比如《我要我的雕刻刀》中的章杰一出场就提出了如何正确理解和运用"舍己救人"的尖锐的问题。缘起是班主任表扬了方大同下河救人的事迹,在全班同学一片赞赏和钦慕之声时,章杰却说"我觉得方大同应该想到自己不会游泳,他不应该先跳下去";"对于一个不会游泳的人来说,首先应该是先呼救";"舍己救人是应该的,但舍己而不能救人没有必要"。显然,章杰的思考要比大部分学生的盲从更客观、理智。至于方大同——这一极具 20 世纪 70 年代末 80 年代初过渡时期儿童形象的典型代表,却很少被讨论。细读文本,我们可以发现方大同的形象定位在文本行进过程中不断"矮化":首先他下河救人的勇气并没有获得作者的真正认同;他得到老师欣赏而在全班学生间产生的影响力遭到了章杰的否认;更由于作为班长的他向老师汇报了章杰擅自离开"全民文明礼貌月"学习现场而显得虚弱、庸常。这是旧范式中"儿童"的典型形象不断被弱化的注脚。另一方面,章杰却是一个被有意"拔高"的新典型。为了凸显他的与众不容,他的热衷雕塑的个人爱好与集体活动开始不断发生冲突,不仅表现为对与自己兴趣爱好无关的事非常冷漠,而且经常擅自离开集体活动现场,对集体活动不屑一顾。

以文学研究的"后见之明"来看,章杰是那个时代的"问题儿童",他关注自我近于自私、枉顾集体近于冷漠、挑战权威近于狂傲,但作者对他所存在的问题的批评却散发着人情世故式的妥协意味:"像他这样小小年纪就如此桀骜不驯,处处与众不同,以后走出校门踏上社会会怎么样呢? 能合群吗? 能成为集体中积极的一员吗? ……为了集体,有时候要做点自我牺牲的。他能做这种牺牲吗? 不会的,他会像对'舍己而不能救人'那样,认为是没有必要的。"被收走了雕刻刀的章杰,并没有因此反思自身的问题,而是一个劲地嚷道"你把我的雕刻刀还我!"在这个陷入僵局的情节里,班主任无法改变章杰个人,只好做了家访,向家长反应孩子"太自信,而且不听话"的问题,爸爸却认为章杰"个性很强,有自己的主见",并指出老师的管理像一把"锉刀":"老师,你难道还希望八十年代的孩子和我们那个年代的孩子一样吗?"最终发生转变的是班主任本人:"我为什么总希望自己的学生千篇一律地服从我,对唯命是从的学生报以青睐,而对不太听话但有主见的学生予以冷落呢? 在他们可塑性最大的年岁,我难道真的还像一把锉刀,再用自己的模式'挫'着他们? 惯性,可怕的惯性! 老师有时候也会犯下不可饶恕的过错,虽然这种过错不一定造成孩子肉体上的伤亡……"两代人、两种人格理想的交锋,并将教师与学生、"文革"的时代浩劫与普通人的性格悲剧联系起来,"文学文本周围的社会存在和文学文本中的社会存在"[①]同构了新时期初期的文本语境,使得章杰的特立独行散发出时代光芒。刘健屏曾言少年文学"对作品艺术技巧的圆熟、表现手法的新颖的追求和对作品历史感的深厚、思想内容的深刻的追求,我更注重的是后者。我崇尚理性和思想,任何伟大而崭新的思想我都推崇备至。伟大的思想能拯救时代,崭新的观念能拓展未来"[②]。在今天看来,集体与个人、服从与独立是充满辩证统一的关系,但在半个世纪前,"集体"是一个充满特殊性的意象,是特定年代的特定产物。因此对"集体"的质疑和反叛充满了新时期的气象,这也是《我要我的雕刻刀》在那个时代背景中充满启示性、变革性、创新性的重要原因。

① 张京媛主编:《新历史主义与文学批评》,北京:北京大学出版社1993年版,第5页。
② 刘健屏:《新时期少年小说特征之我见》,收入刘健屏《初涉尘世·附录》,南京:江苏凤凰少年儿童出版社2017年版,第259—260页。

刘健屏对章杰的桀骜不驯既欣赏又担忧,到了《初涉尘世》的主人公阿亮时,外部世界的影响对于少年成长的作用力变得愈加明显;而少年自身的尊严、毅力是对抗尘世风波、生成强大人格的最核心的力量。高一学生阿亮先后经历了丧父、惊闻自己的身世之谜,为尊严和生计去贩鱼,被骗去售卖盗窃来的自行车,为求清白而追踪诈骗犯,甚至被摩托车拖行而受伤等一系列精神和生活危机。外部世界的影响力开始逐渐增强,这是刘健屏对少年成长更加清醒的判断:

> 他(阿亮)和一些处在少年时代边沿的孩子一样,当他们准备投入人生的时候,把整个世界想象得如同有些书本上描绘的那般美妙:鸟语花香,莺歌燕舞,桃红柳绿,阳光轻风……似乎生活永远处在一个永恒的明媚的春天里。但他们走进这个世界,一旦接触了生活中几朵污浊的浪花,碰上几只肮脏的苍蝇,瞥见了一些丑陋的事物,于是,那个永恒的明媚的春天就像肥皂泡一样迅即破灭了,他们一股脑儿推翻了他们原先的想象,以为一切美好的东西都是凭空臆造的,他们又武断地认为这个世界是寒冷的、黑暗的,似乎处在一个无休止的漫长的冬夜里。在他们经历了一番忧闷和茫然的折磨、孤独和痛苦的挣扎以后,忽然有一天,终于走出了这个冬夜,又一次看到了小草在返绿,鲜花在摇曳,阳光在照耀,清风在吹拂,于是他们又惊讶地发现,春天却还是存在的。他们开始有所觉醒,有所领悟了,他们不再用单一的眼光去看待这个世界,不再用偏执的意念去理解这种生活,他们发现单一正是他们的幼稚,偏执正是他们的浅薄。当他们开始懂得这一点,少年时代已被抛到身后去了,他们踏上了更高一级的台阶……

外部尘世的风云变幻带给阿亮的打击是沉重的,如何直面苦难、应对困境,生成个体强大的人格尊严和独立自主的能力,显然是刘健屏创作越来越关心的问题。"人格乃是在人类有机体准备被驱动、准备意识到、准备在与范围逐渐扩大的有意义的个人和公共机构发生交互作用的各种预定步骤中发展而成的。"[①]如果说章杰还仅是一种性格上的桀骜不驯(《我要我的雕刻刀》),冷竹辉也只是一种心理上的独立意识:"十六岁,应该是个可以干一番事业的年龄了"(《脚下的路》),欧阳健探险未开掘过的岩洞,认为"冒险比平庸强一万倍"(《假如我是个男孩》);那么阿亮要解决的挑战是严峻、冷酷的。父亲的突然离世,让他不得不面对"私生子"的身份、生母现有家庭对他的排斥,自尊让他选择拒绝了生母现有家庭的经济支持,他又不得不面对生计和学费的问题。在血本无归、四处碰壁的情况下,阿亮精神上并没有被压垮,但是生存、生活、尊严的问题是无法单靠"人格独立"即能破题的。所以当阿亮历经艰难、备尝炎凉之后,心态的变化是微妙的:

> 他并不因此而觉得自己渺小。他庆幸自己在生活的冰点中终于没有被冻僵而倒下,他还活着,还挺立着;他欣慰自己这些日子苦苦寻找的用以证明自己的东西终于被找到了,那就是他的尊严、他的人格,以及人们对他的信任。……现在,让他怀着仇恨去想一切人、一切事是不可能的,他甚至为自己曾经出现过的仇恨而感到滑稽,感到可笑。……因为,正是这些人这些事,充实了他的人生,丰富了他的人生,使他懂得了人生的艰辛,人生的复杂,给他上了步入人生的极为精彩的一课……

---

① 〔美〕埃里克·H.埃里克森:《同一性:青少年与危机》,孙名之译,杭州:浙江教育出版社1998年版,第81页。

"五四"时期一直有一个"娜拉出走后"的论题,在新时期的儿童文学中,也存在着章杰拿回雕刻刀以后怎么办的问题。《初涉尘世》给出了"小男子汉"们走向社会、走向成熟的一份答案。尘世风霜多有歧途,成长的道路必须要以人格的独立强大为前提,同时能够接纳外部世界的善意和帮助,小男子汉们才能在内外兼修的双重滋养下获得真正意义上的独立自主。

## 二、鲜明的叙事策略

纵观刘健屏的创作特色,是擅于使用第一人称叙事视角,带有"心灵辩证法"式的内心独白方式,通过心理冲突来构建主人公的成长过程。当然,他的创作方式也随着作品的不断推出而变化,从最初的"寓教于乐"到"男子汉"群像的特立独行,再到"今年你七岁"式的铁汉柔情。在变与不变的动态创作过程中,刘健屏驶过了一条从涓涓细流到激流勇进,再到张弛自如的扬帆之旅。

第一人称叙事对于文学创作来说,一直是一个有难度和限度的挑战。但是刘健屏对这一叙事视角的使用从一种手段上升到一种创作特色,从剖析主人公的内心世界,到全景式的展开其"心灵辩证法",变得愈加地自在圆融。他的早期短篇小说《诀窍》《交了"倒霉运"的人》《痛苦的旅程》《闪烁的萤火虫》《希望》《第一次出门》《爸爸,原谅我》《静静的月夜》等均是使用"我"的叙事视角,揭示了主人公面对问题时的心理变化。如《交了"倒霉运"的人》的开场白:"一个人遇到一两件倒霉事,算不了什么稀奇。譬如,我家隔壁阿昆养了五条蚕宝宝,不小心喂了不干净的桑叶,结果全都病死了;还有,我班同学王立国放风筝的时候,忽然引线断了,好漂亮的一只'蝴蝶鹞',不知飞到哪里去了。可我梁冲……唉!好像是交了什么'倒霉运'似的,倒霉的事儿差不多每天都粘着我,一件连着一件……远的不说,但是这回为了看杂技表演,我遇到的倒霉事就够受了,要不是生了两个出气的鼻孔,肚皮真要气破了呢!"这段独白把儿童的天真、鲁莽表达得非常真实生动。尤其是《痛苦的旅程》全文都是"我"买了火药纸登车返乡的旅途中,一直担心被查出这一违禁品的忐忑不安的心理斗争:

> 　　旅客一个个地进站了。我心慌极了,简直没有力气挪动步子,我之所以还能慢慢朝前移动,完全是靠后面的人推的。来到检票口,我睁大着惊恐的眼睛直盯着检票的阿姨,怎么也不敢再朝前走一步。
>
> 　　……
>
> 　　我坐在靠窗的一个位置上,心跳简直比那急速的车轮声还快。我的天!我买火药纸的时候怎么一点没想到它是不可以带上车的?刚才看到横幅上的字,我怎么没把火药纸处理掉而居然上了车?可现在,唉!一切都晚了……尽管我有一丝侥幸的心理,但心情仍然一点不见轻松——万一有人来检查,万一车厢里气温高,万一有人撞我一下使练习本猛地一合,万……我的神经处于最紧张状态,我的心弦绷得紧紧的,我的脑子里只有火药纸、火药纸!
>
> 　　(广播响起以后)我的脑袋嗡的一声炸响了,下面的话也没能听清楚。我惊慌地朝四周望了望,觉得周围旅客眼睛像一支支利箭射向我,仿佛他们都已知道我包里藏着什么,随时随地都准备揭发我!
>
> 　　……
>
> 　　乘警的突然出现,不亚于一个晴天霹雳!我吓得气也喘不过来,差点大声叫起来!我忽然觉得自己确实在变,但不是变小,而

是变大、变大,头变得像笆斗样大,身子变得像柴油桶般粗,成了车厢里最高最大的巨人,人人都在注意我,我身边的那只小包也变得像一颗巨大的定时炸弹那样引人注目。毫无疑问,那乘警肯定是来检查我的。哦,如果他查出了火药纸,会不会说我是特务,会不会说我是有意破坏,会不会让我戴上手铐、剃着光头去坐牢……我急得快晕过去了。车厢在旋转,窗外的景物在旋转,一切在旋转、旋转,化成了一幅幅可怕的图景……

通过检票、登车、广播响起、乘警出现这四个场景的步步升级,小主人公随之发生剧烈的心理斗争。这样的内心独白既有跳跃性,又根据小主人公意识到问题的严重性而逐步加剧。在《我要我的雕刻刀》中的班主任"我"的心理变化是出于对章杰个性和兴趣爱好的态度的转变而发生的。从表扬方大同被挑战而"恼怒",到听见章杰和同学讨论选班长时不应盲从时的"惆怅",到没收雕刻刀时的"生气",再到家访时和章杰爸爸谈话后的"颤栗"……尽管心理变化和内心独白来自班主任,却在这种转变中凸显了章杰的特异个性,以及以班主任为代表的教育评价体系的转变。这种借"我"的视角来立体刻画主人公的作品还有《假如我是个男孩》,这里的"我"是叶老师的女儿刘欢欢,叶老师班上的欧阳健也是一名特立独行的少年。较之《漫画上的渔翁》等短篇小说中较为浓重的"寓教于乐"的写作目的,《我要我的雕刻刀》较为刻意的对照对比式创作模式,《假如我是个男孩》通过"我"(女孩刘欢欢)和欧阳健的对峙、对话、交流,互动而又共生地勾勒出20世纪80年代初期少男少女的心理状态和青春形象。刘欢欢的心理独白不是仅围绕欧阳健一个人的,她对父母、同学、社会生活都有自己的独立思考。比如她对长期绷着弦"防患于未然"的教师妈妈的感慨;对埋头苦干、按部就班、善做家务、"附和妈妈是爸爸最大的本领"的爸爸的同情;尤其是她对同龄男性有意识的判断,既强调了平等观念,又充满了性别意识。刘欢欢立志"要让他们看看,女人是不是都是弱者!""说实话,对男孩子我不能说一点不注意,可以说还作过相当的研究,但研究的结果很使我失望"。对同龄男孩中的"调皮鬼""书呆子""帅哥""假正经""伪君子"等各种类型做了一一点评。在此基础上烘托出欧阳健的理想人格:"渊博的知识、强健的体魄、刚毅的性格",刘健屏甚至很难得地涉及了少男少女的懵懂情愫:"自从认识他,我已察觉到我在对男孩子的'研究'中疏忽了像欧阳健这样性格的人,这实在是个偏差,但这偏差的发现倒使我有点高兴。有些人你整天和他在一起,但你总感到离他很远,而有些人尽管只是偶尔接触,却使你感到有一种默契,有一种心灵的沟通"。利用内心独白既完成了对欧阳健个性的塑造,也勾勒出了时代女孩刘欢欢的青春形象。

这一叙述策略在《初涉尘世》《今年你七岁》等1980年代中后期作品中愈加成熟圆融。潘阿亮正是通过一次次内心的剧烈斗争,经受了精神洗礼。较之早期作品,刘健屏开始将心灵图景的描述投射在外物的景致和环境上,使得心理活动的轨迹更具有情景交融的艺术性,整部长篇也显得更张弛有度;而不像他的短篇小说那样密集而急促。比如阿亮初到苏城重点高中就读,受班主任葛老师之邀,来到他家过中秋节。"走进石库门是一个小小的天井,青砖铺地,十分整洁。天井右边安卧着一口井,井圈是青石凿成的,从上面呈现的好几道寸把深的被绳索磨勒的凹痕,可以看出这口井已有相当的年纪了。天井右边长着一棵桂花树,正是桂花盛开的时节,满树桂花,金黄灿烂。早在巷口就能闻到这桂花香了。走进石库门,更是馨香扑鼻,令人微微欲醉,仿佛这里的空间都被这浓烈的花香填满了。……一轮皓月已升起来了,它慷慨地给天井里的桂花树戴上了一顶银冠。地上满是皎洁的月色,连那口古井里也荡漾着反射着它的清辉。"这段景物描写与阿亮惬意、

愉悦的心情完全融合在一起。而当阿亮急于赶回家看病危中的父亲,找不到船只,决心泅水横渡淀山湖时:

> 当他的脚板刚与湖水一接触,全身猛地一哆嗦,寒气从他的脚底心一直渗透到了他的头顶。可他没让这种感觉持续多久,就将整个身子扑进了湖水。他拼命地挥动双臂,拍动双脚,以便尽快恢复突然被冷水夺去的体温。……他试图慢慢地游,可只游了一会儿,刚刚有点暖和的身子又冷起来了。这寒冷似乎都集中在腿肚子上,先是发木,接着是发硬,他觉得皮肤绷得紧紧的,心脏的跳动也异乎寻常地剧烈起来。

在《初涉尘世》中,四季变化也融入阿亮的心灵感受中,尤其是在阿亮四处碰壁的困境中,景色与心境互为表里:"大地已被冻得坚硬,路边的柳树上残留的几片经霜的树叶终于耐不住寒冷和寂寞,最终飘离树枝,归顺于凋落的命运。今晚虽没有号呼的朔风,但空气却是干冷凛冽,它像具有某种渗透力似的,钻入你的肌肤,咬啮着你的骨髓,让你难忍发抖。苍穹上寒星在闪烁,这种闪烁是僵硬的、战战兢兢的,这大概也是因为寒冷的缘故。"父亲猝然离世和自己受骗失足是阿亮人生的两次重大转折,雪上加霜似的考验着阿亮的情感、心理和性格,也为他走向更广阔的生活提供了契机。刘健屏曾言"少年文学应该成为真实的最大程度的关心少年的权利和尊严的文学,应该担负起少年的独立意识、勇气气质、坚韧品格、冒险精神的职责。少年们是崇拜力量的,无论是道德的力量、智慧的力量,还是意志的力量"。[1] 从章杰、

---

[1] 刘健屏:《新时期少年小说特征之我见》,收入刘健屏《初涉尘世·附录》,南京:江苏凤凰少年儿童出版社 2017 年版,第 260 页。

冷竹辉、欧阳健到潘阿亮,刘健屏不遗余力地对小男子汉做英雄式图解,带着些许悲壮和义无反顾。阿亮为自证清白而付出了代价,最终和生母的现有家庭相互接纳。阿亮是刘健屏创作的系列"小男子汉"形象的总结,也是他创作的第一部长篇小说,可视为刘健屏创作的一次阶段性检阅,他对小男子汉形象塑造的专注、对心灵图景分析的热衷,又适时引入了四季变迁、外部景物、生活场景对主人公心理变化的衬托和回应。与此同时,他笔下的配角们也有显著的性格标签。如阿亮的同学中有自私瘦弱、爱吃零食、小心眼的何健,有自负、好嫉妒的李路,腼腆内秀的蔡涛;尤其是班主任葛宾平和他的妻子张雯,他俩的另一个身份是阿亮的继父和生母。尽管为构成这样一个情节冲突而设置的人物关系过于"机巧",但是对这两个成年人的心理变化,作者的描写生动贴切,拿捏有度。比如当葛宾平得知阿亮竟然是妻子婚前的私生子时,异常震惊痛苦,想夺门而去,妻子紧紧搂住他,"他感觉到她的身体从上到下都在耸动、在抽搐,就像汹涌的波浪肆无忌惮地冲击着她的整个躯体;她的脸贴到了颈上,脸是冰凉的,而且满是泪水;他甚至感觉到了她的太阳穴的血管在铮铮地作响,就像什么东西在捶打……这一切,都震荡着他,使他的各种感官也为之颤动。"而当张雯满心爱怜和忏悔地握紧阿亮的手时:"他完全醒了。可他一动不动,他没有抽开手,也没有睁开眼睛,他不想打破这幸福的平静,扰乱这甜美的安宁。他的手背上感到了她不匀的呼吸,感到了她湿润的亲吻,接着又感到了她滚烫的泪水。这一切,糅合起来化成一股暖意,通过他的手,流进了而且浸润了他生命的每一根纤维。他感到从未有过的浓浓的醉意,他实在不想动,也根本不能动,他希望时间能停滞,空气能凝固。"葛宾平和张雯是刘健屏泼墨式塑造小男子汉的群像时,令人驻足喟叹的两个有血有肉的成年人。这些饱满、充沛,毛茸茸的感受和体验,被纤毫毕现地描摹出来。这在刘健屏的早期作品中前所未见,此前的作品基本是中短篇小说，既受到篇幅的限制，也受到观念的限制。

## 三、健笔写柔情：《今年你七岁》

《今年你七岁》是刘健屏以自己的儿子刘一波为观察对象而创作的日记体长篇纪实作品。作者按照生活的原生状态，原原本本地记录了七岁的阿波进入小学的一年生活，从他过七岁生日、入学直到这一学年结束，阿波度过了小学一年级的学习生活。作者既展现了七岁孩子初入校园的喜怒哀乐、行为举止；又以"父亲"的身份深情又理性地反思了在教育儿童、陪伴其成长过程中的各类问题。与刘健屏塑造小男子汉的一贯创作风格相比，《今年你七岁》是一个非常有意味的文本，一是当"小男子汉"的理想人格落实于生活时，将会遭遇怎样的"变形"或"实践"。二是《今年你七岁》同样采用了刘健屏热衷并且擅于使用的第一人称叙事视角，此前的作品在这一叙事视角下表现出对于主人公的心理态势的全面掌控，而在刘健屏对自己儿子的观察和交流中，能否实现全知全能？ 三是文本的形式探索带来的趣味性和艺术性。

### 1. "小男子汉"形象的再解读

刘健屏创作的章杰、冷竹辉、欧阳健、潘阿亮等小男子汉们，在年龄上是初中、高中生，在性格上桀骜不驯、刚毅独立；而对于年龄尚小的儿子阿波，刘健屏那支充满阳刚之气的健笔，顿时变得舒缓柔情。正如作家自言："在我十多年的写作经历中，从来没有像写《今年你七岁》这么轻松愉悦。我完全是徜徉在一种温馨、恬适的心境里，极其舒缓地游动着我的笔，我是怀着深情、带着爱意，几乎自始至终含着微笑,将这部作品一气呵成的。"①作者开篇既是一大段深情告白:"我走进你的小房间,来到你的床边,发现你还没醒来。你朝外蜷侧着身子,脑袋已歪在了枕头的一边,那张小嘴随着均匀的呼吸在轻微地翕动着,口角边还淌着一丝亮亮的口水……我总喜欢在你酣睡的时候端详你,没有什么时候比你这时更让人觉得可爱了。"父亲的柔情溢于言表。正是基于这一份深沉父爱,和对儿童日常生活的细致观察,"小男子汉"的教育实践与文本实践产生了有趣的冲撞。现实生活中的刘一波常有"露怯"之处,如去澡堂洗澡不敢下热水池;爱看武打片却叶公好龙;看爸爸跳到河里游泳吓得大哭;不肯一个人独自睡觉、白天也不愿一个人待在家里。对这些学龄前儿童常见的行为举止,爷爷奶奶认为:"小孩胆小一点好,不容易出事。"身为父亲"却情愿让你出一点事,也不希望你这么胆小。一个胆怯的人,即便再聪明,长大了也往往一事无成。"因此,刘健屏做了一系列的努力,每个星期带儿子去游乐场,尝试各类较为惊险刺激的游乐项目,阿波在又高又晃荡的铁索桥上哇哇大哭,父亲说:"你哭得再凶也没用,你别指望爸爸会来帮你,唯一的办法是自己走……否则,你就一辈子待在上面。"并经常鼓励孩子从四五级台阶上往下跳。令作者没有想到的是,这样的教育方式竟让儿子险些"闯下大祸"。起因是阿波和另一个"皮王"相互吹牛赛本领,皮王说自己有轻功,能在楼间跳来跳去,于是阿波就怂恿对方跳楼:"我是考验考验他勇敢不勇敢。"爸爸气急败坏地说:"混蛋! 这不是什么勇敢,这是蛮干!"

"那你……"你胆怯地瞥了我一眼,最后还是嗫嗫嚅嚅地说:

---

① 刘健屏:《台湾版〈今年你七岁〉自序》,收入刘健屏《今年你七岁》,南京:江苏凤凰少年儿童出版社 2017 年版,第 242 页。

"你不也老是叫我从台阶上往下跳,老是对我说'你敢不敢跳? 你敢不敢跳?'"

这个令人啼笑皆非的情景对秉持"我的脑袋又不是长在别人的肩膀上""冒险比平庸强一万倍"的刘健屏来说,无疑是一次理论与实践的大碰撞:"我忽然发现,生活中的有些事情实在太矛盾了。我确实希望你能勇敢,并且想方设法培养你的勇敢精神,我确实无数次地让你从台阶上往下跳,无数次地说过'你敢不敢跳? 你敢不敢跳?'可万没料到,这一切你竟照搬到你的同学身上,而且这样的不分场合和不视轻重,差一点酿成了大祸。这太可怕了! 我曾经对你的怯懦深恶痛绝,但对你如此的'勇敢'又极为不安。老天,对一件事情要把握好它的分寸该有多难啊!"可以说刘健屏第一次对如何成为真正的"小男子汉"有了文学创作之外的思考。文本的理想性、可控性与现实的不可控性形成了有趣的反差。时隔三十年再看这一代少年的成长,"小男子汉"们的集体出场依然是一个美好的愿景。

### 2. 第一人称叙事与日记体的文本控制力

刘健屏热衷且擅于使用第一人称叙事,如《诀窍》《交了"倒霉运"的人》《痛苦的旅程》《我要我的雕刻刀》《假如我是男孩》等。在这些作品中,作者展现出他对作品自如、完满的控制力。比如《我要我的雕刻刀》中的"我"是章杰的班主任,通过她的视角观察、刻画章杰的特异性格和个人爱好,也通过她与章杰父子的冲突和对话,凸显出"我"本人对特殊时代的反思和自身的思想转变。《假如我是男孩》中的"我"是女孩刘欢欢,通过她对父母、班级男生和妈妈班上的"问题生"欧阳健的观察和判断,将欧阳健的"冒险比平庸强万倍"的性格特点和行动能力一一呈现,而女孩刘欢欢本人的性别意识也得到了充分的展示。可以说,在各类小说的"营构"中,刘健屏对于第一人称叙事的使用是得心应手且充满自信的。但是到了《今年你七岁》,身为父亲的"我"对于他的观察对象——儿子刘一波的叙事,却无法实现全知全能的掌控力。且不说上文已分析的关于"小男子汉"培养道路的曲折复杂,阿波常不能放学按时回家、砸碎学校的玻璃、削下棕榈树的叶子模仿"济公"、未能第一批加入少先队、为奋斗"红星"而冒雨提前去学校扫水、为争取回家的自由而和经常作梗的三年级学生打架……一个七岁小男孩、一年级小学生日常生活的点点滴滴被忠实的"复印"(刘健屏语)在文本中。《今年你七岁》的日记体、散文化的叙事方式,完成了作者在观察、反思阿波日常生活时对现实、教育、社会、人生的多方面思考,增加了文本的容量和分量。因此,该作品不仅栩栩如生地记录了刘一波的生活点滴,更通过"我"和儿子的对话生发出了作者的自我反思。而这些儿童成长中的生活小事,恰是当代每一个中国儿童、家庭、学校甚至社会都要遭遇、面对和回应的问题,由此《今年你七岁》不止于一份观察记录,而生成了儿童文学叙事的高度和深度。

正由于作品是日记体的散文化结构,所以,作者不仅可以深入生活去开掘"小男子汉"塑造的过程性和复杂性,也可以在悠长的成长旅程中,不疾不徐地和孩子讨论"家庭、亲情、爱情""家乡与童年"等话题。在孩子希望得到"红星少年"的奖励而去做好人好事、颠倒了事情的因果顺序时,"我非常希望你的所作所为能保持原有的自然的本色,而不被人为地蒙上虚荣或功利的色泽,但我知道这通常是做不到的,不要说你以后会遇到更多的事,即便现在学校里开展的那小小的'红星少年'之类的竞赛活动,足可把我的愿望撞个粉碎"。在阿波当上学习小组组长而突然写字变工整以后:"'学习小组长'这项小小的'乌纱'的魔力可真神奇。我发现,在这方面成人和孩子完全相通:喜欢听夸奖话,喜欢别人给你戴'高帽子'。这种人类的弱点简直与生俱来。"刘健屏对儿童教育的反思是严肃而深沉的。阿波执意要向车站乞讨者行善时,刘健屏在劝阻无效的情况下,让阿波"跟踪"乞讨者,孩子自己发现了乞讨者的骗局。借此和孩子讨论现实生活中的阴暗面,在欺骗和谎言面前如何判断和取舍的问题。在阿波沉醉在动画片《唐老鸭和米老鼠》的情景中时,刘健屏更是全面反思了"儿童""童年"的意义:

> 面对着你们孩童,我们承认永远自惭形秽!你们未谙世故、圣洁无暇,心地纯洁得如一泓清水、一张白纸,而所有的污秽和杂色恰恰是我们这些所谓胸有成竹、老于世故的成人添加上去的。你们身上有着许多闪光的弥足珍贵的东西,这些东西我们曾经也有过,可随着年龄的增长却逐渐丢失了,而我们不仅心安理得地让你们重复着这种丢失,甚至在加速着这种丢失!我们总是以你们终究要长大,终究要走上社会为由,今天"教诲"这一点,明天"告诫"那一点,极大地伤害了你们自由自在、无忧无虑的心灵;我们总是更多地想到你们以后应该怎样地去"适应"社会,而根本没有懂得你们本来就是生活的主人,以后应该怎样去"创造"生活……

这段真诚的表白,既是对儿子刘一波的,对中国儿童的教育现状的,也是对刘健屏本人创作方式、思想立场的一次真诚而深刻的反思。安徒生曾言:"我用我的一切感情和思想来写童话,但是,同时我也没有忘记成年人。当我写一个讲给孩子们听的故事的时候,我永远记住他们的父亲和母亲也会在旁边听,因此,我也得给他们写一点东西,让他们想想。"具有反思精神,不忘成人与儿童的对话,永远是一名优秀儿童文学作家的基本要素。

### 3. 文本的形式探索带来的趣味性和艺术性

刘健屏的作品基本是现实主义题材的儿童故事,多以第一人称为叙事视角,擅于采用心灵辩证法式的心理剖析,通过心理变化来展现人物的认知和思维的转变。一直以来,刘健屏作品的阳刚之气总不免带着些许火药味、说教味,有着较为强烈的作家主观立场。《今年你七岁》却是别具一格的日记体长篇纪实作品。正如刘健屏直言"我在描述一个我最亲爱、最了解的孩童——那就是我的儿子,我在精心地复印他七岁这年所走过的每一个浅浅的足迹,我在谱写一曲有着喜怒哀乐、充满童真稚趣的天真的生命之歌;同时,我也在描绘一个我最熟悉的成人——那就是我自己,我在书写我与儿子间亲密的关系,书写作为一位父亲出自内心的无限期盼、希冀和祝愿……无需煞费苦心地编织,无需绞尽脑汁地营构,只需忠实地记录……"①这部作品既是纪实体的观察记录,在情感上也是一气呵成。与此同时,他早期创作就显现出来对"童趣"的把握能力又一次得到了施展,在对儿童生活的细致把握中,童年美学的魅力也获得了自在圆融的呈现。

刘健屏的早期作品的书写对象多为中低年级小学生,在描摹儿童日常生活、行为举止时,多采用发现问题、劝谏讽喻的手法。如《小泥鳅和大将军》中对"小泥鳅"和"大将军"两个孩子冒险捉蛇过程中妙趣

---

① 刘健屏:《台湾版〈今年你七岁〉自序》,收入刘健屏《今年你七岁》,南京:江苏凤凰少年儿童出版社 2017 年版,第 242—243 页。

横生的描写。《演反角的叔叔》中喜欢效仿影视作品中"敌军官"形象的汤小鸣:"凭我的概括能力,要描写他那副样子,只需用一个字就够了:'歪'。首先,他的帽子是歪戴着的,帽子的顶圈里面大概用什么撑着,变得直挺挺的,像只大盖帽;帽子前沿不知嵌了一只汽水瓶盖子还是酱油瓶盖子,亮闪闪的算作'帽徽';他把帽舌压得低低的,你要看清他的眼睫毛,非得蹲下身子仰起脖子才行。其次,看他腰里系着的那根'子弹带'——其实只是用牛皮纸编结的'纸带',从左边的腰眼里差不多歪到了右边的大腿上,上面还斜挂着一支塑料射水手枪在晃呀荡的。"儿童日常生活中的顽劣形象令人忍俊不禁。刘健屏的创作并非只有怒目金刚,也常有谐趣幽默,只是被遮蔽在反响强烈的《我要我的雕刻刀》的声名之下。《今年你七岁》非常自如地记述了刘一波憨态可掬、天真烂漫的形象。比如入学第一天,老师问及阿波是否会数数:"能数到100吗?"

> "能。我还能数到1000呢!"
>
> "好极了,你数吧!"
>
> 我盯着你,心里在为你捏把汗。你真能数到1000吗?在家里我好像只听见你数到过100,而现在你却夸口说能数到1000,这1000是随随便便就能数到头的吗?
>
> 只见你吸足一口气,眼睛仰望着天花板,显然是为了显示你的熟练,开始不带任何停顿地数:
>
> "1,2,3,4,5,6,7,8,9,10,11……"
>
> 数到20,你就接不上气了。你也许生怕老师以为你数不下去了,慌慌张张地咽下一口唾沫,想趁机吸进一口空气继续数,可这口唾沫你咽岔气了,你呛了起来。令我敬佩的是,你一边呛一边还在顽强地数:

"21,咳,22,咳……23,咳咳……"

你咳得脸都憋红了,脖子上暴起了青筋。

……

你沮丧地看了我一眼。我明白你的心思,你夸口能数到1000,可才数到60,老师却说"不数了",这未免太扫兴啦。但老师的及时打断还是很英明的,你用这种样子真数到1000的话,别说老师会受不了,我也会被你"数"出病来的。

刘健屏既是忠实的记录者,也是生动的叙事者;是敏锐的观察者,也是充满期待的父亲。简洁的对话和惟妙惟肖的细节,把温暖的氛围和真实的生活表达得从容而饱满,生动而简练。这部形神皆妙、朴素真挚的父子生活备忘录,无论是形式上的创新,内容上的丰富,还是思想上的开掘,都是新时期儿童文学的重要实绩。

## 结　语

纵观刘健屏的创作,本色、真挚、坦率,有着鲜明的作家主体立场。对"小男子"形象的刻画既是时代主题的呼唤,也是刘健屏的创作特色。从《我要我的雕刻刀》到《初涉尘世》,"小男子汉"遭遇了尘世生活的严峻挑战,以强大的人格尊严为依托,正确对待生活中的风霜或暖流。这是刘健屏创作生涯的主线。令人惊喜的是《今年你七岁》不但带给作家以柔情,更带来了反思。作家早期创作对儿童天真烂漫的描写意识又一次回到作者视线中,七岁刘一波的喜怒哀乐、生活细节、成长轨迹如晶莹的水滴,折射出了童年的真切、风趣、鲁莽、憨然,也映照出了身为成年人的父亲、作者对童年精神的再解读、对儿童文学美学精神的再探索。

## 第二节 程玮：真挚优雅与深沉开阔

尽管程玮目前定居德国，但她出生于江苏江阴，毕业于南京大学中文系，出国前一直在江苏工作，并由江苏省作家协会推荐加入中国作家协会，成为当时中国作协最年轻的会员。其作品的发表出版一直与《少年文艺》(江苏)和江苏少儿出版社关系密切，与江苏儿童文学的发展有着极其重要的因缘。

纵观程玮四十年的创作历程，高产高质。1989 奔赴德国留学和定居可视为其创作的分水岭。前期作品从塑造憨态可掬、率真单纯的"顽童"形象开始，到为评论界称道的"少女"主题小说；后期作品"周末与爱丽丝聊天"系列和"周末与米兰聊天"系列作品显现出融会中西、自成一格的品质。

在新时期伊始，程玮的《开学前几天》《小狗引出的故事》《小山山的成绩单》《大雁南飞的时候》《奶奶的口头语》《永远的秘密》等作品中，儿童在残存的"文革"气息中表现出活泼泼的自然天性。《木鱼的喜剧》《注意，从这里起飞》《两个话厘子》《大楼里新来的小邻居》《原谅我，哥哥》等作品中的儿童，更加自如、充裕地呈现童年生活的无拘无束、乐趣慧黠。与此同时，理性的声音、价值的判断、智性的选择一直坚守在其作品中，如《在航道上》《到江边去》《那不是欢送会》《蓝五角星》《原谅我，哥哥》《圣诞树上的泪珠》《贝壳，那白色的贝壳》《山那边的世界》《趁你还年少》《白色的塔》《孩子·老人和雕塑》等。

随着程玮创作状态的渐入佳境，对"少女"题材的拿捏在其前期创作中尤为引人瞩目。《走向十八岁》《今年流行黄裙子》《彩色的光环》《哦，不，不是在月球上》《小溪从心中流过》《鸡心项链》《少女的红发卡》等作品将青春期少女特有的心理特征细腻真挚、轻松自如地描写出来。班马称其为"少女文学的强力作家"。

在德国留学和定居近二十年后，2011年程玮推出了《俄罗斯娃娃的秘密》和"周末与爱丽丝聊天"系列，包括《米兰的秘密花园》《黑头发的朱丽叶》《会跳舞的小星星》《芝麻开门的秘密》《镜子里的小姑娘》《亲爱的爱丽丝》，此后的"周末与米兰聊天"系列包括《龟背上的花纹》《神奇的魔杖》《塔楼里的珍宝》《赛里斯的传说》和《两根弦的小提琴》五本。这些作品既有中西文化的比照交融，也有儿童与成人在为人处世、待人接物上的对话和交流，谈天说地、物我交融，于一滴水中见太阳，半瓣花上说人情。

## 一、童年精神的坚守

和五十年代出生的这批江苏儿童文学作家一样，程玮具有一种早慧而旺盛的创作力。这与她出生于书香之家，童年时热爱阅读有很大的关系。"在所有功课中，我学的最好的是语文，准确一点说是写作文。……我阅读一切我能够得到的书，因为书读得多，作文也就自然而然写得好起来，每次的作文课对我来说都像一个节日。"（《少女与书》）程玮很早就显现出创作的天赋，1976年4月程玮在《上海少年》[①]上发表儿童文学处女作《候补演员》。1976—1977年间出版小说集《大雁南飞的时候》[②]。1978年进入南京大学中文系学习深造，并先后出版描写少年儿童生活的《小狗引出的故事》《开学前几天》《小山山的成绩单》《来自异国的孩子》等中长篇小说，及《See You》《那不是欢送会》

---

① 此为《少年文艺》（上海）的短期曾用名，笔者注。

② 《大雁南飞的时候》，上海：上海人民出版社1977年版。这一小说集是程玮与他人的合集，共10个短篇，其中程玮有4篇。

等近三十篇短篇小说。

程玮的儿童文学创作很早就表现出对儿童的行为举止的细致观察,能够非常传神的刻画出儿童的稚拙活泼。

> 他一转眼珠来了个"向左转"——烧饭的灶头、铁锅、水缸,静静地看着他;他一撅嘴巴又来个向后转——桌上的闹钟"滴答滴答"地走着,焦急地催着他;他一皱眉头再来个向右转——墙上列队似的挂着篮子,从大到小。小荣的眼光落在最后一只小篮子上,他蹬着小凳子,把小篮子拿下来,小心地放在灶头上,又"哧溜"窜了出来。(《大雁南飞的时候》)

通过"一转眼珠""一撅嘴""一皱眉头""'哧溜'窜了出来"等画面感极强的神态描写,将小男孩"小荣"在妈妈眼皮子底下"偷"农具的情境刻绘得栩栩如生。而"灶头、铁锅、水缸,静静地看着他"这种拟人化的描述方式,将孩童"自我中心"思维模式下"泛灵论"的原始思维模式,点染得生动入微。

程玮早期作品在写作技法上的优秀品质,不仅表现为语言的精炼传神,更为人称道的是对儿童心理的准确捕捉和细腻呈现。

> 到了晚上,秋秋很兴奋地来敲平平家的房口。
>
> "平平,你知道箱子里是什么东西?"
>
> 平平眼睛发直地抱着录音机,里面哇啦哇啦地响着外语,他摇摇头。
>
> "是钢琴!我爸爸妈妈买给我的!"秋秋非常自豪,"上面一排白的东西,一排黑的东西,白的比黑的多,黑的比白的少。一按就有声音,非常好听!"

"喔哟,你家给你买这么大的东西!"平平看看手里的小录音机,觉得有点不好意思。

"好几千块钱呢。"秋秋的脸红红的,"你到……到我家去看?"

平平自尊心很强地摇摇头。

两人突然不作声了,平平手里的小录音机仍然哇啦哇啦地响着,他们静静地听了一阵。

"你的录音机也很好的。"秋秋停了一停,想告诉平平,她刚才在家吵着要买一只录音机学外语,爸爸妈妈不答应。但见平平一脸不想听的样子,她只好不讲了。(《这两家的小孩》)

简洁的对话中秋秋对钢琴的反复描述又欲言又止,反映出儿童心理的微妙变化。当然,程玮早期的作品还挟带着"文革"刚结束时特有的时代气息,故事情节较为简单,带着"说教"的痕迹,有较强烈的"寓教于乐"的写作目的。比如《淡绿色的小草》列举了钢琴家妈妈、出国访学的高校教师妈妈、在菜摊工作的妈妈,不同社会身份的"母亲"引发了女孩们的心理变化,以及母亲们的彼此评价带来女孩娟娟的情感变化。文末,程玮跳脱出故事情节,卒章显志地写道:"我亲爱的小朋友们,我们每个人在自己的一生中,应该永远用这样的感情去喊自己的妈妈。"

尽管程玮早期的作品有较明显的道德说教的痕迹,未脱"作文"范式的窠臼,但是,程玮的写作立场基本没有受到"文革"的影响,也没有被新时期的"拨乱反正""伤痕""反思"等思潮完全牵制。她对儿童精神的欣然和敬意使她的作品一直葆有着纯净坦诚的气质,很早就表现出对儿童性格与心理的把握力和塑造力,对新时期儿童形象做了生动的刻绘,尤其擅长在不同人物立场的参差对比、对话中展现儿童的性格特征与成长过程。

比如为她带来全国性声誉的中篇小说《来自异国的孩子》(获第二

届儿童文学园丁奖、中国作家协会首届(1980—1985)全国优秀儿童文学奖),一经发表便引起众多评论家的一致好评。陈伯吹赞其"用'百合花'式的分瓣合蕊的写法创作,读来令人新鲜不倦"①。故事讲述了外国专家的孩子菲力浦来做插班生后,成人、儿童的不同态度和做法。既塑造了班主任路露、女孩方芸芸(优秀生)、男孩安小夏("差生")、法国男孩菲力浦的生动形象;又通过每个人物的视角,是否给予外国学生"最惠国待遇"的不同态度,将作品带入一定的深度。时至今日读来,仍有别致的意味。

　　不同于刘心武的《班主任》在拨乱反正大背景下揭示"文革"浩劫所带来的"伤痕",《来自异国的孩子》塑造了新时期的"新"人形象。如班主任路露老师刚刚大学毕业,相较于校长低姿态地为外国友人提供尽可能好的服务、务必完成好政治任务的思维来说,有着知识、思想、视野上的优势,行为做派充满朝气和信心。班级里的孩子的差异性多是从学习成绩和行为表现作为评价标准,完全从"文革"话语中抽离出来,表现出生机勃勃的新时期特点。通过路露老师这一时代新青年的第一人称叙事视角,描述了校长对菲力浦提出特殊待遇的原因、用意,凸显出成人世界对外国友人的态度和方式;作为受学生尊重爱戴的班主任,她眼中的学生们的行为举止,彰显了80年代初期中国儿童的校园生活状态:成绩优秀、热情稳重,却缺乏活力和童真的"好学生"方芸芸;爱打小报告的女孩朱鹿;爱唱反调的"差生"安小夏。不同儿童的叙事视角,提供了儿童的价值判断,尤其是通过安小夏第一人称的日记形式,展现了他仗义执言、反抗不公的优秀品质;通过菲力浦这一"来自异国的孩子"的眼光审视国人的行为举止,展示了外国孩子的率

---

① 　儿童文学园丁奖委员会:《儿童文学园丁奖集刊(三):来自异国的孩子》,上海:少年儿童出版社1985年版,第5页。

真。正是通过这种成人与儿童感受的差异、儿童们不同的声音,使得中外文化价值观得以更立体、丰满的呈现。

这样一种众声喧哗的模式一直沉潜于程玮的创作路数中,如她的前期代表作《少女的红发卡》,其情节设置、人物塑造更加得心应手。故事是在众人为抚慰青春期忧郁症的叶叶、善意隐瞒其父被捕的情境下展开的,展示了青春期少女叶叶、刘莎、濛等女孩的不同镜像。"周末与爱丽丝聊天"系列和"周末与米兰聊天"系列,都通过对话来立体地呈现了儿童对世界的认知过程。如《黑头发的朱丽叶》从彼得老师语文课排演《罗密欧与朱丽叶》为线索,米兰和同学娜塔莉、约翰娜、菲利克斯、阿蒙等对"罗密欧与朱丽叶"人物形象、故事情节、时代背景等问题展开了丰富的讨论。比如,朱丽叶为什么要急于成婚,朱丽叶的父亲是一个什么样的人,如何评价神父,等等。对于《罗密欧与朱丽叶》开场第一幕,"致辞人"已将故事梗概和结局和盘托出,朱利安就提出了质疑:"大家应该知道,这样一来,戏剧悬念就没有了。观众就可以回家了。"对于这样的疑问,学生们自己进行了热烈的讨论。

米兰马上反驳:"我认为朱利安对戏剧悬念的理解很不全面。悬念的意思并不是真的把观众的心悬在半空中,到最后才放下来。悬念指的是戏剧本身的故事。"

(娜塔莉)"全世界的人都知道罗密欧与朱丽这个故事的结局。所以,观众并不是冲着这个结局来的,观众的兴趣是,罗密欧与朱丽叶最后怎么走到了这个结局。"

在场的成人彼得老师"笑眯眯地听着,说话很少。显然,他对这样的上课形式非常满意"。正是通过这样一种平视、多元的视角,让儿童率真、独立、自由的精神气质发挥得淋漓尽致。这既是程玮所赞许和期待的儿童精神，也是她一以贯之的写作态度和追求。

## 二、 女性话语的睿智优雅

程玮在谈及重返国内文坛的动因时，提到江苏少儿出版社副总编辑章文焙的评价："在她读完我刚写的《少女的红围巾》以后，她告诉我，她已经把它邮给了在英国留学的女儿。她想让她的女儿读我这本书，她觉得，我的书对孩子尤其是对女孩子很有益处，她甚至把这本书比喻为女孩子必读的圣经。"在当下热衷于用热闹、煽情、悬疑、搞怪故事来吸引读者的儿童文学创作态势中，程玮不以"情节取胜"取悦读者，正如朱自强曾评价的："程玮的作品绝对不适宜概括，一概括便寡然无味。"她尤擅于通过"对话"来凸显儿童与成人、儿童之间、中西差异、古今变化、情感与理智的冲击和融合，在这一对话过程中所呈现出的语言的简洁明晰，文风的从容、睿智、优雅、诚挚，其思想立意的高度和深度，尤为令人称道。

程玮作品很早就表现出哲思的韵味，如《少女的红发卡》中，"人在一生中，会结识各种各样的人。有的人相识了，以后也就渐渐淡忘了，就像在人群中擦肩而过的路人，只是偶尔打个照面。可也有人，一旦结识了，就在你的生活中留下深刻的、宛如冰川擦痕一样不可磨灭的痕迹。可是在见面的一瞬间，你永远不会知道，哪些人将会擦肩而过，哪些人将会给你留下终生难以摆脱的影响。你不知道。所以生活中就有了这么多的故事，喜剧，或是悲剧，或是根本没有结局。"这样的哲思独白，为这部少女小说添上了韵味和哲思。

程玮作品对"少女"的描写，有着独特的青春气息。"青春期是一个变化快且剧烈的时期，其特征为：与极度的闲散消沉及昏昏思睡交替出现的是狂热的摩拳擦掌和跃跃欲试"①。《走向十八岁》是一部非常典型的少女小说,身材扁平、面色蜡黄的高晓晓为一直没有"倒霉"(月经初潮)而苦恼,女孩子处于青春过渡期特有的焦虑、彷徨和羞怯,在程玮笔下尤为动人、可亲、自如。当高晓晓终于"倒霉"时,舍友们热烈地欢迎她跨进青春的门槛,亲切地告诉高晓晓不要吃凉东西、碰凉水,不要干重活,并主动帮助高晓晓洗衣服。《今年流行黄裙子》里相貌平平的芸芸总会为自己的容貌苦恼。《镜子里的小姑娘》中小米兰在镜子里审视自己的形貌,对自己的黑头发、眼睛、鼻子、胸部、腿长都不满意,镜子里的米兰与她本人的预设还有不少距离。在中国文化环境中,少女的成长经历往往是被压抑和无视的一段历程。对这一段生理和心理变化经历的描述,很容易成为女性成人文学的重点叙述对象,但是女性文学特有的成人性往往不适宜青春期少女阅读。因此,将"少女"作为写作主题,将这一成长阶段作为写作主体,用恰当的方式对"少女"阶段的特殊变化给予关怀、鼓励,程玮给出了令人动容的答卷。诚如吴其南评价:"偏重写女孩和少女也使它们和真正的女性文学有所区别,但女孩、少女不仅是女性的重要构成部分,也是人成长为人、女性成长为女性的重要阶段。真实地揭示出女性这一阶段的生理、心理发展状况,反映出她们成长中特殊的思想情感历程,更是一般女性文学无法代替的。"②青春期少女的生理变化,无疑影响着她们的审美取向和自我评价,并对她们的人生经验、社会认知慢慢发挥作用。《今年流行黄裙子》《鸡心项链》中的芸芸、盈盈可以说是万千少女的代表,对自我容貌的评析、对他人评价的在意、对美的追求,正是这一过

---

① [美]布鲁诺·贝特尔海姆:《童话的魅力——童话的心理意义与价值》,舒伟、丁素萍、樊高月译,北京:社会科学文献出版社2015年版,第431页。

② 吴其南:《从仪式到狂欢——20世纪少儿文学作家作品研究》(下),北京:人民文学出版社2014年版,第10—11页。

渡期的心理特质。正如西蒙娜·波伏娃在《第二性》中写道："她们将在容貌或身体中发现某种优美、古怪的或有趣的特征。她们只是由于觉得自己是女人，才相信自己很美。"①程玮对少女阶段容貌、身形、心理特质的刻绘，充满了耐心和激赏，尤为难能可贵。

程玮的"少女"主题小说在当代儿童文学中独领风骚，将其放置于整个当代文学的场域中也是自成一家的。这既成就了程玮的文学声名，也"定格"了程玮的文学坐标。事实上，2007年返场后的程玮作品，从少女到祖母，从东方到西方，再从西方文明回归东方传统，更显现出阅尽千帆后的优雅开阔。其作品的高度、深度和广度，对热闹而杂芜的儿童文学创作界而言，尤显珍贵。可惜她的新变较少为评论界所关注，也未能在儿童阅读中获得广泛的认可，这是出版营销时代不去刻意迎合大众审美趣味的一个黯然注脚。程玮并没有因为上述原因而改弦易辙、随波逐流；相反，她对自身文学创作的坚守尤为笃定，继"周末与爱丽丝聊天"系列后，又推出了"周末与米兰聊天"系列。

《俄罗斯娃娃的秘密》没有跌宕起伏的情节，故事梗概就是两个德国女孩家庭的日常生活以及玛娅爸爸的离家出走。它的单纯真实却能够吸引读者阅读和思考。家庭结构较为松散的夏洛特一家，家庭成员有各自的"安静角"，吵架是家庭生活的一部分，父母有各自的独立假期。夏洛特时常为这样松散的家庭关系担忧、恐惧。与之相反，亲密而牢固的玛娅一家，有着极度贴合的家庭生活节奏；有着各种充满仪式感的恩爱表现。但这一切都在玛娅爸爸约根突然离家出走时戛然而止。面对这一巨大的心理黑洞，包括玛娅和夏洛特在内的每一个人都在考虑除了担任社会角色外，还要考虑"我是谁"的自我存在意义。而玛娅爸爸的解释是"我说不出理由为什么要这么做。可是，我

---

① ［法］西蒙娜·德·波伏娃：《第二性》，陶铁柱译，北京：中国书籍出版社2004年版，第577页。

想要这么做"。

　　家庭成员关系是儿童最早接触的社会关系,程玮并没有因为儿童读者的年龄限制而简单化地处理这个问题;也没有因为道德说教的冲动,平庸化问题的深度和严肃性。借助夏洛特父亲(哲学教授)、玛娅邻居米勒先生不断的交流沟通,"家庭"的意义、作为社会的人和作为个体的人等一系列问题,都在"对话"中慢慢解读:"我们生活在一个节奏越来越快的时代。我们关注着世界上发生的一切,重要的和不重要的新闻和消息。但我们却很少找出时间来关注一下自己,关注一下自己的内心。""我们所看到的,其实只是表面的那个人。那个人不一定是他的全部。每个人的心里还藏着很多别的东西。可他们不是俄罗斯娃娃,我们没办法把他们一层一层打开来。这是一个很大的遗憾。""人和人之间,即使是最最亲近的人,互相也应该留出一点时间和距离。"正是靠这样对问题的认知、理解、判断的过程,一步步完成透过现象看本质的哲学启蒙。程玮既是睿智的,也是温情的。

　　随着年岁渐长和阅历加深,程玮的女性话语姿态愈加从容优雅、笃定自信。她的"周末与爱丽丝聊天"系列和"周末与米兰聊天"系列充分体现了女性的睿智坦荡与深情隽永。白发苍苍的德国老太太爱丽丝即为极好的注解。当在德国长大的华裔小女孩米兰不理解何为"缘分"的时候,爱丽丝领着她在花园前看蔷薇街上来往的行人,和米兰交流对路人的印象和喜好判断,然后说:

　　　　"你看,米兰。我们在蔷薇街上来往的人里面,一眼就喜欢上
　　一个人,或者是讨厌一个人,有时候,并不是因为他们对我们做了
　　什么。有时候,只是因为,他长得可能跟你很喜欢的一个朋友有
　　相近的地方。或者,就像刚才那个骑自行车的人,他穿着一件跟
　　你老师一样的套头衫。所以,你就对他有了好感。所以,我有理

由相信,你一定很喜欢你们的彼得老师。而在我看来,我更乐意跟刚才那个提着棉布购物袋的人打交道。因为我也喜欢用棉布购物袋,我觉得这样做很环保。你看,对一个陌生人的喜好,有时候跟我们自己的生活习惯也有关系。"

米兰终于明白了爱丽丝的意思。"哦,我明白了,原来,一见钟情,跟自己生活里经历过的人和事都有很大的关系。"

爱丽丝说:"对,一见钟情跟一个人的生活经历有关系。这是我们可以感受到的一部分。另外,还有我们感受不到的一部分。"

米兰:"那是什么?"

……

爱丽丝:"米兰,你千万不要认为他们(米兰的父母及祖先,笔者注)跟你已经没有了关系。当我们每个人走出家门的时候,我们有很多本能的举动和反应,其实不是来自我们自己,而是来自很多我们没有见过面,甚至连姓名也不知道的祖先。他们的血液通过一代又一代传递到了我们的血脉里,所以当我们碰到一件事生气,或者是不生气。我们无缘无故地喜欢一个人,讨厌另一个人,除了和我们的生活经历有关以外,也许还受到来自我们父亲的父亲的父亲,或者更远的祖先的影响。……我们所说的一见钟情,其实跟着两个人的家庭教养、教育背景、个性品位等等,都有很大的关系。"(《黑头发的朱丽叶》)

这种循循善诱的对话模式成为程玮创作的一种特色和标志。她的"对话"内容不似很多校园作品那样充斥流行语、无厘头搞怪,而是心平气和地悠游于古今中外的文化历史之间,对于充斥庸俗、套路和恶趣味的儿童文学创作现状而言,无疑是一份别样的光彩。当然,"对话"不仅仅是一种文化和知识的交流,也是一种生活方式、行为举止的交流。如在米兰急切地想向爱丽丝询问问题的时候,爱丽丝并没有直接回答米兰的问题,而是"向米兰伸出手:'早上好,米兰!要记住,不管有多急的事情,早上跟人见面的时候首先应该道早安。''当你握住别人的手时,眼睛应该注视着对方。记住了吗?'"经过多年的磨砺沉潜,程玮愈加以从容淡定的方式看待成长。这份荣辱不惊对于当代中国儿童浮华喧嚣的成长环境来说,无疑是支清凉剂。

## 三、"闲话风"笔下的国际视野

维果斯基和布隆芬布瑞纳的研究表明,历史文化对儿童的成长发挥着强有力的影响。由成人所创造的文化,必然地作用于儿童。就某种意义而言,人的成长可以说是被文化所产生的。人的成长首先是发生在心理间的,然后发生在心理内[①]。去国离乡的程玮,在文化立场上产生了微妙的变化。《See You》《来自异国的孩子》《少女的红发卡》等程玮前期代表作都流露出对西方文明的倾慕、向往。随着程玮身处国外,既有濡染西方文化的融洽,又有孤悬海外的柔情,对中华文化、社会状态的体认更加丰富、立体。这在她陆续出版的散文集《风中私语》《夜莺的歌唱》《从容的香槟》《孩子要远行》中可体味个中滋味。既有德国生活的点滴感受、陪伴儿子成长的教育感想、游历世界的感悟,更有对祖国的牵挂、国际视野下的严肃思考、文化传统的坚守。

正是基于对民族心灵史的守望,对文学尊严的秉持,程玮后期的儿童文学创作才有着"别求新声于异邦"的庄严与持重,无时不流露出对中华民族文明的笃信和挚爱。"儿童们的书籍维系着人们对祖国民

---

① ［加］勒弗朗索瓦:《孩子们:儿童心理发展》(第九版),王全志译,北京:北京大学出版社2004年版,第80—81页。

族的情感,但它们也同时给予了孩子属于人类的情感。"①重返中国文坛的程玮为孩子们带来了"周末与爱丽丝聊天"系列"周末与米兰聊天"系列等高质量的作品,对古今中外文明的书写可谓信手拈来、张弛有度,对待人接物、人情世故可谓循循善诱、深入浅出。在琳琅满目的文化盛宴中,程玮尤为强调"中国"的根基性、坐标性。

"周末与爱丽丝聊天"系列以西方文化生活为出发点,比照了东方文化的异同,探寻文化差异间的人类精神追求。每部作品围绕一个主题,分别从礼仪、爱情、家庭、财富、容貌与审美观等主题,悠游于古今中外、审慎于为人处世,谈天说地、张弛有度,闲话家常、收放自如。

《米兰的秘密花园》涉及很多中国父母都忽略的问题:待人接物、礼貌礼仪。围绕"说话的技巧""受欢迎的秘诀""礼物的奥秘"等几个主题,通过优雅而略带神秘色彩的银发苍苍的爱丽丝之口,对身处中西文化交汇的小女孩米兰进行了言传身教。

《黑头发的朱丽叶》从彼得老师的语文课排演《罗密欧与朱丽叶》开始,一方面通过米兰和爱丽丝的周末下午茶会,穿插了中国诗歌"鹊桥仙"(秦观)、"牛郎织女""梁祝",维也纳舞会的秘密,以及《荷马史诗》中橡树和菩提树的爱情传说。程玮用这个广为流传的希腊神话来解读平凡甚至困窘生活中的"爱情"模样。它可能不是一见钟情、海誓山盟,却温暖朴素、不离不弃。另一方面,在米兰和班级同学排演《罗密欧与朱丽叶》的过程中,通过米兰、娜塔莉、约翰娜、菲利克斯、阿蒙等对"罗密欧与朱丽叶"人物形象、故事情节、时代背景的讨论,比如,朱丽叶为什么要急于成婚,朱丽叶的父亲是一个什么样的人,如何评价神父等主题研讨,将米兰及同龄人如何认识、理解"爱情"这一人生

① [法]保罗·阿扎尔:《书,儿童与成人》,梅思繁译,长沙:湖南少年儿童出版社 2014 年版,第182 页。

命题多视角、多渠道地推导出来，可谓循循善诱、如沐春风。

《会跳舞的小星星》以米兰爸爸因为加班，打算不回家过圣诞节为主线，穿插了节日庆典和家庭两个主题的哲理式讨论。米兰在圣诞节前夕发现了"妈妈的秘密"：妈妈和一位陌生的德国男人的亲热举止。她想追上去问个究竟。

就在米兰追上的一瞬间，她的脚步猛地停下来。她吃惊地问自己："米兰，你追过去干什么呢？"另一个米兰在心里大声对她说："米兰，走过去，大叫一声妈妈，问她身边的那个男人是谁？"米兰说："这样做有什么好处呢？"

另一个米兰说："一个人做了妈妈，难道还有权利跟别的男人这样走在一起吗？"

米兰说："妈妈会很害羞的。"

另一个米兰说："就是要让她害羞！"

米兰说："爱丽丝会这么做吗？"

另一个米兰说："爱丽丝当然不会这么做。可你是米兰，不是爱丽丝！"

米兰说："爱丽丝说过，要尊重人。"

另一个米兰说："这样的妈妈，难道也值得尊重？"

米兰说："爱丽丝说，每一个人都有被尊重的理由。是的，她这么说过的，柯尼格、康德都这么说过。……她是我的妈妈。我有一万条尊重她的理由。"

另一个米兰不再说话。

程玮非常乐意让人物自己去完成思索、选择的过程。小说涉及儿童成长阶段的一个重要问题"为什么要有家庭？""什么是幸福的家庭?"程玮化身为"爱丽丝",以诺亚方舟为例,解释了家庭的起源和最初功能,由此延伸到现代社会家庭的脆弱性,以及节日对于家庭的意义:"这些节日是把家庭紧紧联结在一起的纽带。"并通过马斯洛的需要层次理论,深入浅出地探讨"什么是幸福的家庭"的内涵。在爸爸不打算回家过圣诞、妈妈和一位德国男士举止亲热、米兰设法让爸爸回家过节这条主线里,穿插了德国的尼古拉斯节、世界上有没有圣诞老人、中国的压岁红包与西方的圣诞礼物的中西方异同、春节的民俗、从鲁本斯的油画《三圣朝拜耶稣》到圣诞节的由来等中外典故。这一闲话风的信手拈来,令整部作品在其独有的气度中展现了云卷云舒、开阔深沉的国际视野。

《芝麻开门的秘密》的主题是财富和金钱。班级里来了一位来自财阀家族的新同学安妮卡,作品涉及她的金钱观、如何支配自己的首饰、如何挣零花钱,以及货币的出现、威尼斯繁华的缘起,当铺、银行的由来与功用等。这些问题的确值得当下中国儿童多加了解,并借此建构其健全的世界观和价值观。

《镜子里的小姑娘》选择了一个很多中国父母不愿去正视或者不太能够完全阐释透彻的话题:"美""容貌"。程玮前期的小说《今年流行黄裙子》《彩色的光环》《鸡心项链》等作品中,相貌平平的女孩从"漂亮是外在的,美是从内心放射出来的,是一种内在的气质"获得对容貌的正确认知。很显然,这句从美术老师口中引出的成人教导,已经无法满足当下青春期女性的认知困境。《镜子里的小姑娘》从米兰越来越爱照镜子、评判自己的容貌身形开始。"镜子"是青春期女性自我意识生成的重要载体,也是女性意识的一种镜像。作品穿插了大量的中外典故,如通过威伦道夫的维纳斯(旧石器时代)、希腊希克雷岛女性崇拜偶像、米洛的维纳斯、《荷马史诗》中的海伦、敦煌石窟 57 窟、龙门石窟奉先寺卢舍那大佛等例证来说明中西方不同时代的审美观。借白居易的《长恨歌》中对杨玉环形象的描述、路易十六和他的皇后玛丽·安托瓦内特所引领的审美时尚、鲁本斯《爱的花园》肉感的美、水仙花（纳克索斯）、法庭上的芙丽涅等典故来佐证"美"是珍贵的礼物，同时又敏锐地辨析了"美"是否有碍公平、"美"是否是一种成功的便利通行证等问题。引述毕达哥拉斯和苏格拉底的论证来说明"美"如何被认知。在上述引经据典式"聊天"的同时，始终有一条米兰对自我形象的认知、对芭比娃娃的评判作为主线，并随着米兰与爱丽丝讨论的深入，米兰的自我认知和对芭比娃娃的评价也在不断地发生改变。

继"周末与爱丽丝聊天"系列之后，程玮又推出了"周末与米兰聊天"系列。出入中西文化数十年，程玮创作这一系列的立意非常鲜明："要做一个名副其实的地球人，首先得做一个真正的中国人。""你来到这个世界，是负有一份责任的。你的第一份责任是，精彩而有尊严地生活……你的第二份责任是，把我们中华民族古老的文化接过来、传下去。""民族的，文化的，才是真正永远、永久、永生、永存和永恒的。请让我们坚持这样的修行。只有坚持自己，我们才有永久的未来。"《龟背上的花纹》《两根弦的小提琴》《塔楼里的珍宝》《赛里斯的传说》《神奇的魔杖》，分别从文字、音乐、书画、家园、学业这五个主题，博观约取了中华文化的渊源和精髓。与此同时，程玮注意了作品的"故事性"，如《两根弦的小提琴》以在德国学小提琴的中国少女吟秋的学琴经历为隐形线索，不仅咏叹了以二胡为代表的中国风骨和灵魂，也引发了功名和亲情不可兼顾时的思考；《塔楼里的珍宝》中神秘的黄色丝绸包裹；《赛里斯的传说》随着寻访丝绸之路的徐徐展开，被英国夫妇收养的甘肃女孩马兰的身世也在一点点揭开谜底。当然，程玮的"聊天"系列在比较整齐划一的"对话"模式中展开，知性与感性穿插互补，有些为情节而情节的环节设计较为突兀，会出现巧合使用过度、知识点的铺陈过多等问题。

纵观程玮的创作历程,她始终有较为强烈的精英意识。她自身的早期求学、发表作品的经历非常顺利;她本人既没有沉重的"文革"印痕,也没有积极追随"伤痕文学""反思文学"等时代风潮;她所擅长塑造的人物形象(如重点学校的优秀生们)恰与1980年代主流意识形态相应和;她所书写的作品背景,往往是钢琴家、画家、高校教师等精英家庭的生活场景。这使得她的作品一出手就较为成功了塑造了1980年代中国儿童里有活力、有格调的一个群体——不同于左翼文学传统中的"小革命者"、接班人,也不同于1990年代以后儿童个体形象的纷杂。程玮的作品在20世纪80—90年代获得高度认可,与这一阶段知识崇拜的价值观、主流话语与知识分子话语高度契合有很大的关系;也缘于她不拘泥于新旧价值、道德判断,有较好的中西文学修养。文字简洁、有力;笔调坦诚、流畅;文风精微、乐观;视野开阔、从容。

程玮在创作"周末聊天"系列时,既有前期少女成长小说创作的成功经验,也有对自身创作模式的深入思考:"我不打算写轻松幽默的校园生活——有很多年轻的、有才气、有生活的作家比我写得更好。我也不打算以一个具有象征意义的故事,以诗意和哲理来告诉孩子人生的道理——我们的时代已经远远告别了宁静恬淡和思考,我们已经越来越没有耐心。我也不打算描写成长过程中的迷茫和苦闷——那些成长中的孩子们一定比我更有体会,更有感想。我写的是:对话。"是德国老太太和中国小女孩的对话,也是中西方文化的对话。而这种对话,恰恰应和了程玮浸润、游走于中西文明的文化身份、创作能力,并契合了当下中国儿童成长中的许多基本问题。正如布鲁诺·贝特尔海姆赞誉儿童"像伟大的哲学家一样探寻者永恒的、基本问题的答案——'我是谁?我应当怎样应对生活中的问题?我必须成为什么人？'①"程玮以最大的敬意和耐心，回答了上述问题。尽管"周末聊天"系列的文化盛宴时有掉书袋的炫技风险，情节设置略显生硬，但程玮的创作态度是坦诚而严谨的，既没有挟西方文化的傲慢，也没有持中国传统的偏执，正像爱丽丝和米兰对各个主题的讨论，都是开放包容的。诚如程玮坦言："有很多问题是没有绝对的答案的。它的意义，就在于我们寻找答案的过程中。"这场近四十年的文学创作历程，充满了程玮个人和儿童文学发展的"过程性"。既是程玮本人的归去来，为新时期以来中国儿童文学创造出了鲜活的艺术形象、明丽的文学风格，也为当下显得浮躁的儿童文学界展示了一种优雅睿智的可能性。

## 第三节　新时期各家：
### 方国荣、丁阿虎、范锡林、颜煦之、李有干

　　新时期伊始，江苏儿童文学走过一段从沉寂到复兴，从"三突出"写作模式到寻找儿童主体性的创作探索，从"伤痕加控诉"到回归童年当下生活的变革之路。在这其中，既有海笑、张彦平等老一辈作家推出了革命题材儿童小说，如海笑的《红红的雨花石》《石城怒火》《小兵的脚印》《盼望》，张彦平的《烟笼秦淮》《青春从这里开始》；也有方国荣、丁阿虎、范锡林、颜煦之、李有干、马昇嘉等后起之秀对儿童文学创作的初步探索。"生活本身是变动不定的，但是生活的真正价值则应当从一个不容变动的永恒秩序中去寻找。"②新时期江苏出现的这批年

① ［美］布鲁诺·贝特尔海姆：《童话的魅力——童话的心理意义与价值》，舒伟、丁素萍、樊高月译，北京：社会科学文献出版社 2015 年版，第 67 页。

② ［德］恩斯特·卡西尔：《人论》，甘阳译，上海：上海译文出版社 1985 年版，第 11 页。

轻而富有活力的作家,活跃在江苏儿童文学创作基层,使江苏儿童文学的肌理更加丰富细腻,也为江苏儿童文学成为全国儿童文学发展的排头兵贡献了力量。

## 一、 方国荣

方国荣的处女作《失去旋律的琴声》获建国30周年儿童文学一等奖、第二届全国文学艺术评选优秀作品奖。小说《彩色的梦》获中国文联、中国作家协会全国文学艺术评选二等奖。另有儿童小说集《带枪的狍子》、童话《奇怪的飞鞋》等作品。

方国荣是一个既充满时代特征,又极具探索精神的作家。如他的《带枪的狍子》《丹顶鹤飞去的地方》充满了北国风情,刻满了作者七年北大荒生活的印痕。《带枪的狍子》以故事情节见长,而《丹顶鹤飞去的地方》则淡化了情节,充满了虚实相间的追寻意味。方国荣的创作在时代性和个性间游走,表现出了和时代潮流的相依又相离的特点。

1979年他发表的《失去旋律的琴声》是主题鲜明的伤痕文学,但表现方式又脱离了"呐喊加控诉"的苦情方式。作品讲述了一个拉小提琴孩子的不幸遭遇:1968年"我"从音乐学院钢琴专业毕业,分配在县寄售商店当营业员。有一天,一个孩子来卖一把小提琴,索价50元,说是爸爸生病等钱用。这是一把德国产的名琴,国内只有几位著名演奏家拥有。令"我"印象深刻的是这个小孩的手,当孩子把名贵的提琴举过头顶的时候:"那是多么美丽的小手啊!刚柔并济的线条,匀称地分布在嫩红色的手腕上;丰满而细长的手指似乎在为拉提琴而生长;特别有趣的是长得出奇的小指,几乎超过了无名指的指甲根,仿佛兄弟两个相依在一旁。左右的指尖上起了一层黄黄的茧。没有多年的苦练，一个孩子的指尖是绝不会这样的。""我"对孩子"手"的发现，其实是对人的发现，是对提琴艺术的发现。一个星期后，孩子没有来赎回小提琴，两个月后，"我"得知从上海遣送回来的音乐反动权威，著名提琴演奏家范汀，因神经错乱而自杀。范汀还留有一个正在住院的孩子。"我"去卫生院看望这个孩子，正是那天来卖提琴的孩子。他那双为拉小提琴而生的双手，已经严重溃烂。原来孩子因为想赎回小提琴，拼命割草卖钱，导致双手受伤。护士告诉"我"，孩子的溃烂已经严重感染，必须截去左手的两个手指。这意味着孩子的艺术生命彻底终止了。而对此一无所知的孩子还在阳台上哼唱着一首练习曲，手上做着虚拟拉小提琴的动作，发出一阵阵没有旋律的琴声。这个故事从"我"的第三方视角出发，将范汀、范汀的孩子、小提琴的命运挽歌写得简明而克制。悲剧在种种荒谬间诞生，如"我"是钢琴专业毕业生，却在县城的寄售商店工作；为了赎回对自己和父亲意义非凡的小提琴，孩子去割草，却造成了进一步的悲剧。方国荣将悲剧的毁灭感放置在一个客观、冷静的视域中，造成了一种难以言喻的内心冲击感。比如"我"眼中的这把名贵小提琴是这样的："珍贵的马尼拉弓毛，奇怪的是弓杆折断了，上面环绕着层层的漆色线，漂亮的虎皮纹背板……中间致命地裂开了一道大口子。尤其让人不解的是，价值数万元的高档品竟没有琴盒保护。""我"不禁发出疑问："是谁把琴破坏成这副模样？"没有答案，答案也不言而喻。这把破损的名琴是劫后余生的象征。方国荣提供了很多有关提琴的细节，无形中是对时代悲剧的痛悼。

《彩色的梦》更具有艺术探索的精神，讲述了盲女晓虹等待治疗眼疾期间和"我"的一段相处经历。"我"给晓虹编织了许多彩色的梦，带晓虹到公园里玩耍、拍照。晓虹摸着自己的五官在纸上画自己的自画像，尽管五官都画错了，但是晓虹的精神却感动了我。和《丹顶鹤飞去的地方》一样，《彩色的梦》并不在刻意讲述什么，它们都在试图冲破主题、人物、情节"三位一体",突出而紧实的写作范式,走向一种诗化的意趣之美。"我"喜欢做梦,喜欢把各种彩色的梦境向人倾诉。可是妈妈忙着淘米,无心做倾听者。来家中寄宿、等候治疗的盲女晓虹成了最好的倾听者,倾诉梦境构成了二人友谊的桥梁。"我"的梦是彩色的,可是先天失明的晓虹只能感受到形状,却无法体会"色彩"。"彩色"成为两个孩子间交流的障碍,也成为二人努力跨越藩篱、获得共识的目标。正是通过身处黑暗、渴望认知所有色彩的晓虹,燃起了"我"对描绘色彩的冲动。这是一个关于追寻美、热爱生活的故事。它溢出了儿童文学是"德育"的形象化教材的框架,对儿童文学的功能和价值做出了积极的探索。为新时期儿童文学回归"文学"、回归"儿童",走出了坚实而潇洒的一步。

## 二、 丁阿虎

丁阿虎的儿童文学创作带有自发的先锋意味。他没有旧式儿童文学创作的积习,在新时期初期发表了短篇小说《祭蛇》《今夜月儿明》等作品,表现出与众不同的艺术表达方式和儿童文学观念。

《祭蛇》写了几个乡村儿童打死一条水蛇,模仿农村哭丧的习俗,玩起了哭蛇、祭蛇的游戏。它没有明确的主题、情节和主角,是一场顽童闹剧的场景式显现。他们把蛇埋在高田埂上,掏出口袋里花花绿绿的纸张,包括废纸片、香烟壳、信件,开始玩起了"烧纸""哭丧"的闹剧:

> "啊——肉啊!"一个同伴首先这样拉长了一声,一场闹剧就此开场。
>
> "啊——鱼啊!"
>
> "我的蛇啊!"

"我好伤心啊！"

"噎——"一连串长长的凄惋的拖腔。

火越烧越旺了。原来在他们头顶上"嘤嘤嗡嗡"的一团蠓虫，被烟火一熏，飞走了。戏是开场难，一旦开了场，就很自然地唱下去了。

"张××呀，你这个老师好凶啊！"

一个同伴看见火刚好烧着他的那张检查书，张大嘴巴假哭起来，其他伙伴也都呼天抢地："课外作业压死人啊！"

"图画课叫我们抄生词啊！""苦——啊——"

"蛇——啊！"

火，像一条无毛的烂虫，沿着纸堆悄悄地爬上去，爬上去。淡淡火焰在空中飘忽一下消失了。装模作样的哭声却此伏彼起……

他们一哭课业压力太重；二哭大队书记和公社书记串通起来走后门，中饱私囊；三哭"四人帮"祸国殃民。然后又央求死蛇"显灵"，保佑他们实现种种愿望，比如爸爸当上工人、将来考取大学、"包产到户"等。通过孩子们无心的"哭丧"，将新时期特定年代的特定场景表现得具有冲击力。

《祭蛇》的文本实践涉及儿童文学"写什么"和"怎么写"的问题，对于新时期初期儿童文学的意义在于其形式和内容的特别，具有先锋的意味。孩子们"哭祭"的是一条被他们打死的蛇，明显是一场戏谑的闹剧。首先，1949 年以后的儿童模拟游戏的内容多为斗地主、抓特务、找叛徒，而《祭蛇》却是孩童模拟日常生活。它的主题选择表现出了对童年生活的真实性、儿童主体性的体认和尊重。第二，"祭奠"作为乡村常见的风俗，是否可以入题，是新时期初期儿童文学比较敏感的话题。“哭祭”显然不够具有现代文明的气息,但却是传统文化中常见的乡俗。孟子少时“居住之所近于墓,孟子学为丧葬,躃踊痛哭之事”。耳濡目染的乡村儿童对祭奠仪式的好奇、关注、效仿是在所难免的,哭祭一条蛇,更有点啼笑皆非的意味。第三,哭祭一条蛇,是一场顽童闹剧,也是孩子们的“社会演习”,是对成人社会的“复演”。但是它通过孩童的“社会演习”折射了新时期初期的社会变革和不良习俗,比如他们一边“哭祭”死蛇,一边唱咒着“走后门”、沉重的课业负担等不良社会现象。这种通过儿童的目光针砭时弊的写法,一改儿童文学作品着眼于“教育”孩童,将视野拘囿在儿童自身的德智体美劳的发展上的写作思路。第四,《祭蛇》是一个切面、片段、场景的描写,没有常规意义上的“儿童故事”的起因、经过和结果。孩子们在完成宣泄、嬉闹的“哭祭”活动后,这个故事也就戛然而止了。而这一时期大部分的儿童文学作品还是强调情节的完整性、故事的教育性。

正是由于《祭蛇》的艺术探索和文本实践,使其颇具争议性,几经退稿。创作完成两年后,该作品终于发表于 1983 年第 1 期的《东方少年》。“寄出一次,退回一次,整整旅行两年之久,颇为耐人寻味的是,不少编辑部都承认小说‘构思新颖’,‘有特色’,‘有儿童情趣’,‘生活气息很浓’,但就是不敢放它出笼。丁阿虎同志是一位在艺术上有股执着追求精神的人,他并没有灰心……最后由于一次偶然的机会,被路过江苏的《东方少年》编辑发现,带回了北京,才得以发表。”①《祭蛇》发表过程的曲折性,也正说明了新时期儿童文学观念转变的不易。此后,该作品又被当时视为儿童文学创作的先锋实验田的《儿童文学选刊》转载并进行了专题讨论,将本可能会自生自灭的一部普通作品放置在儿童文学的文本实验讨论中,生发出更丰富的文学实践的探索性

① 《奇花异草分外香》,《儿童文学研究》,第 15 辑。

意义。

丁阿虎对儿童文学的艺术探索还表现在对早恋题材的涉及,如《今夜月儿明》,是模拟一名初二女生日记的形式,以大量的生动细节,由内而外地书写少女情窦初开的内心波澜。这对于 1949 年以来的中国儿童文学而言,也是一次大胆的尝试。丁阿虎在本文寄语中非常坦然地说:"少年时期会不会产生朦胧的爱情? 实际生活早已做出了回答。我认为,像作品中解丽萍那样对异性的引力与好感,以及由此而萌发的朦胧爱情也是正常的。这是社会生活、文化、特别是生理对少年们影响的自然反应,为什么要回避这一点呢? 关键在于教导和好好引导"。丁阿虎对"早恋"题材的探索、日记体文本形式的尝试,充满了创作激情和艺术温度。

此外丁阿虎创作了《黑泥鳅》《黑洞》等作品,在 1980 年代他始终葆有艺术创新的热情,没有话语禁忌和表达障碍。如同流星划过夜空,灿烂的瞬间划亮了尚显沉闷的夜幕。

## 三、 范锡林

新时期儿童文学的创作多从"伤痕"开始,正如方国荣的《失去旋律的琴声》哀悼了艺术生命的毁灭,范锡林的《管书人》则描写了一所中学的图书管理员在"文革"中对书的感情,讲述了孔老师因保管书籍而获罪,因爱书、救书而饿死的故事。范锡林对这一时期创作的总结是:"在刚写儿童小说的时候,我常满足于编一些曲折而有情节的故事,以为这就是儿童小说的特点了,其实这样做往往使作品思想上肤浅,艺术上平庸。感谢上海、江苏几位经常跟我联系的编辑老师及时地向我指出了这一点,使我把目光转向自己贴近的生活中去。这时我才发现,在我熟悉的学生中蕴藏着那么多素材。我以他们为模特,抓住他们生活中最关注的一些问题,很快写出了《一个与众不同的学生》《睁开吧,长长睫毛下的眼睛》《你不是灰姑娘》,等等。"(《〈避邪铜钱〉后记》)

以熟悉的学生为素材,充分表达生活经验,由此范锡林创作了淡化理念、贴近生活的作品,塑造了许多与众不同的当代少年形象,如《一个与众不同的学生》中的"熊荣",他是县委副书记、计委主任的儿子,"对谁都不买账,什么鬼点子都想得出来",对身为教师的"我"充满崇敬。但是当"我"请他爸爸批条子买木材做书橱时,熊荣看不惯"我"搞不正之风,放掉了"我"自行车车胎的气。后来熊荣向"我"道歉,"我"也撤回了打条子的请求。熊荣的志向是做名公正无私的大法官。在这个作品中,熊荣、"我"都不是理想化的人格符号,而是要面对现实生活中种种问题的普通人,由此凸显了作品的真实性和感染力。

《她说她的名字叫"胜男"》中的高婷婷,坚信女生不比男生差,尤其是要打破老师所谓的"到了初三,女生就比不过男生"的定律,并要给自己改名为"胜男"。这不仅是个体追求自我价值的实现,也是性别意识的凸显和抗争。高婷婷在考取重点高中后给"我"写信:"我现在明白了,仅仅跟班上的男生争,还只能算小胜,我们这一代,应该争的是大胜!"高婷婷的认识和立意已经不止于赢过初三班上的男生,而是代际间的希望传递、代群的竞争与合作。作者通过"我"对"胜男"的劝诫,折射了历经"文革"这一代成年人的心理状态:愿意接受颓然的命运,但乐意看到未来一代的成功。此外像《你不是灰姑娘》《睁开吧,长长睫毛下的眼睛》中塑造了没有自信的于林娣,视社会阴暗面为生活本相的许燕等形象。他们有缺点,有认知盲区,但是都通过一次事件改变了价值判断、感受到了社会的不同方面、调整了人生观。

此外,范锡林从自己的生活经历出发,塑造了许多生动的教师形象,如《毋忘我》中的沈老师是个平庸、穷酸又执着、可悲的小人物。他是“我”的小学老师,因为“我”小升初语文成绩是全公社第一,后来又考上了重点高中,沈老师不断地逢人就说:“是我把他磨出来的。”“我”比较反感这样的说辞,遇见沈老师时嫌他穿的穷酸,视而不见地走过。后来听说沈老师患癌症住院,“我”去卫生院探望。沈老师提出最后的要求是让“我”二年后佩戴大学校徽,到他坟上去看他。沈老师是名爱岗敬业、兢兢业业、多才多艺的好老师,但是他的人生价值全部寄托在“磨”出优秀的学生,然而这些优秀的学生是否缘于被他“磨”出来,“磨”出来以后是否会感恩于他呢?“道德生活的悲剧完全不在于善和恶、上帝和魔鬼的冲突,这个悲剧首先在于一个善和另一个善的冲突,一种价值和另外一种价值的冲突。”[1]有些普通的学生毕业后反倒后悔在校时对沈老师的粗鲁和嘲弄,比如当了木匠的孙超特地打了把椅子送给沈老师,但是沈老师并不在意这一类学生的感恩。《难题》中的江老师是位颇具魅力的年轻女性,而所谓的“生活作风”问题却给她以及她的学生带来了困扰。另外,像《缺点男子汉的老师》《茄饼》《这双眼睛》中的教师形象,都在性格、情感、道德品质等方面各具特色、各有突破。

范锡林的这种创作方式,在 1980 年代的儿童文学中具有一定的普遍性。在寓教于乐、形象生动地指出儿童成长的困惑时,适当地引入社会发展中出现的问题。成人的形象不再是高大全的引路人,尤其是“教师”的形象充满了现实生活的真实性。他们自身的困境、窘遇;尤其是乡村教师在社会发展中沦为穷酸、迂腐的边缘群体,被庸俗道德观绑架为符号化的存在困境……这是范锡林走笔生动之处。与此同时,儿童的能动性和对成人世界的反作用力也增强了文本的力度和

---

[1] ［俄］别尔嘉耶夫:《论人的使命》,张百春译,上海:学林出版社 2000 年版,第 205 页。

深度。

当然，最能代表范锡林创作特色和文本变革的作品是他对传统文化的重塑和扬弃，如《避邪铜钱》《最后一个屋脊头》《龙缸》《夹墙》等。《避邪铜钱》以"避邪铜钱"为线索，讲述了"我"经过三官庙一处传闻很多的阴森小巷，依靠荷包里的铜钱来"避邪"的故事。有一次因为没有将铜钱挂在身上，哭着不敢穿过那条小巷。虽然什么也没看见，仍被吓出一身冷汗。回到家后，奶奶说荷包里只是装一个铁垫圈，并没有所谓的"避邪铜钱"。《最后一个屋脊头》中的外公是做"屋脊头"的高手，但是如今人们的审美观发生了变化，不再时兴在屋脊上装饰繁杂的饰品，外公做"屋脊头"这门绝活也无人问津。有一户人家邀请外公去做屋脊头，引发出了外公强烈的职业神圣感。他造好屋脊头回家后发现口袋里多了条铅丝，他推断自己造的屋脊头里少了一根铅丝，由此产生了悔恨感，并因此而死去。外公对这门技艺的热爱和职业责任感，与现实生活中人们对传统技艺的冷漠形成了鲜明的对比。范锡林在《避邪铜钱》中否认了传统中一些精神慰藉的虚幻性，又在《最后一个屋脊头》中向传统技艺致意并为它的凋零而哀悼。这种对传统文化去芜存菁的意识也体现在《龙缸》《夹墙》等作品中。此后，范锡林又另辟蹊径，创作了独具特色的儿童武侠小说，如《忘情丸》《分身奇妙功》《快刀小子》《百怪镇》等。

范锡林的早期创作充分显现了身为教师的职业特点和生活经历，以《避邪铜钱》为代表，他开始通过传统文化的再挖掘，有选择性地向儿童读者展示了传统文化中的光怪陆离。此后他又以少年武侠小说的方式开启了儿童文学创作的新征程。他的艺术探索和文本实践之路非常具有个人特色，也映射了从 1980 年代到 1990 年代，儿童文学不断求新、求异，不断向儿童读者的阅读体验靠近的过程性。

## 四、　颜煦之

颜煦之出生于 1942 年，从儿童文学作家到编辑，他对江苏儿童文学的健康成长、规模化发展做出了非常多的贡献。

颜煦之早年发表的作品几乎都在大跃进时代，如《女儿》《二叔》《兰英送礼》，却难得有浮夸之风。新时期以来出版了小说集《野狼谷的枪声》《血染的棉袄》，从教育者的视角呈现了当代儿童方方面面的生活。比如《张老师的书》《风雨三岔口》《诱人的雨花石》塑造了优秀的教师形象。《野狼谷的枪声》则讲述了在危急关头守林人王老汉高贵品质的故事。《我们归我们》《导弹司令的新故事》《雷雨，躲在乌云里》《又酸又甜的杨梅糖》《马小哈》《家庭教授》《王华醉酒骂舅舅》《爸爸的警卫员》《瓜棚探险记》《血染的棉袄》《失窃以后》《大侦探与小博士》《V 字的故事》《王小宝"圣旨"》《怒斩芦花鸡》等作品用生动、讽喻、诙谐的方式肯定了儿童的主体性。颜煦之和同时期的儿童文学作家一样，将儿童文学的创作目的与儿童教育紧密相连，强调儿童内因的转变，完成道德的完善、知识的拓展、审美意识的升华、能力的提高等创作宗旨。

颜煦之对于新时期以来江苏儿童文学的最有代表性的贡献，是他对幼儿文学的不懈耕耘。从新时期儿童文学创作的主体状态来看，大部分的主题是以教育儿童为目的的儿童故事，受众读者主要是中高年级小学生和初中生群体。针对幼儿的作品主要以传统寓言、儿歌为主，鲜有新的创作。彼时，儿童文学被视为不入流的小儿科，幼儿文学甚至是很多儿童文学作家不屑为之的领域，加之幼儿的理解能力有限，使得从事这一工作吃力不讨好。颜煦之勉力为之，是工作需要，也是责任使然。他的幼儿故事集《登山大王的故事》填补了 1980 年代幼儿文学的空白。通过《阿宝的故事》《阿林睡着了》《最要好的朋友》《平平想当交通警》《两只桔子》《小丽丽和老公公》《小白兔淌汗了》《丽丽的花雨衣》《吃浆糊》等幼儿故事，颜煦之耐心地捕捉幼儿的天真、稚趣和欢愉，充分凸显文学的教育功能，并将德智体美劳的发展统一起来。

颜煦之的低幼儿童文学创作在 1980 年代具有代表性，以"寓教于乐"的方式摆事实、讲道理，以利于儿童健全人格的塑造，"只有在正面的认同作用的基础上建立起相对稳定的人格之后，充满矛盾的看法才能得到解决"①。这种教育功能明确的幼儿文学的模创作式，在儿童能够理解的层面提供了儿童解决困境和忧虑的方法，赋予了一种道德立场和价值判断。

## 五、 李有干

李有干的创作充满了苏北的地域特色和个性品质。诚如曹文轩在为他的《大芦荡》写后记时所言："李有干先生是用人生在写作，是用一辈子的经验在写作。"硬朗、耿直的写作姿态，简洁有力的叙事方式与跌宕的情节、复杂的人物性格形成了有力的冲撞。

首先，李有干擅长于在人物的性格交锋中凸显情节。《遍地猪毛》中的肖先生、女先生在荒草地小学的表现各有长短，女先生的怪异举止令"我"感到非常不适。《古庵》中老和尚和小和尚喜圆之间产生了种种矛盾，喜圆对老和尚施以各种伎俩。一方示强、另一方示弱，此消彼长之间，二人的关系发生了微妙的转变。《鬼火》讲述司机小还用计

---

① ［美］布鲁诺·贝特尔海姆：《童话的魅力——童话的心理意义与价值》，舒伟、丁素萍、樊高月译，北京：社会科学文献出版社 2015 年版，第 11 页。

策让冯必大祭拜老常的故事。李有干洞悉苏北地域的人情世故，将家长里短、寻常生活描绘得浓烈而悠长。《不是梦》中寡妇李月娥想嫁给光棍汉，几经波折，最终如愿。《塔》中"塔"的意象更充满了繁殖的隐喻色彩，将羊狗子女人从不孕、怀孕到生产的过程刻画得细致酣畅，充满乡土的野性力量。

其次，李有干的创造始终饱含着仁义、耿直、倔强的文化气息。《倒霉的粮食》把时间定格在1931年苏北里下河的兵荒马乱之年。父亲来找做粮行生意的外甥玉坤借粮食，却受到了难以言表的羞辱：

> 玉坤很不愿意地抬起头，瞥了父亲一眼，那目光就像看一头牲口。
>
> 父亲如芒刺背，再也坐不住。
>
> 姑妈像问父亲，又像说给表哥听："是不是揭不开锅了？"
>
> 父亲不得不说："年成荒，又是春天……"
>
> 姑妈接过父亲的话："是啊，借点粮熬过这阵子就好了。"
>
> 父亲纠正说："不是借，按老规矩，现在借一斛，秋天还两斛。"
>
> 玉坤从屋里走了出去，站在天井里仰望着黄扑扑的天空。
>
> 姑妈把他叫回屋里，说："你舅等着呢。"
>
> 表哥怪声怪气地说："人在世上，混不到一口饭吃，还活着干什么。"
>
> 父亲像被人从背后推了一下，身子猛地一怔，二话没说拔腿就走。
>
> 我抢在父亲前头，飞也似的往外冲。姑妈从屋里追出来，塞给我两块吃剩的草炉饼，硬得像木板条子。
>
> 我还给她说："留给表哥当早饭吃。"
>
> 姑妈硬往我手里塞："你拿着，他不吃这东西。"

> 我没好气地说:"那就留着喂狗吧。"
>
> 姑妈搡了我一下:"你这孩子……"

唯利是图的表哥玉坤、善良懦弱的姑母、倔强耿直的父子,通过这段对话表现出来。为了囤积居奇、确保囤食的安全,玉坤将粮食藏到了"我"家中。重情守义的父亲在极度饥饿中,在被拦截、敲诈、绑架的厄运中,始终守护这批粮食。最终还是被无情无义的玉坤所嫌恶、挑剔。父亲因此忍辱送命。

短篇小说《黑陶罐》中难伺候的恶婆婆将粗制滥造的黑陶罐视为精神支柱。她将零食点心藏匿其中,拒绝与孙女分享。故事里的这位奶奶在童养媳时备受欺凌,丈夫早逝、自己眼睛哭瞎、晚年瘫痪卧床……经历了许多人生苦难,也造就了她乖张复杂、自私多疑的性格。儿媳妇凤英,集中体现了中华民族劳动妇女的传统美德,"晚辈不能记上辈人的仇",尽管刚嫁进门时受尽了恶婆婆的刁难,但是"我妈"却以德报怨、孝顺长辈,用无微不至的善行孝举唤醒了恶婆婆未泯灭的亲情。"我"也从妈妈的言行举止中获得了教育,能够宽容地对待奶奶的各种自私自利、倚老卖老的行为,更加健康自信地成长。可以说丑陋、陈旧、古怪的"黑陶罐"是奶奶的人格特点的隐喻。如何让"黑陶罐"重见天日,在人性的敞亮和亲情的温暖中获得新生,是李有干着力之处。李有干对苏北农村的老年人非常熟悉,总带着同情的理解,勾勒这群在艰难时世中辗转求生的"过来人"。如《外婆的"房子"》描述了侵华战争期间,外婆努力弄一副棺材,体面离世的故事。通过儿童视角,李有干将苏北地区的这一特定人群,描绘得深刻动人而又触目惊心。

李有干的笔触是哀而不伤、激烈而隐忍的;他对乡俗熏染下苏北人的性格特点拿捏得非常准确,并在此基础上绘制出苏北地区的人物画卷,将这一书写特色一直延续到对当代生活的描写中。如《无根草》

中坚强善良的孤儿童牛总是不想给别人添麻烦。《旱船》中捕鱼老人收留了孤儿"冬牛",看到冬牛行乞是站着的,觉得他有骨气。《桥洞》中靠捡垃圾生活自立的男孩。这些人物都生活在底层,却有着独特的精神气质:"老人一到半夜就收网,河里的鱼再多也不想多捕,因为每撒一网,同时把孤独一起撒入水中,捕到的不仅仅是鱼,同样伴随着孤独。"老人逝世后被送归大海:"湛蓝色的海水,辽阔而凝重。几只海鸥鸣叫着向远方飞去,消失在大海的幽静里。太阳渐渐西沉,海水在夕阳的辉映下,金光四射,细碎的浪花也被染成了金色。"

第三,李有干对人物性格、文化意蕴的探索,也表现在他对物象的着意经营上。"粮食"一直是李有干这一代人的精神隐痛,如《大芦荡》中对庄稼成熟的过程作了如痴如醉的描写:"雨下得不大不小,恰到好处,晶亮的水珠在绿得发黑的麦叶上滚动,微风晃动着麦稞,水珠闪亮了下,坠落下来滋润着田土。于是饱鼓鼓的麦苞绽开了,抽出鲜嫩的麦穗,麦芒并拢在一起,像一支支饱蘸绿色的笔。中午暖融融的阳光,把田野抚摸得丰富起来,针一般的麦芒往四处炸开,如同倒竖着的圆齿鱼叉。麦粒儿还没有灌浆,瘦塌塌的,但闻得到新麦淡淡的清香,给饥饿的人们带来了生的希望,再熬一个月,就可以接上新粮了。"此后的故事也与饥民们来到大芦荡有关。李有干对于物候变化带来的农业生产、乡村生活非常敏感。如《倒霉的粮食》也是从农业气象开始:"一天下午,天空飘起怪诞的云,迅速地向荒草地的上空汇集,越集越厚,越压越低,就在天快要塌下的时候,'嚓啦啦'一道闪电,乌云撕开无数条裂缝,惊雷挟着暴雨倾盆而下。久旱逢雨的人们,直喊喜雨喜雨,被酷日晒出一张黑皮的孩子,光不溜秋地站在雨中,任凭暴雨的冲洗,张开嘴巴一口接一口地吮着。滂沱大雨下了半天,就把干枯的河床灌满,又有了河的样子。接下来,七天七夜雨没住,河水煮开锅似的暴涨,人们很快意识到要发大水了。苏北里下河最怕上游的洪泽湖破堤,因为湖底比荒草地的屋顶高出许多,一旦倒堤一片汪洋。洪泽湖果真破堤了,干旱了许久的荒草地忽又在茫茫大水中飘浮。先干后涝,注定了一个特大的荒年。"李有干对土地的情感,闪烁着农耕文明最后的光芒,也掺杂着中国百年沧桑特有的痛楚。"荒草地"的荒凉、贫瘠、阔朗,给了李有干特有的桀骜、悲悯、孤独,以及贯穿于每个文本的热辣爽直、忠厚仁义。

对写作的虔诚,对脚下土地的热爱、对生活环境的稔熟,使得李有干能够游刃于他所熟悉的苏北乡土世界中。但是这也带来了他在题材选择上的片面性。尽管他尝试过书写当下儿童的生活与成长,如《橱窗里的妈妈》《就想让妈亲一下》《溜来溜去》《魔板》《女孩与狗》《硬币》《在约定的时间通话》等作品,关注留守与流动儿童、残疾儿童、罹患重症的少女、家庭困难的儿童……他在对弱势群体的关注上表现出极大的热情。但是理论先行、道德至上等较为模式化的书写阻碍这一类作品的感染力,有时候过多的"简介"式叙事方式也影响了作品的美学品质。如《上铺—下铺》开头交代了主人公的基本情况:"这是一所中等专业技术学校,对学生的衣食住行都有严格的要求,因管理规范而小有名气,很多家长就是冲着这一点,让自己的孩子选择了这所学校。田炜家在农村,中考成绩出类拔萃,理应进重点中学,但并不宽裕的家庭条件,要他尽快地走向社会,以减轻父母的压力,使学习成绩同样优秀的妹妹,把书继续读下去。"类似这样"简介"的描述方式较多地出现在李有干不太熟悉、不太擅长的题材中,较为粗糙和直白。

李有干的创作期很长,始终保持着对儿童文学写作的热情,成就了他书写苏北乡村"荒草地"上男女老少的赤诚之心。人物性格的对照对比、苏北乡村的生活方式、物候景象,尤其是"饥荒"带给个体、群体的深刻影响,都成为他努力呈现的内容,构成了他较有特色的地域描写。

# 第三章　江苏当代童年生活

　　作家在多大程度上呈现当代童年生活的多样性、丰富性，并生成童年生活的有机整体，是当代作家的职责所在。一方面，1978年以来随着儿童本位理论的回归和拓展、艺术探索和对外交流的深入，对儿童读者阅读感受的重视，以及童书出版在政令扶持、社会多方聚力再到市场经济模式的营销推动下的不断繁荣，中国儿童文学的近四十年发展已经取得了瞩目的成绩。尤其是当下都市儿童的成长现状，构成了"中国式童年"文学书写的基本样貌，始终保持着良好的增长势头。然而，上述受市场认可、读者欢迎的作品表现出城市中心主义的创作表征，呈现出"中国式童年"局部的丰富性。由此容易形成儿童文学创作、出版和市场营销间的单向度循环，同构中国当代儿童文学生态的单一性和片面性。

　　另一方面，以"留守与流动儿童"为代表的处境不利的儿童，是"中国式童年"重要的一种。与都市儿童校园故事、成长小说的兴旺，形成强烈反差的是散落于广阔农村的文学资源明显处于劣势。儿童文学所独有的"欢愉""乐观""希望"的价值立场，无形中遮蔽了对处境不利的儿童的关注，或者消弭了书写这一群体时的深度。在这一文学场域中，以"留守与流动儿童"为代表的处境不利的儿童处于整体失语状态，江苏儿童文学作家韩青辰、王巨成、胡继风等自觉肩负起了表现这一主题的责任担当,并以真诚朴素的方式开掘这一领域的深度和高度。可以说,为处境不利的儿童作文学代言,既拥有社会历史进程和人性基本质素的价值意义,也能够对儿童文学的诗性正义进行更丰富的诠释和引领。

本章以祁智、韩青辰、王巨成为代表,探讨江苏儿童文学对当代童年生活的题材选择、形式表现、叙事策略和价值立场。


## 第一节　祁智:当下、原乡和想象

就从事于儿童文学的文化身份而言,祁智有两点颇为引人注目:其一是重要的儿童文学作家,著有长篇校园小说《芝麻开门》、长篇成长小说《小水的除夕》、长篇童话《迈克行动》等体裁、主题、风格各有特色的作品。其二是资深的儿童文学出版人,主持江苏少儿社工作十年,先后推出了曹文轩、黄蓓佳、金波等知名儿童文学作家的系列作品,为江苏乃至全国的儿童文学发展做出了重要的贡献;也是"儿童文学作家进校园"、"乡村阅读"的发起人、推动者。这些经历使得祁智身处于当代儿童文学发展的前沿,深谙文学机制对于作品创作与传播的奥义,并将这一"机制化"的影响与文学艺术的反作用力以"同构"的方式投射于儿童文学创作中,由此他的儿童文学创作和实践有着特异的价值。

祁智身处于近一二十年持续被推向市场平台的儿童文学出版行业,是21世纪儿童文学写作格局急剧转变中的在场者、推动者。这使得祁智的儿童文学作品得天独厚地带着畅销童书的印记:有漂亮的发行量和码洋,有"五个一工程图书""中国好书"等荣誉对其优质性的肯定,还有儿童读者对作品阅读的良好反馈与追捧。这是祁智保持良好创作态势的动力。另一方面,对儿童精神的再三致意、对文学艺术性的诉求、对文本经典化的渴慕,无疑是祁智的创作"初心"。显然,市场逻辑、权威干预、文化资本以"机制"的方式牵制其儿童文学精神与审美品质;而儿童精神和文学审美在本质上是最大限度地追求精神自由的,又对文学机制产生了反作用力。祁智儿童文学创作的样本性意义体现在如何在"市场原则""意识形态原则"与"文学自主"原则的冲突与博弈间,在文化资本的"动力"机制和文学精神的"初心"追求间寻求一个制衡点,尽力凸显作品的儿童性、艺术性和创新性。这对于考察祁智的儿童文学创作,以及当代中国儿童文学的美学新变,既是一个"观察点""角度",也是对其"结构性"因素变化的考察。

## 一、 消费文化背景下的童年书写

儿童文学同样存在着"写什么"和"怎么写"的问题,成人执笔的冲动是训诫儿童、培养继承者,是赞颂童心并救赎自我,还是回归生活、俯就日常? 这决定了儿童文学创作的立场、策略和美学实践。从传统社会的父为子纲,到"五四"时期的"儿童本位"论的昙花一现;从红色江山继承人的塑造要求,到"教育工具论"意识下对"好孩子"的推崇;"童年文化"基本是一种成人社会催生的产物。新时期以来的儿童文学创作渐从"儿童"这一原点开始勾勒童年,叙事视角从俯视转为平视。近一二十年消费文化的蔓延;独生子女政策带来的家庭以及整个社会对育儿的高度关注,自觉不自觉地凸显了儿童在家庭和社会中的角色与地位,使得"童年文化"视角出现了仰视的态势。这一文化姿态和商业运作的逐利模式,同构了以儿童读者欣赏趣味和消费行为为最终目标的畅销童书。

童书出版已然是中国出版行业最具活力的版块,2006—2015 年被称为中国童书出版业繁荣发展的"黄金十年"。从北京开卷信息技术有限公司的历年数据来看畅销童书排行榜,名列前茅的童书均为儿童文学类作品。儿童文学的物质消费主体是以家长为代表的成人购买者,文化消费是以儿童为代表的阅读者。创作者、出版者、购买者与消费者构成了一个从"童年消费"到"消费童年"的市场网格。祁智在谈及《芝麻开门》的创作模式时说:"《芝麻开门》中的故事,是孩子们提供的。在定稿之前,我又请不少学生、家长、老师通读和提意见,得到他们的肯定。因此,《芝麻开门》应当是一本受孩子、家长、老师欢迎的书。"[①]儿童的日常生活、情感心理、同伴关系、家庭结构、社会认知等非常真切的儿童生活,通过读者的直接参与,深刻影响了《芝麻开门》的故事、基调、内容和精神。美国学者泰勒·考利的研究显示,消费文化的表征是众多民众的文艺需求越来越受到文艺创作和生产的关注,普通人的情感、愿望和生活进入到文艺作品表现和关切的范围,促成了现代文学艺术发展更为多元的面貌。[②]长期从事教师、教研、记者、少儿图书出版工作的祁智,对当下儿童的生活状态非常熟悉,擅于从儿童本位的叙事立场描绘儿童多元、细密的性格特点、情绪体验和心理感受。与此同时,着意强调儿童能动地参与成人世界的意识和能力。这种对儿童个体特征、日常生活的向内挖掘,儿童干预外部世界的向外扩容,"复调"式地建构了以《芝麻开门》为代表的当代儿童小说(尤其是畅销的儿童校园小说)的美学实践。

一方面,中国当下的童年日常生活被全方位地书写,当下儿童作为独立的人格主体得到了极大的尊重,其个体情感得到了充分的关照。儿童的主体位置被提升到一个崭新的写作高度,这是21世纪以

---

① 祁智:《"导读"和"导购"——少儿图书的一种重要营销方式》,收入祁智《抵达或出发》,济南:明天出版社 2009 年版,第 62—63 页。

② [美]泰勒·考利:《商业文化礼赞》,严志忠译,北京:商务印书馆 2005 年版。

来儿童文学创作的一个普遍的写作趋势。

《芝麻开门》以及此后被进一步扩容的《麻雀在歌唱》《猫头鹰逃亡》《蝌蚪会跳舞》《小金鱼飞翔》等系列,构建了以"大钟亭小学"为中心的儿童生活场景:沿途的摊贩、儿童的电子宠物、"对老脸"游戏、认领动物园动物的活动,不同家长的职业身份,不同性格和科目的老师的不同"脚步声"。在这一片与真实社会生活高度贴合的背景基础上,塑造了许多个性鲜明、辨识度很高的儿童:腼腆谨慎的张天、博学沉稳的军事迷迟速、乐观直率的胖女孩姜珊、机灵懂事的李强、时髦漂亮的孙新悦等,每一个孩子都独具特色。肥胖的姜珊从不为身材担忧,盼望成为运动员,可以恣意吃喝。她要求参加孙新悦服装大赛的啦啦队,因过于肥胖而被同学拒绝后,仍振振有词地说:"如果我们体型复杂的人,能把衣服穿得漂亮,那不就更能证明孙新悦的设计好吗?"考试成绩公布后,她安慰挨揍的汪超:"打就打,打也是应该的,你没考好呀。被打的又不只你一个,我们好多人都被打过。……但是,打也是没有用的! 打就能打出高分数啦? 这一点,你要让打你的人明白!"当下都市儿童鲜明的个性可见一斑。在这些作品中,一改成人为儿童定制作品、决定思想内容的写作路径,而将儿童的主体位置、自我意识擢升到一个崭新的高度。

这群精力过剩的都市儿童,不断表达着成长中所遇问题的观点、意见。如对"转学"的自我选择、对成人的判断、对包括"成绩""竞争""压力"等话题都出现在儿童的自发自愿讨论中。如张天和欧阳峰两个男孩面对转学的不同态度,"张天其实不想转学,他觉得西流湾小学挺好,而且他在那里上了三年学,对那里一切都很熟悉。但是他非转学不可,全家都搬了,他怎么可能一个人留在那里? 他被大人安排到大钟亭小学。没有办法,是孩子就要被大人安排来安排去。"欧阳峰则是写下"坚决不调离"的保证书,并要求父母签字画押。"儿童"不再是被动接受教育的阅读者,而是以独立主体的身份积极介入到对外部世界的判断中。对成熟漂亮的异性的好感也大大方方地呈现出来,例如张天首次看到年轻漂亮的班主任徐老师时:"他觉得徐老师挺让人亲的。他有一点喜欢这个年轻、漂亮的女老师了。他觉得这么漂亮的徐老师应该去当演员。当然,他不会把喜欢表现在脸上,他是男孩子,男孩子应该有男孩子的风度,不能像女孩子那样动不动就喜欢,动不动就不喜欢的。再说,他对徐老师还只是有一点喜欢。他和同学们都有这样的经验教训:有的老师看起来温和,其实挺凶的。"儿童的世界观不再是等待被灌输、被洗礼,而具有主动性,对"压力"的理解的丰富细密:学习成绩、养宠物、晚上睡觉不敢关灯、害怕早起、担心自己的智商有问题等;对"合作""竞争"的各执一词,欧阳峰的观点是"我们帮助了他们,他们成绩好了,不是把我们比下去了吗?"在得知班主任徐老师怀孕后,热烈讨论生男生女的假设。儿童成长中无处不在又有所顾忌、刻意回避的很多话题,被畅快而又郑重地书写。与以往儿童小说对此类问题的表达方式往往是成人"循循善诱"的说教式、缥缈抒情的感慨式不同,祁智笔下的儿童既有翔实的生活细节,又有积极的讨论和实践,他们独立的人格、真实的想法被赋予了有意义的重量,必然会赢得儿童读者的积极参与和回应。

另一方面,《芝麻开门》凸显了儿童介入外部世界、参与社会生活的意识和能力。如四(1)班的孩子主动发起了对校门口兜售玻璃丝编织品的四川小女孩黄雅萍的捐资助学活动;孙新悦为班主任徐老师设计孕妇服;迟速、张天等识破了街边商贩讹诈他们的伎俩;张天当临时家长,不仅给爷爷奶奶、外公外婆布置了"作业",还和 17 名同学"自己过一天",甚至还给妈妈留了饭菜;杨晨为探查父母离婚的详情,不仅跟踪父母行踪、去民政局咨询相关问题、查找是否有"第三者"插足,还设法为父母安排约会,积极主动地挽救婚姻。儿童主角们一反以往作品中的弱势群体形象,不仅在自己的生活中拥有独立的主体,而且积极参与到成人社会生活中,并对他们实施帮助、产生影响。在与成人的对话中,儿童不再是单向度的"受教育者",儿童介入成人生活的方式甚至不依赖于成人的配合或成全,而是缘于儿童比成人拥有更宽广的视域和更睿智的行动力。比如全班同学为帮助孙新悦赢得全市的校服设计比赛而出谋划策,让张天的记者爸爸写专门的报道以扩大知名度,全班穿着设计好的校服在比赛现场助阵以提升人气。在孙新悦获得10万元专利费后,校长希望她把钱捐出来时"说希望工程,说有孩子失学,说四川大山里的事情",她和校长发生了一段颇有意味的对话:

> "李校长,你是要我把10万块钱捐出去吗?"孙新悦问。
>
> 李校长愣了一下,笑着说:"你看,我什么时候要你捐的? 是你要捐的。"
>
> "我没有要捐啊。"孙新悦认真地说。
>
> 李校长有些尴尬和失望,说:"是……是你没有捐。"他还想努力,继续说:"你要是捐——"
>
> "那多没有创意啊。"孙新悦说。

孙新悦对10万元奖金的处置方式是拒绝了成人的参与,成立一个由全班同学共同管理、免费为家庭困难的小学生做校服的基金会。儿童被赋权了丰沛的童年精神和较为成熟的社会行动能力。叙述的坦荡、表达的真诚、细节的生动、生活的鲜活,以及儿童天性中特有的幽默感,透露出都市中产阶层儿童衣食无忧的生活中的自在潇洒,共同营造出一种清新、自在、风趣的叙事风格。

正如朱自强所言:"儿童不是匆匆走向成人目标的赶路者,他们在走向成长的路途上总是要慢腾腾地四处游玩、闲逛。"①祁智的儿童校园小说在主题和内容上对儿童日常生活的开掘、对儿童主体性的赋权,对儿童情感、心理的照拂,对儿童介入社会生活能力的肯定;在写作技法上着意于俏皮风趣的对话、简洁有力的描写,共同烘托出充满活力和行动力的当代儿童精神。这对于 21 世纪以来儿童小说的美学拓展具有积极的意义。然而,这些特点一旦触及商业文化的灵敏神经,童书市场立即以极快的速度,用打造、订制、营销的系统工程,生产出一大批风格相近的校园儿童小说。这其中尤其以"马小跳"系列的销售奇迹为代表。可以说校园小说引发的现象级社会效果,不能与艺术本身的效果对等,有很多跟风之作存在着"技术便利"的复制、题材的雷同、语言的粗陋、风格的肤浅等诸多问题,正如阿格尼丝·赫勒所言:"娱乐既可以是优雅的、有趣的和深奥的,也可以是粗鲁的、原始的和肤浅的。"②为拉动"童年消费"而一昧地"消费童年",并通过向儿童读者不断献媚的文化姿态,拉低了儿童校园小说的艺术水准,无形中阻碍了这一文类在文学艺术性上的积淀、反思和提升,也使评论界对这一文类保持高度的警惕和抵触。回顾这样一个商业营销火爆、评论研究相对漠视的怪圈中,在场者祁智的文化选择颇有意味:首先祁智的《芝麻开门》与许多跟风之作有质量上的差异,其次他的后续行为更加耐人寻味。祁智长期担任江苏少年儿童出版社总编辑,《芝麻开门》在 2002 年首版后很快入选"百年百部中国儿童文学经典",祁智完全可以用最快的速度一鼓作气地打造"系列"作品。但是祁智在此后的十年间没有推出《芝麻开门》式的校园小说,这是一种清醒的自律和难得的自制。

---

① 朱自强:《儿童文学概论》,北京:高等教育出版社 2009 年版,第 25 页。
② [匈]阿格尼丝·赫勒:《现代性理论》,李瑞华译,北京:商务印书馆 2005 年版,第 177 页。

## 二、 精神原乡与美学定位

用"知人论世"来看推动童书出版"黄金十年"中祁智的文学创作，在 2002 年成功推出《芝麻开门》后，于 2014 年推出了长篇小说《小水的除夕》。这部带有自传性质的怀旧之作，既是祁智对生命"原乡"的回溯，对童年精神的致意，也关乎他本人的儿童文学美学定位。

正如普鲁斯特认为在回忆中写作，回忆也是个体生命的现实形态一样。"回忆"总是与"当下"发生关联。祁智坦言《小水的除夕》"就是我经历的生活"，"如果说《芝麻开门》写的是'他们'，《小水的除夕》写的是'我们'。'我们'与'他们'似乎不同，其实是一致的，都在'童年'里"①。这也可以解释在书写当下儿童"他们"的童年生活时，《芝麻开门》采用了全知全能的叙事视角，而书写"我们"的童年时，长篇小说《小水的除夕》、中短篇小说集《羊在天堂》等相关作品毫不犹豫地使用了第一人称的内焦点叙事。男孩"小水"所悠游的友伴，所嬉戏的西来镇，所经历和目睹的各种变迁，所等候的爸爸归来的除夕，构成了一个别致的世界，展现出儿童固有的原生态的生命情境，并以"诗性"追忆的方式统摄了作品的基本结构、精神气象和美学功能。

相比于《芝麻开门》里儿童形象的塑造得益于祁智对当代儿童自我表达的观察、记录；《小水的除夕》的创作是属于祁智本人的原生态的生命体验。因此，对小水的童年生活的描写显得更为细腻、从容。通过孩童的日常生活的书写，如桑葚、菱盘、菱角肉、芦花鞋、芦苇丛、红汤猪油葱花面、车站饭店、小狗"箭头"、会漂浮的氢气球，以及帮家里打一毛钱酱油时会抠下一分钱来买糖等"物象"里的故乡栩栩如生

---

① 祁智：《童年·故乡》，祁智《一星灯火》，南京：江苏凤凰少年儿童出版社 2017 年版，第 11 页。

地跃然纸上。斯东·巴什拉在《梦想的诗学》曾言："童年如同遗忘的火种，永远能在我们的心中复萌。"①作者的"原乡"记忆与"幸福挽歌"（本雅明语）交汇在"小水"的童年里：既是作者本人生命的精神原乡，也渴望为西来镇留下地理学、民俗学、人类学意义上的美学认知。从与《小水的除夕》《羊在天堂》等小说构成互文效应的散文集《一星灯火》中可以看到祁智不遗余力地复原"物象"中的原乡：四季风华、天赐芦苇、棣上人家、十字街口、理发店、浴室、车站，以及当地的土特产。许多已经消失了的物象，在岁月的记忆场景中不断闪回，在心情和情绪的弥漫中不断出场，被作者执着而又深情地记载在文本里。这些构成精神原乡的场景、情绪都指向作者的童年生活。祁智对这片真实又虚妄、美好又不可逆的失乐园的竭力复原，也是对曾经的懵懂少年的追溯和复原，更是对元气淋漓的儿童精神的再三致意。

相比于成人对理性、结果、目标的追求，对明确因果关系的判断和选择，儿童更乐意驻足于片段性、印象式、发散式的观察与认知，他们是"最完美地捕捉住诗"②的群体。男孩小水对外部世界的感知非常敏感细微，小说的开篇出现了一只被小水反复"遇见"的麻雀："一只麻雀突然飞进来，在我的头顶上绕一个圈子，'啾'地叫了一声，飞了出去。它的速度真快，快得像用弹弓射出的一粒楝树果。我追到窗边，它已经站到楝树上，朝我眨着眼睛。它的眼睛下面，有一块白斑。"儿童的认知是人类童年"万物有灵"认知观的复演，小水对这只有白斑的麻雀格外关注，这只小麻雀便若有若无地飞翔在文本始终，"两只喜鹊从我看不见的地方飞来，飘落在树枝上。他们机警得很，一上一下，左顾右盼。漂亮的鸟都是这个样子，神经兮兮的。但它们必须这样，否则早

① ［法］斯东·巴什拉：《梦想的诗学》，刘自强译，北京：三联书店1996年版，第129页。

② 汪曾祺：《废名短篇小说集·代序》，长沙：湖南文艺出版社1997年版。

就绝种了。它们看到一团团的麻雀,有些生气。它们用长尾巴平衡身体,用力摇晃树枝。麻雀掉下来了……有一只麻雀飞走的时候,看了我一眼。它眼睛的下方,有一小块白斑。我相信,它就是我见过的那一只。""我认识的那一只麻雀,在飞走那一刹那,看了我一眼。"最后一章"我在路上等爸爸",小水一边等爸爸一边点鞭炮逗麻雀。"麻雀们只是看了看亮光,就退进草洞,继续睡觉了。但有一只麻雀很特别,没有睡觉,而是在我的头顶绕着飞了一圈,我看到它眼睛下面有一块白斑。这是我认识的那一只麻雀啊!"这一调动了小水的视觉、听觉甚至幻觉的景象描写,渗透了小水自我梦幻般的感觉体验,注入了儿童特有的生命情感体验。这一对应儿童心理特征的景物描写,显然要比平铺直叙的人物心理描写丰润许多、艺术许多。不仅让小水的故事益发张弛有度、辉映成趣,也"从容"地彰显了祁智驾驭这一题材的自信与成熟。

通过物象中的原乡、诗化了的儿童视角、鲜明的儿童思维特征,展现别致的世界。上述这些创作特色在新时期以来的儿童文学创作中有了较为充分的发展,可以说,展现童年生活纯真净美、天然自足的写作模式已经达到了相当饱和的限度。《小水的除夕》更重要的美学支点在于:赋予儿童更完整立体的人格形态。小水们有人情世故的判断,有对异性态度的微妙变化,有行善施恶的小心思;孩童更能以各种社会身份,主动地参与到成人世界的社会生活中。这在《芝麻开门》中尚且是一种校园生活的"丰富多彩",而在《小水的除夕》《羊在天堂》中,每一个孩子都有以家庭出身为标志的生活境遇。身为县委副书记儿子的王兵送给同伴糖果、气球的时候习惯性地说"归你了!"他会跑到县城帮同学刘锦辉、小麦办理困难补助;看到了小麦家将会得到拆迁补偿的规划图;他还一次次要求爸爸让抢枪的刘锦辉重新得到选拔田径运动员的机会。王兵无疑是霸道、强势、自我感觉良好的官宦子弟,又有维护公平正义、扶弱济困的意识和能力。当教师的爸爸给了小水"文化人"的社会身份,小镇人对他宠爱有加,理发师、放电影的邢队长、车站饭店工作的孙秀梅都乐意借职务之便给他大开方便之门。刘锦辉的爸爸刘油果更是不断地请求小水帮忙劝说刘锦辉退学:"小水是小水的命,你是你的命。各有各的命。你们迟早要分开的。""以后,小水做领导,让你到他单位做做临时工。"小水也觉察出大人们想方设法"弄"电影票的缘由:"他们不是不舍得花钱,也不是出不起钱,而是觉得,不花钱就能看电影,显得自己有本事。大人为一块钱的事情这样费心思,我觉得很好玩。"小镇人隐晦而又清晰的人情世故、阶层差异、未来走势,早早地便在孩童的生活中划下深深浅浅的沟壑。小水对女孩小麦的情感意识也非常微妙。因为排演节目老师要求小水和小麦拉手,"我到外面找来一根树枝。我抓这一头,让小麦抓住那一头",最终"小麦趁我没注意,突然拉住我插在裤袋里的手",同学们纷纷起哄。小水的反应是:"我恨死小麦了。我看看我的右手,右手好像变大了。我慌忙把手塞进裤子口袋。"小水想着让小麦掉进冰窟窿的方法解气,渐渐了解到小麦的生活不易时,又送给小麦一张电影票,看到小麦把唯一的电影票让给了瘫痪的爸爸时,"我笑了,笑得全身颤抖。我怕小麦她爸爸发现,跑到教室后面,蹲下来捂住嘴大笑。我被一种莫名其妙的幸福感冲击着,笑出了满手掌的眼泪和口水。"这一朴素的现实关切、全景式的童年生活,展现了具有行动力的儿童形象、丰沛健旺的儿童精神。

以儿童有限经历和思维能力去再现复杂的外部世界,以童年生活展示西来镇的社会生活容量,这种以小博大的追求有时候是小水们所不能够胜任的。比如,有关"方老师家藏着一个人"的章节,尽管孩子们看出了方老师家的怪异之处,撩着满街的狗叫,试图趁方老师出来赶狗时一查究竟,但"好多事情,我们不知道"。孩子们不知道方老师不结婚的原因是一直挂念着被换亲的初恋赵阿姨,也不明白赵阿姨的丈夫去世后,她被逼着要嫁给小叔子的痛苦。这个时候,叙事的内部矛盾凸显出来,儿童对外部世界理解力不从心时,需要隐含的、当下的成年叙事者来控制和干预他所建构的童年。

在《小水的除夕》《羊在天堂》等小说以及散文集《一星灯火》中,祁智写"小水"和他的友伴,写"西来镇"的风光物候,写成人对儿童成长的期许,写"爷爷"对祁门长孙的人生规划,我们无时无刻不感受到一个人过去的生命境遇如何会生成"此在",现在进行时的生存如何在"闹市区高楼的 28 层"依靠往昔回忆和少年影像而获得了一种"天真而永恒"的精神支撑,并召唤当下没有"故乡"感的儿童读者在剧烈的城乡变革中获得"此在"与"彼在"的传承感。在这个意义上,《小水的除夕》不只是一个滞留在过去时空中,自足封闭、缥缈不可及、不与当下发生关联的失乐园。"童年"抚摸了过去,照亮了当下,并将零碎而炫目的过去融入到当下,汇成了存在的关联性、连续性。

由此可见,祁智的童年回忆秉持着"不虚美、不掩恶"文化态度:儿童不是纯然的天真无邪,童年生活不是透明澄澈的,旧时光更不是鸡犬相闻、夜不闭户的桃花源;而童年精神的元气淋漓却具有永恒性。小水的童年既是生活细节的写实、艺术造诣的写意,也指向童年精神的永恒性,"唤醒我们身心中一种崭新的童年状态,一个比我们童年记忆更深远的童年,仿佛诗人让我们继续完成一个没有完全结束的童年,然而这却是我们的童年,而且无疑是我们多次经常梦想的童年。"①正是在这一不断建构的童年精神的"过程性"中,在寻求童年旧时光与当下复杂的社会文化语境中的审美定位中,生成了文本的张力。审美机制看似由文本内部生成,根本上却是由社会和文化的整体语境共同

---

① [法]斯东·巴什拉:《梦想的诗学》,刘自强译,北京:三联书店 1996 年版,第 133 页。

构成的:现代化进程中失落的故乡、成人作家和读者无处安放的精神家园、渴望儿童读者理解并悦纳这一突然变得遥远的乡愁。

## 三、《迈克行动》与"中国童话"

《芝麻开门》是在家长和儿童的参与下完成素材积累和故事创作的,《小水的除夕》生成了祁智的精神原乡和美学定位,相比较而言长篇童话《迈克行动》是一次较为轻松的快意写作。这部对人类生存状态充满隐喻和讽刺的作品,既有祁智念念不忘的"教化"意图,更洋溢着童年时代的艺术游戏和精神狂欢。"只有故事本身允许人们鉴赏它富有诗意的特性,只有在鉴赏中才能理解童话怎样丰富易受感动的心灵。"①

就像藐姑射山之于庄子、中土世界之于托尔金,人类从不缺乏构建虚拟"实体"的热情和野心。正如法国著名学者保罗·阿扎尔所认为的,童话与人类历史相始终:"诗意的神话与人类最初想象的晨曦却在此交汇着……隐藏着拥有几千年复杂历史源泉的线索。……意识和潜意识也无法再被区分开来。宇宙万物还并没有按照理性的法则被阻止,而是让每个个体在他的每个行为中,做他真实的自己。"②那些奔腾于纸上、影像甚至电竞世界里的人物谱系和故事帝国,是人类精神的漫游,是对无数可能"存在"方式的求索与渴望。而在狂野想象喷涌时,犹如孪生子的理智总是会冷冷地嘲讽那个虚妄、偏执的自己。祁智构建了一个缥缈的斯特兰城,位列宇宙五十大历史文化名城。倨傲于辉煌历史的斯特兰人,拒绝搬离拥堵不堪的中心城,更对三千年

---

① [美]布鲁诺·贝特尔海姆:《童话的魅力:童话的心理意义与价值》,舒伟、丁素萍、樊高月译,北京:社会科学文献出版社 2015 年版,第 25 页。

② [法]保罗·阿扎尔:《书,儿童与成人》,梅思繁译,长沙:湖南少年儿童出版社 2014 年版,第197—199 页。

前人鼠大战的光荣战绩沾沾自喜。祁智写得痛快淋漓，又忍不住跳脱出来："看起来，这个童话似乎与城市建设有关，其实不是这样。讲城市建设，主要是要引出这座城市的第一大特点，或者说是一大缺点：只考虑眼前利益，不做长远打算。这个特点或者缺点与童话有关。"叙述者在故事开篇即表明立场：他无疑是人类尊严的捍卫者和讴歌者，但要更清醒地直面人类的傲慢与偏见。《迈克行动》讽刺了长期无视生态平衡、拒绝合理规划城乡、轻易妥协和求饶的乌合之众，上演了一场置之死地而后生的自我救赎的大戏。

　　"迈克行动"其实是一个有关消灭已然成为"统治者"的老鼠的行动代号。这个"天花乱坠"的故事里有忍辱负重的泰勒市长、英勇的警察局局长巴恩斯、睿智的哈克博士，以及人工智能鼠"迈克"……但是，相比于正面人物形象的准确无误，投机取巧又煽动民意的流氓雷诺尔、满腔仇恨与怨毒之气的老鼠玛利亚娜更令人印象深刻。最让读者触目惊心的是在一次次鼠怪侵袭下改变立场的民众。斯特兰城已经三千年没有战争灾难，对和平的珍爱和对安逸的渴求，使人们从最初义无反顾的斗争，到惊恐、妥协、顺应、求饶；从追随泰勒市长与鼠怪战斗，到拥戴流氓雷诺尔、做鼠怪的奴才，都是同一批群体做出的选择。这几乎是古斯塔夫·勒庞《乌合之众：大众心理研究》的童话版解读。我们可以发现《迈克行动》不仅是一种隐喻的修辞现象，更是一种认知方式，充满了时代寓言的隐喻性。祁智向儿童读者抛出了很多沉重的问题，比如如何定义正义、和平、战争、牺牲；人类是地球唯一统治者的合法性的问题；外来流亡者与地下藏匿者应以什么样的方式存在？这个不断被人类和鼠怪以各自族群方式"折叠"起来的斯特兰城某种程度上再现了地缘政治学的文化意蕴。当然，祁智既无意也不忍去书写沉重的命题，就连绝地反击的关键人物"迈克"也是人工智能的产物，所以它的牺牲虽是悲壮的，却免去了肉身的痛苦和人类情感的愧疚。

祁智搭建了"海外仙山"的奇幻冒险,却无不指向当下中国的都市万象。在该部作品后记中祁智写道:"我好久没看到老鼠了。是老鼠搬迁了?不会的。城市里的老鼠,要想越过辽阔的绿地、宽阔的高速公路,跑到遥远而陌生的乡村,可能性极小。何况,乡村的城镇化建设也在加快,那里的老鼠难得一见。是老鼠绝迹了?更不会,老鼠的生存和繁衍能力极强。那么,它们到哪里去了?只有一个答案:地下。是的,它们转入地下了。我们改变环境的同时,也改变了老鼠的环境。"由此作者想象出了老鼠很有可能变种为更强大可怕的生物体,重新杀回地面的故事场景。作者指涉了生态、科技和人性等"有意义"的命题,但最为儿童读者难忘的应是丰富的想象力、自由的游戏精神、贴近儿童审美心理的狂欢功能等所带来的"有意思"。

"有意义"与"有意思"的复调式叙事策略一直并轨在中国作家儿童文学创作的执念中。"儿童们的书籍维系着人们对祖国民族的情感"[①],叶圣陶创作首部中国现代童话《稻草人》时,以稻草人的眼目,关照惨痛的世情。鲁迅认为"《稻草人》是给中国的童话开了一条自己创作的路的。"沈从文第一次尝试的长篇是《阿丽思中国游记》,该部童话是将刘易斯·卡罗尔的《爱丽丝漫游奇境记》写成了爱丽丝的中国奇遇。当然爱丽丝的兔子洞漫游是奇幻刺激的,该书的中国首位译者赵元任称之为"它的意思在乎没有意思(Nonesense)"(意为"无意义、荒谬",笔者注)。而沈从文笔下阿丽思的中国漫游则是目睹人间惨象。可以说现代中国童话从诞生伊始,就镌刻着"所处时代的文化情感和环境特色"[②]的印痕。新时期以来童话的美学价值从单一的教化功能

---

① [法]保罗·阿扎尔:《书,儿童与成人》,梅思繁译,长沙:湖南少年儿童出版社2014年版,第182页。

② [加]利利安·H.史密斯:《欢欣岁月》,梅思繁译,长沙:湖南少年儿童出版社2014年版,第65页。

逐渐向艺术游戏、精神狂欢过渡。当然在童书创作和出版高度市场化的今天,在娱乐、消遣功能大行其道的创作格局中,在如水银泻地般新媒介文化的广泛影响中,在以西方童话为"正典"的影响焦虑中,方卫平等学者认为"当代儿童文学总体上缺乏一种深厚的现实主义精神"[①],重提"中国童话"内容的广度、艺术的高度和思想的深度,是当代中国儿童文学超越传统范式和商业局限的重要契机。

## 结　语

祁智的儿童文学创作,适逢其时地游刃于儿童文学的生产传播机制之中,又不失文学艺术性的追求。可见儿童文学的当代艺术发展并不是以排斥市场为先决条件的;恰恰相反,生产与传播、评奖与评介、阅读与接受等"机制"化的大背景已成为儿童文学发展的生存空间。从这个意义上来说,中国当代儿童小说的艺术提升,应是在借力市场、合理使用机制、遵循文学自身规律的同时,更自觉地张扬童年精神、艺术个性对以市场为导向的儿童文学发展机制的反作用力;并对后者起到纠偏、完善的作用;生成当代"中国童年"文学书写的艺术自信。

## 第二节　韩青辰:性别话语与身份意识

21世纪以来纸媒衰落、文学日趋边缘化,儿童文学创作与出版却在中国式育儿焦虑、消费主义冲动和商业逻辑的合谋下,变身为出版

---

① 方卫平:《中国式童年的艺术表现及其超越——关于当代儿童文学写作"新现实"的思考》,《南方文坛》,2015年第1期。

界的宠儿。但是大多数文学批评与研究多无视其存在,将其排斥在文艺研究去中心化的转变之外,或有意无意地任其自生自灭。这既与中国文学评价体系的刻板积习有关,也与民族国家话语的价值判断的唯成人化、男权化有关。

　　这一先天性的陋见多少影响了儿童文学创作者的信心和耐力,"儿童文学在文学生产这个较大场域中所占的地位对儿童文学的影响。为儿童写作的作者、出版商和专家学者都感觉到那些为成人写作的同行不够尊重他们,并对这种情况感到万分憎恨"。[①] 但仍有不少中国儿童文学作家醉心于创作,致力于打破儿童文学不具有"文学性"的魔咒,"把注意力转向较为复杂的文本,以辩驳大众关于儿童文学就是给简单头脑看的简单文本的认知"。[②]江苏儿童文学作家韩青辰便是一例,无论是乡土叙事《春暖花开》《亲妈妈》《芦苇坡儿黄》《送姐姐》;"少女"成长小说《龙卷风》《风吹草动》《那个未完成的吻》《青丝剪》《深呼吸》《我看到你的眼》《亚美的长跑》《有你在》;针对低龄儿童的校园剪影"小茉莉"系列;还是挖掘社会问题背后人性深度的纪实文学,如艾滋孤儿、"职业"乞丐儿童、进城务工子女、劳改犯家庭儿童、青少年犯罪、抑郁症等心理疾病患者、青少年自杀现象等。十余年来,韩青辰深耕于儿童文学创作园地,不以训导者的居高临下方式俯视读者,而是多以"平视"视角,积极对话隐含读者。凭借知识分子女性的精神底蕴与审美表达方式,以性别话语和文化身份为逻辑起点,生发出形象生动的人物塑造、细腻深刻的心理描写、深沉透彻的社会环境铺垫、优美隽永的场景抒发;技法上善于使用人物形态的对比、互补与烘托,立意上友善读者、悲悯万物。可以说里下河地区的水乡童年烙印,南京

---

①② ［加］佩里·诺德曼,［加］梅维丝·雷默:《阅读儿童文学的乐趣》,陈中美译,上海:少年儿童出版社 2008 年版,第 172 页。

大学中文系科班出身的文学训练,公安系统的大量素材资源,对女儿成长的深切关注,生成了韩青辰的文化身份和"自然"的写作常态,构建了作家的自我意识和作品的话语逻辑。使她的作品彰显了有别于20世纪儿童文学作品的创作品质,既与时代变幻下的文学叙事话语重叠,又未被其淹没和覆盖,凸显出鲜明的性别主体性和身份意识。

## 一、　性别话语

潜藏于女性自我意识中"第二性"的性别体认带来的价值指向和本质化理解,使得韩青辰的创作不自觉地强调了女性成长的特殊性与差异性。憨实天真的智障新娘春花、卓然而立的云珠姑姑、拥有王园子里的高学历却居心叵测的何记蓝、坚忍强悍的黑嫂……王园子里女人间的家长里短、身世经历,都通过未谙世事的少女"阿玉"的第一人称叙事方式徐徐展开,犹如一卷写意的江苏乡村风情画卷(《春暖花开》)。毫无女性意识的春花却拥有着丰满成熟的女性胴体,"乌溜溜的麻花辫子垂到屁股",怀孕后"像进了水的白面馒头,浑身上下没有一个部位不鼓胀",生完孩子以后"身上的奶腥味冲人鼻子"……尽管经历了女性的重要蜕变,但是春花连自己生的是男是女也无法说清、仍然和儿童一起嬉戏玩耍。她的身体变化、婚姻生活成为女孩子们探索女性成长蜕变的便捷法门。阿玉冲动而无遮拦地问正在屙尿的春花"你就是这样生孩子的吗?"原本为春花做"屏风"的女孩子们甚至"低头去看春花的身体"。而和春花形成鲜明对比、充满女性意识的云珠姑姑,有着坎坷的情感经历、曼妙的歌声和笛音。她每次出现的场景都充满诗情画意,或如"闪电"般惊艳众人,或被夕阳勾勒出"金红的轮廓",油菜花海、银杏树林均成为她光彩夺目形象里的陪衬。她给女孩子们树立了近于完美的女性形象。当她给春花扎小辫的瞬间,围观的女孩子们"感受到被白鸽抚过头顶般的温柔,极其难得的洁净,我们好像一下子飘出了王园子,袅袅升起的炊烟带着我们"。她对春花的爱抚和怜惜改变了"我们"对春花的不屑。作者的性别主体愿景正是通过春花和云珠二者的身体蜕变与性别意识的双重隐喻来实现的,并以阿玉的"少女"视角获得话语伸张。

笔者关注的是性别话语能否通过"所指"与"能指"的转换达到对其意义的把握?实现少女成长主体性的过渡?云珠姑姑留给少女阿玉的答案是"你一定要好好读书,等你什么时候长大了,云珠姑姑也好有个知心的人"。青春正在进行时的少女能否以"好好读书"而解决自我实现的需要,是70后通过学历教育改变命运的韩青辰们的经验化叙事,但又是当下这个迷茫时代简单、无错的答案。事实上,韩青辰对这一解答本身也充满现实性的犹疑:"你千万别傻到以为学习好就能获得幸福。幸福可不是件容易的事。知识丰富的人就一定能生活得好?你说活着是为什么?是要知识还是要快乐?"(《深呼吸》)成长本身就是一场应对精神危机的过程,"并认识到自己在人世间的位置和作用"[1]。每一个个体的成长都是无法复制的精神孤旅,正如王安忆在《一个故事的三种讲法》中所言,"成长是一桩孤独的过程,这么多人帮你,可是谁也帮不了你"。

文学写作本身的意义并不在于哲学启示、人生指南,很大程度上是以一种虚妄对抗人生的虚妄。儿童文学的创作如果仅是民族国家话语的代言与布道,则无法实现儿童主体的文学性、人文性与审美性。在中国语境格外厚待现实主义题材、历史化叙事的大背景下,以"少女"为主题的创作一直处于边缘化的状态。"在中国的文化环境中,少

---

[1] [美] M.H. 艾布拉姆斯:《欧美文学术语词典》,"成长小说"词条,朱金鹏、朱荔译,北京:北京大学出版社 1990 年版,第 218 页。

女的成长经历是生命历程中最无色彩的一段,我们有意地跳开它,而这段生命中却充满觉醒与压抑,可作为生命全部行程的缩微形式"①。韩青辰对"少女"个体的深情凝望、自觉的写作规划显得弥足珍贵。性别的天然意识也使她能够在这场所指与能指的游戏中,"播散"出无数的"间隔"和"空隙",使得少女成长的意义彰显为一个能动的量变与质变的过程,在"觉醒与压抑"间充满了张力,而不是凝滞、板结为一种程式。

"少女"意味着性别觉醒的开启。而性别,是社会如何理解女性和男性的生理特征,进而构建一套有关于性别关系的诠释,并以这套价值体系作为社会结构的基础。正如西蒙·波伏娃所言,"一个女人与其说是天生的,不如说是建构而成的"。"少女"便是这段建构的初期阶段,意味着身体和心理的双重变奏。皮亚杰认为"心理的生长同身体的生长是分不开的,特别是神经系统和内分泌系统的成熟,一直延续到十六岁"②。十五六岁正是少男少女的豆蔻年华,少女的性别意识无疑是从身体的变化开始发端的,"她们将在容貌或身体中发现某种优美、古怪的或有趣的特征。她们只是由于觉得自己是女人,才相信自己很美"③。但是中国儿童文学叙事策略往往将"神经系统与内分泌系统的成熟"过程投射在"心理的生长"上,在"容貌和身体""优美、古怪的或有趣的特征"中选择"容貌"叙事,在"身体"叙事中涉及头发、身高、身形胖瘦也就点到为止。隐藏肉身、强调性别意识的精神性觉醒;暗含着国人视女性肉身"不洁""不雅",在隐含读者面前羞于启齿;也是对1990年代以来女性身体写作价值的质疑和警惕。因此,头发、镜

---

① 赵园:《试论李昂》,《当代作家评论》,1989年第5期。

② [瑞士]J.皮亚杰,[瑞士]B.英海尔德:《儿童心理学》,吴福元译,北京:商务印书馆1980年版,第2页。

③ [法]西蒙娜·德·波伏娃:《第二性》,陶铁柱译,北京:中国书籍出版社2004年版,第577页。

子、同伴关系和异性感受等相关意象,构建了韩青辰"少女"成长系列的叙事空间和话语逻辑。

　　韩青辰对女孩的头发有种天然的偏爱,拥有一头乌亮的长发几乎是进入"少女"时期的入场券。这大概也是儿童文学作品保持纯洁性的同时又最大限度地抒发青春生命力的折中之选。因此还没有变身"少女"的小妹(小学二年级)顶着"稀稀拉拉的黄头发,编出一根细虫样的小辫"(《送姐姐》)。云珠姑姑的美貌总令田园风光黯然失色,唯一的具象描写就是有关"头发":"辫梢以及辫梢上的紫绸带在风中飘""黑色的长头发松散开来,倾倒在墨绿的麦浪上""她的长辫子圈在脖子里,像一串好看的黑珍珠"(《春暖花开》)。在形容女孩子的青春靓丽时,写道"倒梯形的发际线,切割简洁、匀称、灵秀。衬托着脖子的白嫩、柔和、美丽,让人想起可爱的鸽子"(《亚美的长跑》)。女孩的精神气质也会从发饰中映衬出来:"紫色的蝴蝶结紧紧裹着它们,抑或加深了你的忧郁。"(《天使在唱歌》)短篇小说《青丝剪》更是以女孩的刘海作为青春期的隐喻,塑造了用刘海作为"帘子",藏住自己、打量世界的少女于佳敏的形象:"我把长长的刘海往里弯,清一色地弯向左,沿着脸颊弯到肩头。大部分时候,我让它们像帘子一样垂挂,遮住我的额头、眼睛和三分之二的脸。我习惯了透过帘子打量世界,这样,我就把自己藏住了。不喜欢的人和事被我阻隔得山重水复,而一旦喜欢的,心动的,我会一甩脑袋,把帘子撩上去,就像歌者唱的'掀起你的盖头来'——神秘又俏皮。我喜欢我的一帘刘海。"相信无数青少年读者读此会悠然心会。而于佳敏的死党、彼此以老公老婆互称的"池子"也拥有一卷长长刘海,截然不同的是刘海是池子"最华美的篇章。她倾情地抚弄它们,灵动,飘逸,像琴师抚琴,歌者歌唱"。"帘子"的隔离和"华章"的炫丽不仅是青春少女的性别显现,而且为少女建构了独立精神的小天地。而被迫剪去长发的于佳敏、为友谊而立即效仿的池子是以头发的变化来预示告别过去的。类似作品《深呼吸》里的林欣，决心结束单相思而开始全身心备战高三，也是以剪掉长发为分界线的。精神成长的向内沉潜和向外延展，个体存在的孤独感和青春欲望的张扬是同生、互补、对比的，共同谱写了少女的生命诗学。

　　"镜子"是女性性别写作的重要意象，也是儿童文学叙事的重要话语逻辑。著名的《爱丽丝镜中游》既是荒诞文学的鼻祖，也是儿童文学进入黄金时代的代表作之一。小女孩爱丽丝的"镜中"漫游，越接近目标越远离真实。这与拉康镜像话语中"本体论的误指"理论几乎不谋而合。"镜子"几乎开启了女性意识的自我审视、探寻之旅。《风吹草动》里，收到小纸条的少女晶子开始对着镜子发呆，端详镜中的自己"长的就是这样。她有时候觉得满意，有时候又觉得不满意。正因如此，她很多时候在盼着镜子，很多时候又在逃避它们。就像面对人们的眼睛，要是有人明晃晃地朝她望，她会觉得脸部着了火似的危险。晶子不是那种昂扬的女孩，尽管她知道，很多女孩不如她好看，可她还是爱低着眉眼"。《青丝剪》里被男生注视过后的于佳敏在夜晚"把房门锁死，对着镜子掀起刘海。不错，造物主是耐心又细致的，我的脸宽窄正好，鼻子眼睛都长得在地方，五官协调，色泽光鲜"。"镜子"成为女性自我体认、性别觉醒的隐秘路径，但仅限于简单的面容描写，这几乎是性别意识里最安全的身体叙事选择了。尽管成年以后，我们都会承认"少女若是从镜子所映出的五官中看到了美、欲望、爱情和幸福，便会有意识地备受鼓舞并予以相信，在她的一生中都追求那令人炫目的启示所带来的希望"①。但颇为吊诡的是，中国的成年人一再强调女孩子们必须剪短头发、隐藏并无视性别，修饰自己是一种不务正业，形成了青春之美是一种负担和罪恶的伦理逻辑。被迫剪断长发的女孩

①　［法］西蒙娜·德·波伏娃:《第二性》，陶铁柱译，北京:中国书籍出版社2004年版，第576页。

们活在"被老妈剪得光秃秃的十五岁"的无望中,这不仅在韩青辰的成长小说中反复出现,也是当下无数花季少女们的生活常态。

成年人对少男少女的心灵囚禁,几乎是中国当下的校园生态:"大部分同学,是这个集体里静默的影子。我们没有喜怒哀乐,安安静静,老死不相往来。我们好像不是来上学的,是来给钟书文、钱穆扬他们陪读的。我们考很差的分数,以佐证他们不凡。多数时候,我们是观众,旁听,替死鬼"(《青丝剪》)。本应繁花似锦的豆蔻韶光却死气沉沉,逼仄出女性同伴关系的叙事话语。同性关系叙事是少女们在严禁早恋、学业压力、学校和家庭的严密管制中,逃逸出来的、带有一定合法化的少女群体的"公共空间"。无论是项燕、费菲、肖侬之间的亦敌亦友(《龙卷风》),于佳敏与池子因"刘海"而气味相投(《青丝剪》),优等生林欣与"差生"郑敏敏的同桌之谊(《深呼吸》),江月和祖儿默守的情感秘密(《有你在》);以及陆漫漫、施晓燕和楚楚之间(《我看到你的眼》),亚美、江燕和蔡晓雀之间(《亚美的长跑》)的微妙关系,都是这种"公共空间"的表现。由于中国教育方式的性别隔绝化,因此校园中的少男少女如分水岭般各自结伙。韩青辰塑造了女性在身体和灵魂的觉醒期,被迫与同龄男性精神隔离的语境下,对自己和身处环境的探询方式;凭借相通的生命体验与合法化了的同性关系逻辑,建立起来的性别内部的情感交集。《青丝剪》中的于佳敏和池子甚至以"老公""老婆"互称,以示亲昵。二人因同样的刘海癖好而结缘,"好像我们长了一模一样的胎记,这里面只有无法言说的情谊和秘密,完全没有罪过",暗示了二人情感关系的友谊性,与"远离男人、独立生活,因此他们之间没有了角色期待"[1]的女同性恋现象相去甚远。江月和祖儿的

---

① [美]约瑟芬·多诺万:《女权主义的知识分子传统》,赵育春译,南京:江苏人民出版社 2003 年版,第 227 页。

友情甚至建立在同时喜欢班长文涛这一秘密上(《有你在》)。少女们偷偷分享着青春期的共同话题,"无比激动又无比后悔! 仿佛内心里最隐秘的一块见了底儿! 可一时又压抑不住这快乐。她们用手掩着嘴小声地说。也许是激动也许是紧张,口气淋得两人双手湿漉漉的"(《深呼吸》)。生存状态的苦闷压抑,异性之爱的匮乏,家庭与学校的防控式管理,逼仄出同伴关系的合法化。同性间的微妙心理、对照对比,也成为少女成长的特色主题。与此同时,同性关系叙事尚不具有任何话语系统和思想资源,只能有限度地呈现其合理性和自然性。

同伴关系叙事必然涉及对异性的态度,况且这是青春期少男少女最敏感的话题。根据统计数据显示,高一年级是青少年恋爱发展的敏感时期①。对异性的好感、向往成为花季少男少女美好、青涩的憧憬,"现代心理学的研究表明,当少年在经过对异性友人或年长的同性人的向往阶段之后,对异性的向往就开始萌芽了。这种向往是建立在心心相印的理解与同情基础之上的精神吸引,是人生黎明觉醒时刻试奏出的第一个银音"②。《春暖花开》里的阿玉和秋桃,《风吹草动》里的晶子与有志,《青丝剪》里的于佳敏与钱穆扬,《深呼吸》里林欣与郑敏敏共同喜欢的高伟,都停留在目光碰撞、心有灵犀、点到为止的叙事设计中。这一朦胧却安全的叙事方式,把问题留给了未来。而《那个未完成的吻》几乎是为"早恋"的"危害性"量身定做的反面教材,每一个小标题都是一种警戒:"分歧是成长的面具吗""早恋是一场可怕的迷失""我们无法设防滑坡""和爸爸之间永远溃烂的伤""醒悟总是来得太晚""不测是人生的一个险滩""如果一切可以重来"。如果没有父亲生前竭力劝阻、猝然离世这一层设计,"我"和郑枝玉的恋情是否就是不

---

① 刘文,毛晶晶,俞睿玮,李凤杰:《青少年恋爱关系内隐倾向发展特点及其与依恋的关系》,《心理科学》,2014 年第 3 期。
② 王泉根:《中国儿童文学现象研究》,长沙:湖南少年儿童出版社 1992 年版,第 232 页。

堪的呢？作为一个高中男生，篮球队的主力，雨中送伞，鼓励"我"考重点高中，相约共读清华大学，为不影响学习决定相互用写信的方式交流……这些极具正能量的方式并不能消解早恋的危害性，郑枝玉提出分手的原因是他们的初吻"烫得要死的白开水，囫囵吞下一路却是无法吐出来的遗憾和受伤"，郑枝玉不解于"我"的哭泣和颤抖，提出了分手："我不该来找你，也许一切都结束了"，这是一个匪夷所思的剧情急转。此后郑枝玉又结识了新的女友，为这场早恋的终结找了一个更有力的理由。在作者的笔下，尽管早恋中的男孩多高大威猛、篮球技能高超、学习成绩优异等，是同龄人中的优秀者，拥有较好的校园文化的资本，却并不意味着具有异性恋的资格和能力。郑枝玉不解于初吻后女孩的哭泣，"我"认为他是"肤浅和稚嫩"的。爱慕亚美的高健甚至在长跑中为了名次狠狠推倒了亚美（《亚美的长跑》）。而以屡次和不同男生约会的项燕，她的各种"恋情"不过是和教育体制抗争、对母亲撕裂而又纠缠的叛逆表达方式而已（《龙卷风》）。可以驾驭恋情的郑敏敏并不以学业为中心，这一人物形象是林欣的少女成长之路的可能性样本，为其提供了参照（《深呼吸》）。而可以彻底托身于情感幻想的祖儿是一位先天性心脏病患者，来日不多。青春欲望的涌动是再自然不过的人生体验，它的青涩美好本无可厚非，但是当下的教育体制对之严防死守，作为"人的文学"的一部分的儿童文学，更多的趋同于民族国家话语的"希望工程"。因此韩青辰的女性视角里，对少女们的情窦初开给予了有限度的理解之同情。没有身体、情感的伦理空间，自然也就很难展开相应的文学叙事空间。这一被亏欠、被遮蔽、被压抑的青春，着实令人痛心。而90年代以来层出不穷的青春叛逆书写，"坏女孩""上海宝贝"，以及物质和情感双重臆想的"小时代"系列，几乎是对这被压抑的青春，扭曲、疯狂地代偿和宣泄方式。

## 二、　身份意识

荷兰学者瑞恩·赛格斯认为人的文化身份是一个建构的过程,具有固有的"特征"与理论的"建构"的双重性。霍米·巴巴认为全球化时代的文化具有"混杂性"(Hybridity)。里下河地区的水乡童年烙印、南京大学中文系的科班训练、公安系统的文宣工作立场、养育女儿的过程,这一"混杂性"的过程建构了韩青辰知识分子女性的文化身份,面对固有的文学权力体制,在不自觉地通过性别的视角进行思考的同时,也立足于自己的文化身份。极力贴近儿童世界,努力向文学和人性的深度掘进①。

颇有意味的是,成人文学的作者、读者都是成人,创作和阅读的互动既是审视他人也是审视自己。但是儿童文学的特质是作者的成人文化身份与读者的儿童本位是分离和错位的,从这个意义上说,儿童文学创作和阅读是两种文化身份、两个世界的互窥和对视。尽管很多成人作家希望像彼得·潘那样永远不长大、拥有重返"永无岛"的超级能力;或者如"快乐王子"一般徜徉在爱与美的花园。但是上述被视为儿童文学的经典,从某种意义上而言是一种成人专享的乌托邦童话,他们的致幻性更多的是针对成人,"它(《彼得·潘》)书写了儿童,但是它并没有和儿童对话"②。成人显然更具有文化身份的混杂性,在书写儿童、对话儿童时,这种混杂性既是文学创作的优势,但也可能带来作者倨傲的无知和儿童读者的"他者"疏离感。我们可从大量儿童文学

① 董宏猷、韩青辰、刘东、刘秀娟:《少年报告文学:向文学和人性的深广处掘进》,《文艺报》,2007年8月4日。

② Jacqueline Rose: *The Case of Peter Pan or The Impossibility of Children's Fiction*, The Macmilan Press LTD, 1984:1.

作品语言的贫乏、人物形象的千篇一律、题材的套路化和结构的模式化中窥见一斑。因此，如何利用好自己的文化身份，通过文本与读者有效互动，实现儿童文学的儿童主体性与审美性，是儿童文学创作的重要策略选择。

韩青辰的作品有着里下河地区的乡村"水气"和敏感细腻的文字"灵气"。严家炎在《江南士风与江苏文学》的"总序"中提道："区域文化产生了有时隐蔽、有时显著，然而总体上却非常深刻的影响……影响了作家的性格气质、审美情趣、艺术思维和作品的人生内容、艺术风格、表现手法。"里下河地区有着水网密布、鱼米之乡的地域特点，历史悠久、人文荟萃的文化传统，孕育了汪曾祺、曹文轩、毕飞宇等现当代文学作家。"水乡"几乎是里下河地区作家抹不掉的童年印痕，韩青辰笔下的故乡"王园子"就坐落在一片水乡泽国之中。姐姐从王园子到乔庄上中学，要经过八座桥。一路上"绿汪汪的芦苇滩和原野"，"原野、河流和青色的麦地不时冒出一座土坟"（《送姐姐》）。到了春天，王园子的"河水鲜旺起来的时候，河款上的猪草也跟着鲜旺，一茬接一茬，没完没了地长"，"波的尽头是河款，河款上的芦苇正绿着，夹着白色的野菜花、黄色的矢车菊和紫红的合欢条"，"麦地在她身后绿成一片汪洋，远远地被一根嫩黄的带子围着，那是盛开着的油菜花。花间撑着一溜排绿伞儿样的银杏树，优雅地点缀着"（《春暖花开》）。韩青辰笔下的"王园子"洋溢着"水乡"的温柔和朴实。而"猴"到窗户边看新娘、拜干妈、玩水漂、打猪草、进窑做工、吃麻团、糖烧饼和水蒸糕的乡村童年叙事淳朴自然。乡间风俗——"王园子人喊新娘子有几种法子，嫁给谁就喊谁家的，如果新娘子是从李家庄嫁来的，也可以喊她李家庄人，很少喊对方名字。人家新来的，问名字不好意思，又热切着想招呼，于是就这么喊了。新娘子听了红着脸低眉应允。后来芳名公开了，王园子人也懒得改口"——从童年记忆的河流中流淌出来。"乖觉地回答""横了一扁担""嚼舌头""铿铿锵锵地走了",数落人的"口声"
"疯得没了数"、打"安生"了,里下河的方言使用使人物形象更加鲜活。
无从表达的春花说过的最复杂的一句话出现在这段情景中:

> 黑嫂的绳子在春花白皙的身子上留下了几段青紫,蛇一样,
> 狰狞而恐怖地捆着春花。
> 　春生从窑上回来看见,整个人像块热砖掉进水里。他第一次
> 声音大了喊"嫂——嫂",双眼如同喷火的窑洞。
> 　春花胖胖的身子堵住春生:"是我不听话的。"
> 　春生眨巴了一下眼睛,窑洞像泼了水,吱吱地冒着烟,惆怅
> 极了。
> 　黑嫂背过身去拉弦样地哭起来,双手掩着面。春花慌忙跑上
> 前,试图去掰开嫂嫂的手,一边跟着呜呜地哭起来。
> 　两个人一通热心热肺地嚎哭,春生渐渐地融化了。

以语言的符号方式,在隐含读者的阅读中,实践着清醒而蓄意的
儿童社会化、族群化过程。当然,叙事的冲动不仅在于建构旧时光之
塔,也隐含了对当下和未来的理解与感受。转型中国的社会时间明显
加速,儿童个体体验必然会发出和20世纪的田园牧歌不一样的奏鸣,
韩青辰充分意识到隐含读者的"在场"性,表现出中国21世纪以来童
年叙事的特质,也显示出两幅笔墨写新旧时光的文字驾驭能力:校园
早操带着成人善意的初衷,在15岁的项燕理解中只是"横平竖
直"——"我像一只木偶,是扔进纸篓断胳膊残腿的木偶!我听见时间
嘀嗒嘀嗒爬过我上锈的耳朵!"无论是自杀的肖依、裘佳蔷(《龙卷风》
《文静女生日记》),还是疯掉的学士、文若(《桃李》《遥远的小白船》),
"童年之死"不仅是大卫·帕金翰所担心的电子媒介冲击下的"童年"

的消逝,更是中国式教育体制管控下"童年"的死亡:"我看见我十三年的生命完完整整躺在妈妈写满安全指南和学习计划的玻璃罩里!我认识的人差不多都是名师,我是性能超强的学习机,一度我的排泄物都带有印刷物的铅灰味儿!"韩青辰倏然转变笔调和风格方式,从家长里短的乡村人物"伸出去的手像把风干的芦柴晾在半空"到"这个城市每隔一段日子就有一个懦夫和混蛋像肖依那样跳楼身亡,我不知道他们死给谁看,其实人们早已审美疲劳,都懒得饶舌"。语言不只是技巧、形式,它和内容一起成为艺术的本质。约翰·史蒂芬斯在《儿童小说中的语言与意识形态》中强调:"很难想象一个叙事是没有意识形态的:意识形态借由语言生成,并且存在于语言之中。……而叙事本身就是由语言构成的。"[1]韩青辰驾驭少年成长这个特定时期的语言能力很强,和人物形象妥帖一致。田园牧歌之淳朴悠长、都市校园之光怪陆离,都在笔下轻松拿捏。在小说、报告文学、散文、通讯等众体裁间自如跳转,既打磨了她的语言能力,也使得她在跨文体写作当中颇有心得。

值得一提的是,韩青辰的创作一直保持着对成长叙事孤立化、封闭化、审美化倾向的警惕,她所塑造的少年形象与80年代以来"新启蒙"运动所诉求的人的现代化概念相一致,这也是在新启蒙大背景下成长起来,南京大学中文系科班出身的韩青辰塑造少年文学形象"个体"的话语支点,而多年的公安系统工作经历又为她的写作提供了丰富的素材资源。因此,除了小说创作外,韩青辰的散文、报告文学也成果颇丰。"在我激情澎湃不能自已的时候,我把它们写成报告文学。等冷却之后,我还要把它们写进小说。报告文学更急于揭露和解决实

---

① [澳]约翰·史蒂芬斯:《儿童小说中的语言与意识形态》,张公善,黄惠玲译,合肥:安徽少年儿童2010年版,第8页。

际问题,像制药。而小说更经久更艺术,像酿酒。"①难能可贵的是,无数的案例、流水线式批量化工作方式并没有淹没、泯灭韩青辰对少年个体的关注,往往为了强调事件本身的真实性,而且拒绝将其写成小说,并"要站出来替他们诘问这个世界,为什么将这个孩子毁成了这样?"②《文静女生日记》里的裴佳蕾从小到大的十本日记所记下的悲哀和绝望,令人掩卷叹息 15 岁女生跳楼自尽的悲剧。《渴望阳光——对艾滋孤儿的一份关注》讲述了艾滋孤儿冬米、弟弟备受歧视与磨难,受到高耀洁老人的帮助,艰难成长的经历。在抑郁症折磨中濒死的文若父女(《遥远的小白船》),网瘾少年陶力碗弑母的悲剧(《苏醒》),相互仇视、父亲挥刀砍儿的贫困家庭(《窒息》),绑架、杀害儿童的大学生李强(《风与风筝》)……报告文学的深切、冷峻和悲悯,让我们意识到童年世界除了田园牧歌的乌托邦和校园青春的永无岛外,更有风沙扑面的世间惨象,仿若尚未消失的吃人的筵席。韩青辰有更多的机会接触各类社会问题,面对这一冷漠无情的社会空间,体验、调动"社会学想象力",将个人遭际和社会环境放在一起认识,"涵盖从最不个人化、最间接的社会变迁到人类自我最个人化的方面,并观察二者间的关系"③,为儿童成长叙事、少年报告文学这一体裁都找到了更坚实、广阔的话语空间。

《小乞丐》将目光投注到城市街角那些"职业"流浪儿童身上,这些先天残疾或致残的孩子都有着惨痛的童年:被家庭遗弃、转卖给乞丐"工头";在张爹、拳老大这些完全没有人性的工头控制下,过着悲惨绝望的日子:"张爹要我们渴,最好渴得嘴唇起皮、开裂,渴得浑身起火,

①② 董宏猷、韩青辰、刘东、刘秀娟:《少年报告文学:向文学和人性的深广处掘进》,《文艺报》,2007 年 8 月 4 日。

③ 〔美〕C.赖特·米尔斯:《社会学的想象力》,陈强、张永强译,北京:三联书店 2001 年版,第 1—6 页。

马上就要渴死才好呢。张爹说,渴了眼神才会可怜。我们跪在街头,不仅要渴着,眼睛还要会盯人,要下死力气。哪怕遭白眼让人家讨厌,被骂了打了要盯住不放。就像钉子钉到人身上那样人家才会难受,才会动心,不掏钱就不安。"为了达到这样的"效果",毒打是家常便饭,"皮带把夜空抽出一道裂口,黑茫茫的原野惊醒了,土疙瘩都竖起耳朵","可记住了?! 就是这滋味,你盯着人望的时候就想着挨打"。长期的毒打、饥饿、衣不蔽体,即便天寒地冻、暴雨倾盆,也要在街上讨饭。这是一群没有名字的孩子,"水面筋"绰号的由来是因为"小时候被烧过,脸上只剩下五个黑窟窿,浑身是疤,重重叠叠没一处平整,就像浇过酱油的水面筋,谁见了谁怕。十五六岁的人,因为吃乞讨饭,身子骨依然细瘦得像八九岁"。小团子"头皮被揪掉几块,额角撞伤,胳臂被打得错位,大腿被烫,舌头被剪"。"包身工"们的悲剧令人扼腕,然而小乞丐们之间并不同病相怜。恰恰相反,水面筋以"二当家"自居,经常瞒上欺下;懦弱的"麻杆"为保护香香而倾尽全力。作者尤其注意儿童形象塑造不应停留在"整体性""群体性"的勾勒上。事实上长期以来,成人作家常带着文化身份的优越感、书写儿童"本质"的冲动,塑造儿童"典型性"的野心,而不注意儿童主体间的差异性,忽略了不同年龄、性别、环境中的儿童特质,适得其反地造成儿童人物形象的简单化、扁平化,其作品过于概念化、套路化。正是在这样一种语境中,韩青辰的努力尤为值得肯定:无论是此前分析的少女成长系列小说,还是各类主题的少年报告文学,她能够摆脱单向度的叙事,跳脱出全能全知的叙事视角,积极实践着文本与读者的有效对话,从而塑造饱满、立体、多重的主体性,人物形象的主体间性让作品获得了更大的张力。

作为硕果累累的儿童文学作家,韩青辰还有一个非常特别的身份——人民警察。从警二十余年所目睹、经历的警界传奇、人间悲欢,远超过许多普通人。这也成就了报告文学《飞翔，哪怕翅膀断了心》在一片儿童文学的清浅欢愉里铮铮作响。长篇小说《小证人》在情、法、理之间，成人与儿童的世界观之间，城乡价值观之间执着探索、拷问灵魂。《因为爸爸》更是在寻访英雄、助力遗孤的三年历程中悉心创作、自铸伟词。这一力作的独特性在于：英雄"爸爸"的原型来自江苏两位警界英模：靖江市公安局张金文、南通市公安局查报站民警尤建华。而他们的孩子都有一个悲伤的名字叫遗孤。本该享受天伦之乐的孩子如何直面失去至亲的巨大痛苦？无数在阳光雨露里成长的儿童，如何理解"英雄"？韩青辰以警察的良知、作家的洞察力、母性的悲悯出入这片深沉的腹地。

　　"对于所有读者来说，它不过是一本书，但其中容和多少生命悲欢"（韩青辰语），英雄需要被铭记；英雄的孩子需要直面艰难的成长；无数普通家庭的儿童需要感知被守护和捍卫的美好生活；无数父母需要在埋首物质追求和升学率的逼仄空间里，抬头看一看天地间的浩然正气。《因为爸爸》出现的意义就在于：越是浮躁、功利的当下，越需要"英雄"来唤醒社会良知，需要用崇高和庄重的精神力量来支撑大国崛起。诚如作者韩青辰在书中所写："金秋警官走的是一条历史上无数先烈走过、如今这个物质至上的年代越来越少的人仍在默默坚持、充满牺牲奉献的道路。这条正义之路与鲜花、掌声、金钱、名利无关。它往往充满泥泞、危险、艰辛、挑战，甚至随时要付出生命。它从来就是一条寂静之路，但又是至高无上的光荣之路，因为它通往人类永恒的和平、自由与安宁。"

　　如何让儿童读者理解英雄的不凡与不易，汲取时代英雄的正能量；如何让当代儿童以更开阔的心态认知家国关系，成为伟大中国梦的接力者？韩青辰充分运用她深沉而又细腻的创作品格，提供了一份生动感人的时代英雄图景。在《因为爸爸》中，韩青辰非常克制地使用限制视角,小主人公"金果"是一名十岁的小男孩,他对常年奔波在外、一心扑在工作上、鲜有天伦之乐的父亲既依恋又怨恨。失去父亲——这一巨大的痛苦尚不能完全背负在稚嫩的肩头。当他以沉重的"遗孤"身份去感知外部世界时,扑面而来的无数普通百姓、有犯罪前科的人及其家属、父亲的同事与战友,各自描述了金秋警官舍己为人的不同感人事迹。"英雄"的形象正是通过这种"拼图"的方式,逐渐立体丰满。儿子金果也正是在这样的"拼图"过程中,完成了对父亲的全方位感知;在不理解、思念、敬重的心路历程里,在抢救室、葬礼、回到母校、转学等一系列故事场景里,在需要亲友安抚到安慰母亲的艰难蜕变里,获得了珍贵的成长洗礼。韩青辰没有刻意去拔高英雄形象,将其置身于仅供祭奠的神坛,而是将其放在"儿子"的目光里。尤其是身为派出所所长的警官,在点滴工作中时刻补位;而身为父亲的金秋,在家庭生活中常年缺位;"英雄"的光辉和日常生活的缺憾,构成了强烈的对比,令"英雄"的真实性更令人动容和深思。与此同时,通过金果的同龄人崔雨阳、王佳琪、丁戈、周明亮等儿童对金秋警官的认知,以及自身家庭情况和各自不同的"爸爸"形象的塑造,既是对英雄形象的烘托,也是对当下"爸爸"普遍形象的善意规劝;同时,加深了儿童读者的阅读认同感。当下日常生活的庸常或烦恼,与英雄悲歌互为参照,可令儿童读者在崇敬英雄的同时,思考生活的意义和价值的选择。"未必每个孩子长大后都做英雄,但我希望他们知道英雄的存在,知道牺牲精神与浩然正气,知道百炼成钢与大公无私,知道谁在捍卫我们的幸福安宁。"(《因为爸爸》后记)英雄在人间,浩气不仅长存,更播撒在未来主人翁的世界里。

韩青辰正是以生动的表现力和深刻的感染力、合适而成熟的艺术表现形式,实现自身的责任担当。她所秉持的文学干预精神与社会现实的历史遇合,恰是中国儿童文学葆有品格、品质和现代锋锐性的重要探索路径。

# 结　语

韩青辰的儿童文学作品回答了两个严肃的当代文学的选择问题：儿童文学书写与现实的关联；儿童文学与大众文化市场、消费主义的关系。首先，中文系科班出身的文学训练将韩青辰从女性的不自觉的文学审美趣味中解放出来，公安系统工作经历将其从单一的文学观念中跳脱出来，养育女儿的亲身经历又将其从较为狭隘的文学世界与主观世界中突围出来，更具有现实背景和人文情怀地尝试把握文学写作的轨迹，赋予所置身的变幻时代里"性别"的主体性意义，以及与读者沟通的逻辑空间。通观韩青辰的儿童文学作品，性别话语的张力通过"少女"的视角、身体、心理等多个维度展开，但又超出了"性别"问题本身，指向了"性别"成为"问题"的话语机制。其次，韩青辰主动放弃了大众文化市场与消费主义，不去迎合消费热情，获得布尔迪厄所说的"输者为赢"的写作状态，因而能够更真切、更严肃地接近写作本身。优良的文学素养与知识分子女性审美能力赋予其"文备众体"的意识和能力，也是当代文学乱象中可贵的坚持和归途。

对当代少年成长的境遇的敏感与关切，使韩青辰能够深刻地挖掘成长的精神危机与社会环境间的逻辑关系；并具体到个体生命主体性间的相互参照、碰撞，形成丰富立体的叙事空间。成熟女性、母亲、公安干警等性别主体性与身份意识，又使得韩青辰的叙事策略倾向于温馨、浪漫而舒缓的方式，其主体愿景是"化解"成长过程中的精神危机。这一过程的简洁性、逻辑的正确性不免令人生疑。与此同时，性别问题纳入具体的文化网络中：无论是学习和恋爱的冲突，自我意识的觉醒与社会规训的抑制，理智的清醒与叛逆的表达，还是多重性的性别符码设计,均不自觉地规定了叙事的逻辑。因此,作者既彰显了诚挚细腻的写作风格,又面临着在既有写作高度上进一步拓展的困境。

正如保罗·阿扎尔《书,儿童与成人》一书中尤为欣赏"向儿童讲述存在中最困难但又是最必需的知识,关于人类心灵的书籍",韩青辰正是以赤子之心,"真实有力地走进灵魂深处。在某种饱满的力量中,这一个个人物的身形将在心灵中渐渐成长成熟"①。随着国家意识形态的运转、现代中国的变革,儿童将这种运转和变革刻录在自己的成长中,并为构建未来文化认同、民族国家话语做了铺垫。与此同时,每一个生命个体在走向成熟时,其个性、自我概念逐步形成。韩青辰正是在这个意义上,以文学的形式描绘、阐释了这一代儿童走向社会文化共同体的"我们",以及所形成的文化个体的"自我",揭示了它的过程性和生成路径。

## 第三节　王巨成:与乡村儿童成长同行

当下中国儿童文学创作语境多表现为刻意的"游戏精神"和"叛逆书写","媚少"的畅销书以排行榜的模式蔓延、统摄了儿童文学创作的话语权。因此,能够坚守文学理想、坚持介入当下式的成长书写,具有难能可贵的现实意义和价值。正如苏联著名作家阿·托尔斯泰指出:"儿童读物应该是真正的好书,应该能够激发起高尚的性情和荣誉感。儿童读物应该能够加深儿童对祖国的爱,他们应该能够培养并发展我

---

① ［法］保罗·阿扎尔:《书,儿童与成人》,梅思繁译,长沙:湖南少年儿童出版社 2014 年版,第 53 页。

们民族性格的优势。"①扬州作家王巨成自 30 岁发表第一篇小说开始，十多年来始终以"扶助"儿童身心成长为己任，表现出儿童文学作家强烈的人文关怀。

王巨成的创作题材不出校园，创作对象锁定为小城镇、乡村的中学生。以他的洞察力和对校园生态的熟稔，塑造了一个个独特的个体，常用群体形象的方式出场（比如《震动》《天天牙齿晒太阳》）折射出高考教育体制下"现实关系总情势"。而对于笔端下这群高考重压下的花季少年，王巨成总带着审美理想的烛照，《独自流泪》的女孩、《回家看看》的男孩，贴着少年的心思，用温暖的文字敞开成长的过程并形成自我身份认同，用悲悯的情怀书写他们生活中内心跋涉的痕迹，为儿童文学的美学突破提供了增长的可能。正如他在《一个苹果的启示》中的自白："用我的爱点燃了一个孩子的爱。……应具备爱有缺点孩子的胸怀，因为这些孩子更需要爱。如果让有缺点的孩子一味地在斥责、轻视、歧视中成长，那么他们的缺点就会变本加厉，人格就会被扭曲。……我们教师有责任让爱在孩子的心灵里绽放，让孩子在爱的环境中成长。"印证了中国儿童文学的老祖母冰心老人的那个命题：从事儿童文学创作的人，必须要有一颗热爱儿童的心，有一颗"慈母的心"。

偏居乡镇、执教中学，几乎决定了王巨成的写作不是高居象牙塔内的浮士德式的咏叹，也不是高考重压下的少年的文字魔法，而是一篇小说写八遍的勤奋劳作。这几乎印证了王巨成小说的主题和风格：贴近校园生活，擅长描摹学生的对话，带着师者苦口婆心的叙事立场。《我是丁东》《大侠·拳师》《名牌啊名牌》喜剧性地勾勒了少年形象：有

---

① ［苏］阿·托尔斯泰：《儿童读物》，转引自韦苇《俄罗斯儿童文学论谭》，长沙：湖南少年儿童出版社 1994 年版，第 66 页。

着世界上独一无二的嘴巴、稚趣活泼的丁东；"大侠"刘坤和"拳师"杆儿的习武过招与班主任"老朋"拆解"勇敢"的定义；渴望拥有一双阿迪达斯运动鞋的男孩如何靠假名牌满足自己的虚荣心。他们就是生活在这个时代、人群里的孩子，这一点，王巨成很是自得，在《我是丁冬》的后记中写道："我的一位同事看了《我是丁冬》之后说：'现在我才知道，什么是孩子，我们应该怎样做一个老师！'一些家长见了我，紧紧握住我的手说：'王老师，你怎么不早一点把这本书写出来呀？'这些家长的意思是在他们的童年时代，应该有这本书。好多学生却对我说：'王老师，您怎么只写一点点呀，太不过瘾了！'"当然，"给予它价值的是艺术，而不是素材。"[①]王巨成对乡村少年成长的倾情书写，有素材的优势，更有创作的价值追求。

可以说王巨成大量地锁定初中生为创作对象的作品是沿着叶圣陶、茅盾的那条"观察儿童生活的结果"的路数走下来的。用真诚朴素的方式记录下儿童生活的情状，"每一成年人，不管是领导人还是追随者，是豪杰还是群众，都曾是儿童，都曾是渺小的"[②]。他不惮于讨论这个年龄段的朦胧的青春情愫：《练习微笑》《感激》《减法》《玫瑰和黄瓜》《像阳光一样明媚》，故事的起因与发展基本摆脱了教师家长的参与，完全是这个年龄段特有的思维模式：《减法》里女生米小米因嘉许了篮球场上的救场"英雄"黄涛，而被对方误认为是爱意的流露。随着黄涛进一步地表达好感，米小米"感到一种小题大做的可笑。当然还有自我欣赏的意思在里面——一个能在球场又跳又蹦的男孩，却没有勇气对她表达谢意。这是她在班级的地位决定的"。但也就是这点"自我

---

① ［加］李利安·H. 史密斯：《欢欣岁月》，梅思繁译，长沙：湖南少年儿童出版社 2014 年版，第 35 页。

② ［美］埃里克·H.埃里克森：《儿童与社会》，罗一静、徐炜铭、钱积权编译，上海：学林出版社 1992 年版，第 286 页。

欣赏",小米对黄涛的穷追不舍渐渐厌恶,好感递减。同时,她更在意"是是非非的议论……谁知道同学把她想象成了怎样的一个人了"。她的拒绝书写成了一道"减法"算术题:"如果那一球,使我对你有了 10分的好感的话,那么——你记住,在你写第一张纸条时,已经被减去 2分;在你问我习题时,又减去了 2 分;在你写第二张纸条时,又被减去 2分;在你跟踪我时,再减去 2 分;在你送我礼物时,再减去 2 分;在你跟我要照片时,再减去 2 分。你算一算,还剩多少分? 你是不是一定要逼我对你说:我讨厌你,不要烦我?"王巨成笔下的少男少女,自制、自知,面对视早恋如洪水猛兽的家长,常有四两拨千斤的飘逸和镇定,这种"意图谬见"给他的作品抹上了一层理想的光晕。比如《玫瑰与黄瓜》,颇有一丝少年版《红玫瑰与白玫瑰》的意味,当然,这不是成年人的挑逗隐忍、百转千回,而是明艳的城市少女暗恋同班男生田野,而田野却"欣赏"打工子弟王春红种黄瓜的热情。人物都有了寓言式的名字:玫瑰般的"苏珊",对黄瓜情有独钟的"王春红",还有身在城市、心徜自然的"田野"。比起田野对王春红,以及由王春红所代表的那种纯净自然的向往,苏珊的妒忌何等可笑啊,因此当她扬扬得意地讽刺王春红的傻气时,田野的质问伴随着"目光里有一种让苏珊感到陌生的东西,让她仿佛在一个瞬间凋谢了"。这些故事摆脱了结构上的复杂和语言上的沉重,在青春期的文本化过程中,将一种近于完美的类型指认为现实图景,规范着青春期的成长模式。面对"青春的沼泽",林木因裸画而引发了强烈的躁动,不断斥骂自己淫秽下流,仍然无法遏制地去扒开早已松动的厕所的砖头、偷窥女厕的动静,并窥视自己妹妹洗澡,甚至因为嫉恨父母对妹妹的宠爱而萌生杀意。这与当年郁达夫留日期间创作的代表作《沉沦》有惊人的相似,这篇名文始终缠绕着郁郁森森的欲望苦闷和悒郁颓丧的气息,成就了郁达夫的"五四"盛名。而郁达夫"露骨的真率",使道学家、伪君子们"感受着作假的因难"(郭沫若语),是魂的喊叫、灵的颤动。但是,少年林木的青春沼泽既不能因日本女人的由头获得隐讳的放肆;也不存在弱国子民的憾恨而获得历史叙事的合法性。偏偏在国家富强起来,年轻人不在屠弱的今天,荷尔蒙分泌过剩的"沉沦者们"只能"狠狠的抽自己的耳光",并强烈意识到"十六岁的自己是怎样一步一步陷进青春的沼泽里"。故事以焚书、远走他乡打工为结局,预示这段不堪岁月的终结。因为林木向父母承诺"不要担心我变坏,我知道我应该怎么做"。通过自觉地投身于劳动、自食其力而获得身心的改造,获得一种策略性的拯救。

《欲望的陷阱——少年林人生的五个片段》《一个人是怎样变恶的》《一个人是怎样变横的》《青春,不要用刀子说话》带有强烈的报告文学色彩,客观冷静的叙述、素描式的片段、卷宗式的介绍,它们与《走过青春的沼泽》构成了成长叙事的双重编码:一方面,这是必须跋涉过去的"沼泽",通过灵与肉的洗礼,才具有恒定的主题价值;另一方面,在少年的灵与肉的炼狱中,深陷泥淖者,则有变"恶""横"的危险性,他们个人的悲剧构建了成长小说的反面教材,具有强烈的"教育小说"的意味。类似的品德测试题式的作品还包括《黑板上的灰衣》《伞》《水龙头的故事》《我们怎样做儿子》《我们怎样做女儿》,通过各种故事表象安放作者的思想观念,其成人导师的叙事立场显露无遗。作者甚至大胆采用了第二人称叙事的方式:《我们的批评》《有些伤害痛一生》,"此刻我更想与你谈一谈,是那种像朋友一样地交谈,敞开各自的心扉,没有顾忌,没有约束,真诚而坦荡。你可以不把我看成是老师,我也可以不把你看成是我的学生,我们可以肩并肩地在校园的甬道上,边走边谈;我们也可以在一棵绿树下促膝谈心;我们还可以在只有我们两个人的教室里脸红脖子粗地争论。"对于儿童世界的探寻表现出师者的耐心和善意,这是身为教师的王巨成的素材优势,这种两代人对话的视角,能够让作者较好地出入于当下与未来之间,产生不可复制的记录和反思的文学审美功能。文本从语言、结构、事件、情节、细节的选取，到白描式的人物形象，原生态少年情绪的勾勒，实现了青春期经验世界的还原，用诚恳的倾听与对话，完成思想精神所能攀登的高度。

我们常批评不少儿童文学作家仅充当成人世界的"代言者"，仅是模拟儿童的口气表达成人的理念，一厢情愿地虚拟一个危机、事件，少年通过这样的考验，即可成长为"新人"。成长小说确实关涉"从幼年开始经历的各种遭遇。主人公通常要经历一场精神上的危机，然后长大成人，并认识到自己在人世间的位置和作用"①。但是这类危机多是刻意制造，其解决的路径交付于成人的权威处置。经过洗礼的少年一劳永逸地更新升级，如同早上八九点钟的太阳，再无任何瑕疵。这一自觉、有意识的文本实践，成为一种虚妄的程式化书写，是儿童文学难以登入文学艺术殿堂的痼疾。王巨成常能挑破这一层虚妄，勇于直面高考体制下惨淡的校园生态。《安全保证书》揭示高中生在入学伊始与学校签署安全问题全由个人负责的协约；"高三学生是没有资格生病"的，更何况多一份关心去牵挂同学。本应温情脉脉的集体在高考重压下忙于各奔前程，形同散沙。面对放学路上倒地不起的同学，目击者选择无视、沉默，班主任选择提醒大家不要因此分散学习的注意力；任课老师选择无视家长的眼泪继续上课。

20世纪费孝通曾提出"熟人社会"和"陌生人社会"两个概念与关系，前者代表中国的过去，后者代表中国的现在和将来。理论上讲，随着两种社会类型的转化，以耻感文化为基石的传统道德日渐淡薄。而王巨成的作品偏偏着眼于校园、班集体这样的"熟人社会"，这种耻感的消弭更加令人痛心疾首，当教育者视学生的疑惑为"自找麻烦"，不

---

① ［美］M.H.艾布拉姆斯：《欧美文学术语词典》，朱金鹏、朱荔译，北京：北京大学出版社1990年版，第217—218页。

难看出究竟是哪些权力因素有形无形地异化了童年的品质。教育本身就是心灵、灵魂、人格的对话与提升,而当卑下与冷漠成为校园的通行证时,当最富有使命感与期望的校园价值体系也变得满目疮痍时,这群被原子化的未来人将加速构建陌生人社会。省察灵魂、检讨现实,不难体会王巨成笔下的沉痛与滞重。在《你离善良有多远》《谁是有用的》等作品中,王巨成都在质询朴素良知和优异成绩不能兼具时,"谁是有用"的问题。故事里已见分晓、现实中依旧颠倒,构成了作者广阔的释义空间和自身的精神负荷。这常令读者掩卷深思,应以怎样的文化和审美策略来质询现状,为孩子寻回一片精神家园呢?

王巨成的长篇小说《震动》是以汶川地震为背景的灾难文学,也是一部关于少年在特定背景里成长的小说。王巨成认为灾难文学是文学中的"钙"。的确,灾难是精神的炼狱、心灵的熔炉,能逼视出常态生活中看不到的东西。威廉·戈尔丁的《蝇王》中,在灾难面前,少年们逐渐分裂为代表理智、文明与野蛮、原始的两派,最终获救的拉尔夫为同伴生命的消失、人性的沦丧而不停哭泣。该作品直指人类最深层的黑暗面,文明与理性的脆弱,从一种事实叙述走向价值阐释。国人在生死体验面前,更趋向"未知生,焉知死"的中庸,更乐意用隐恶扬善的方式谱写爱与生命的赞歌,这也是这部作品的主旨:在突发灾难面前,少年们摈弃矛盾与陈见,成为一个团结协作的整体,爆发生命的潜能,"艰难困苦,玉汝于成"。善良的作家无力改变天地不仁、以万物为刍狗的灾难,他可以做到的是要向他们证明和展示,面对灾难,友谊、爱心和希望才能让生命有存在感。从这个意义上说,《震动》是一部含义深刻、带有生命追寻意味的小说。它又绝非是生硬的图解式、说教式的作品。在温暖和坚定的书写中,在想象力的推动下,作者用一个完整的故事完成了一个严肃和深刻的主题。

校园生态、成长的心路历程是王巨成创作的重心,他在中国语境里关注教育体制内童年主体性的问题,留下了丰富深刻的青春期的精神体验,为少年充当成人世界的信使与侠客,也为少年的成长之路,擎起一把善良与爱的火炬。

## 附:2000 年以来江苏留守与流动儿童创作论

中国现代化的重要代偿物"留守与流动儿童"的大规模出现,是"中国式童年"的重要一种。截止到 2016 年的最新数据,在我国 3.2 亿未成年人(18 周岁以下)中,农村儿童的数量占据了一半。有 6100 多万留守儿童,3600 多万流动儿童,总数近 1 亿,大约占农村儿童的 64%,占全国未成年人的 33%。也就是说,在当代中国,每 3 个未成年人中就有 1 个处于留守或流动状态。"留守与流动儿童"的童年状态,是当代中国"儿童问题的焦点,甚至成为整个社会问题的重点"①。当庞大的"留守与流动儿童"社会群体也已形成,任何人都不能无视现代化进程中的现实隐痛,而饱含良知的文学书写无疑是当代作家的历史责任。尽管 21 世纪以来,对"留守与流动儿童"的文学书写不绝如缕,并通过各类评奖活动的眷顾而得到了一定的推动。但是,有关这种中国式童年的书写,不仅在数量上微乎其微,在质量上也乏善可陈。可以说,占据中国儿童三分之一体量的"留守与流动儿童"的生存状态,作为"中国式童年"重要的一种,却是繁荣热闹的中国儿童文学现场中"沉默的大多数",几乎被遗忘于儿童文学的艺术边缘。

"中国式童年"的丰富性和复杂性,恰恰表现为社会转型时期的时

---

① 段成荣:《我国流动和留守儿童的几个基本问题》,《中国农业大学学报(社会科学版)》,2015 年第 1 期。

代差异性、空间隔离性、地域失衡性、社会阶层性等问题带给儿童全方位的影响。正如马克思所言"人的本质是一切社会关系的总和"，儿童也概莫能外。儿童的个体成长、每一个时代的童年，必然浸润在社会网格之中。尤其是当下城乡、地域、阶层的差异，"童年生活"不可能具有同一性、完整性和普泛性。毕节流浪儿死亡事件、甘肃杨改兰事件，与明星亲子类真人秀节目中的儿童生活环境显然是天渊之别。赤子婴孩随着他降临在不同的家庭、阶层、地域，必然会引来"童年生活"的差异性。"留守与流动儿童"的文学书写，应揭示时代图景和心灵烙印的双重表征。

相较于儿童文学名家而言，很多"新"的基层作家和地方文人一方面没有文化资本的负累，另一方面和现实生活中的留守与流动儿童接触较多，有着更丰富的感性经验和素材积累，往往能够更深入、全面地对这一群体给予关注和书写。如王巨成（《穿过忧伤的花季》）、胡继风（小说集《鸟背上的故乡》）、徐玲（《流动的花朵》）、刷刷（《幸福列车》）等，均有过当教师、记者的经历。可见，这些有着各自职业、自发或自觉秉笔直书的"基层作者"，通过对这一主题的呈现和挖掘，对于其个人的精神建构、地方文化建设，乃至当下整个中国儿童文学的格局与生态，都产生了星星之火的意义。从今天的儿童文学资源分配状态来看，围绕着都市中产阶层儿童读者、作者、出版社和刊物编辑、高校理论研究者等，儿童文学日趋城市化（尤其是一线中心城市），与之形成强烈反差的是散落于广阔农村的文学资源明显处于劣势。这批"基层作者"的坚守、"留守与流动儿童"的整体失语，二者间恰恰能通过前者对文学的忠诚、后者自我言说的缺席，构成彼此的对话和呼应，把留守与流动儿童的生活状态用真诚朴素的方式呈现出来。可以说，为"留守与流动儿童"文学代言，既拥有社会历史进程和人性基本质素的价值意义，也能够对儿童文学的诗性正义进行更丰富的诠释和引领。

王巨成《穿过忧伤的花季》以留守初中生为主线，通过邻里、校园、同伴等，构建了一幅幅生动细腻的乡村图景：无人照料的濒死老人、被性侵的女孩；偷尝禁果的少男少女；欺行霸市的混混帮派；龃龉斗气的乡邻与村落；缺少交流的打工家庭关系；简单粗暴的师生沟通方式。作者从儿童的视角质问成人世界"难道为了钱，就不要家，不要老人和孩子了？"但是老人去世，孩子们随父母进城打工，新一轮的背井离乡再次上演。乡村的沙漠化、空壳化，留守儿童成长的无助与撕裂，立体而真实地凸显出来。正如吉登斯认为社会结构不是一种"外在客观"，而是存在于"社会行动和日常生活之中"。《穿过忧伤的花季》正是将留守与流动儿童成长的社会行动和日常生活，书写得沉着而自然，通过微观、具体而深刻的笔触，折射了乡村凋敝下的留守儿童"失根"的成长困境。

对城市流动儿童生活场景的描写，更多地显现了他们在城市光影中的"弱者"和"他者"状态。徐玲的长篇小说《流动的花朵》讲述了王弟、姐姐王花随农民工父母进城求学的过程，较为深入地涉及了教育公平、城市接纳等问题，无论是王弟等农民工子女被迫离开原校，合并归入农民工子弟学校；还是租屋突遇火灾、居无定所、父母面临失业……一连串沉重而苦涩的成长困境在一种有节制的叙述之后，总以"光明和希望"收尾，带有逻辑合理、价值正确的理想色彩。事实上，留守与流动儿童的真实存在，并不像乌托邦叙事所预示的那样一路坦途。

越来越多作品将其童年生活的"空间"动态化、多元化，将儿童在城乡间的迁徙放入动态的叙事中，并将这一空间放大和细化，表现其人生图景的丰富性。在胡继风的短篇小说集中，《楼上的你和楼下的我》，题目即点出了阶层、城乡的差异，莹莹和单丹丹两个女孩也因为这种差异而无法维持友谊。《致奥巴马叔叔的一封信》将父亲失业放置在全球金融危机的背景下。《一封写给妈妈的信》用小女孩百合的视角凸显了农村留守儿童(百合)与随父母流动儿童(城生)被区别对待后的落差。上述作品通过留守、流动儿童的不同视角,将中国城乡多个层级的状态充满对比性、落差性、立体性地呈现出来。当然很多作品对空间"动态"的把握尚停留在"屏风"式布局中,尚未能将巨大的社会网格与儿童的精神进行真正的呼应和对话。

胡继风用"鸟背上的故乡"来比喻留守与流动儿童的生存状况;用"胡四海"这个名字来暗示童年的迁徙;用农民工买不到、买不起春运期间的返乡票,改装三轮车返乡为故事情节;但是"鸟背上的故乡"的故事在一家三口踏上归途的那一刻起就准备收尾了。小小年纪的胡四海并不像父母那样渴望归乡;每年回去,家乡的小孩都当他是外人、城里人;可是在城里,没城市户口的他无法上当地幼儿园。作品用这一段思绪描写抵销了实际旅程的困苦。当小三轮开进小胡庄,除夕的鞭炮响起,父亲哽咽地说"到家了",母亲的眼泪滴到孩子的脸上时,胡四海望着"陌生"的村庄,没有哭出来。这是一个率真而粗粝的流动儿童形象,小说的终点恰恰应当是"故乡"这个主题的起点。如果作者不是在父亲改装完三轮车踏上返乡之旅后匆匆收笔,而是更多地细化这趟归程中的颠沛坎坷与不折不挠,透过儿童的目光来提取城乡生活的差异性和多元性,并内化为更深远的精神品质,生发出更具开阔视野、童真魅力、生命力量的探寻,那么中国童年书写才可能够超越写作瓶颈,而不仅是一种扁平人物的塑造、事件性的描述、现象性的归纳。

尽管 2000 年以来江苏儿童文学作家对这一群体的文学书写不绝如缕,但是和全国的相关主题创作情况一样,其数量和质量均差强人意。其创作主体多为"他者""局外人"立场的成人,其创作的初衷和目的往往是"揭出病苦,引起疗救的注意",苦难叙事下对这一社会问题的呈现和呼吁;以留守儿童对苦难的承受能力、责任意识为参照,成为责任意识缺失、养尊处优的都市儿童的"鲜活教材";甚至是题材优先论意识下,为评奖而定制的作品。作为另一种"中国式童年","留守与流动儿童"的文学书写不应是新闻报道的加强版、社会学素材;不应是泛道德主义对权力和市场的双重迎合;不应遮蔽了原子化个体的真实,而抽象为人物形象、情节模式雷同的"普遍性";不应屏蔽城乡不同空间之维——留守儿童、流动儿童、都市儿童、不同阶层的成人,以及风景、环境等自然与社会的网格,而仅满足于对留守与流动儿童的所谓"本质主义"肖像的勾勒。

目前,留守与流动儿童的文学书写只是一种固定的、特定的修辞表达,只维系在一个狭小的格局内,并以失去留守与流动儿童在内的文学接受需求为代价。如果能将这一群体放置在不同阶层的儿童与成人的对话、互动中,并在这一参差对照中生成留守与流动儿童的主体性、童年个体命运诉求,以及当下"中国式童年"的历史动态,那么中国儿童文学才能够以生动的表现力和深刻的感染力、合适而成熟的艺术表现形式,实现自身的责任担当。由此,文学应有的干预精神与社会现实的历史遇合,恰能激起对中国儿童文学的内外秩序的回响和整合,从而诠释"中国式童年"的广度和深度,这也是江苏儿童文学能够为中国儿童文学提供品格、品质和现代锋锐性的一种实现路径。

# 第四章　童心·诗性·幻想

在马克斯·韦伯所说的祛魅时代里,优秀的童话、诗歌试图通过它的想象力的遨游,记录下童年对世界原初的那份惊喜与诗意。弗洛伊德认为每一个正在游戏的儿童就像正在展开想象的诗人:"他们不是在重新安排自己周围的世界,使它以一种自己更喜欢的新的面貌呈现出来吗?"①童诗、童话中无拘无束的想象、自由自在的逻辑,天然地抵抗着工业文明对生命感觉、主体意识的吞噬。诗性童心是江苏儿童文学作家们努力追求的审美理想。立足于江苏的地理风貌、人文历史、乡土风情、都市万象,乃至中国故事、天地宇宙,江苏儿童文学作家们用真挚的情感、浪漫的想象、诗意的语言,守护童心、守望纯真;再现了江苏地域的童年立场、生命态度、审美情怀和时代气象。诗歌、童话是童年的一种呈现形式,彼此间有着内在的精神关联,构成了独特的"诗性童年"的审美境界,对于江苏儿童文学精神的开拓起到了非常积极的作用。

本章以王一梅、巩孺萍、郭姜燕、赵菱等 2000 年以来活跃的年轻作家为例,呈现江苏儿童文学新生代作家诗化童心创作的多种形态。

---

① ［奥］弗洛伊德:《性爱与文明》,滕守尧译,合肥:安徽文艺出版社 1987 年版,第 166 页。

## 第一节　王一梅:被慰藉的童心

丰子恺曾言"原来人之初生,其心都是全新而纯洁,毫无恶习与陈见的迷障"(《童心的培养》)[①]。幼儿文学即是体现"人之初性"的文学,早在"五四"时期,周作人、丰子恺等不遗余力地鼓吹着"儿童本位"的创作立场。但是长期以来,对幼儿文学的理论探讨非常薄弱,其创作主旨也被简单地归为"教育儿童",强调通过幼儿文学这一载体来告诉幼儿应该做什么和不应该做什么,由此生成了借粗陋直白的"鸟言兽语"来完成"文以载道"的教育使命。新时期以来,班马、刘绪源、孙建江、王泉根、方卫平等学者都从审美哲学、创作母题、文学创作实践等多个角度,系统、深入地讨论了幼儿文学的特质。与此同时,随着汤素兰、王一梅等作家对幼儿文学创作的深耕,"幼儿文学"获得了儿童趣味的回归、艺术品质的提升。

江苏作家王一梅的儿童文学作品具有很强的"慰藉"意味。她从1994年开始发表短篇童话,《书本里的蚂蚁》获得第五届全国优秀儿童文学奖青年作者短篇佳作奖,此后相继出版了短篇童话集;2000年以后创作了长篇童话《鼹鼠的月亮河》《住在雨街的猫》《恐龙的宝藏》《木偶的森林》,以及系列童话《糊涂猪》、短篇童话集《第十二只枯叶蝶》《书本里的蚂蚁》《兔子的胡萝卜》等;近些年又创作了现实主义作品《城市的眼睛》《一片小树林》等。

王一梅曾经在幼儿园工作十余年,与幼儿生活的无缝对接,使她非常熟悉儿童的精神世界,擅于使用儿童的语言,稚拙、想象、欢愉地

---

① 　陈梦熊:《丰子恺思想小品》,上海:上海社会科学院出版社 1997 年版,第 33 页。

呈现儿童独立、完整的世界。与此同时，姑苏文化的绵软悠长、诗意江南中闪烁的哲思、生态伦理意识的浸润，是王一梅创作的鲜明特色。尤其是她的低幼童话创作，突破了长期以来低幼童话的"教育"模式，想象与诗意交融，幽默与温情并蓄，哲理与游戏互补。诚如朱自强评价其作品"可以用以标示中国原创儿童文学作品所达到的一定的艺术高度"①

## 一、 精心设计与稚拙童趣

"稚，并不是纯粹的无知，它有着自己严密的逻辑，也就是童话的逻辑。拙，也不是愚蠢，它是童话高级的纯朴。放下成人的架子，忘掉自己的聪明和自尊，让自己变得又稚又拙，然而又要尽情发挥自己的语言才能、结构才能和创造才能，此时，便可以做童话的作者了。"②王一梅的童话逻辑表现于设计的精心和结构的开放。

### 1. 精心设计

正如李利安·H. 史密斯所言，当代童话要与传统经典童话并驾齐驱，"想要成为因为永恒的新鲜感和强大的想象力而使儿童一读再读的作品，那么，它们就必须拥有一个好故事应该有的活跃与戏剧性元素"③。王一梅在精心设计下表现出一种看似漫不经心的随意，将幼儿的憨态可掬、天真烂漫呈现得轻松自如。《书本里的蚂蚁》是一篇精心构思的童话，但是读起来却轻松有趣，回味无穷。

---

① 朱自强：《寻找家园——评王一梅的〈木偶的森林〉》，《文学报》，2005 年 9 月 1 日。
② 冰波：《我的童话感觉》，《儿童文学研究》，上海：少年儿童出版社，1994 年 2 期。
③ ［加］李利安·H. 史密斯：《欢欣岁月》，梅思繁译，长沙：湖南少年儿童出版社 2014 年版，第76 页。

古老的墙角边,孤零零地开着一朵红色的小花,在风里轻轻地唱着歌。一只黑黑的小蚂蚁,静静地趴在花蕊里睡觉。

一个小姑娘经过这儿,采下这朵花,随手夹进了一本旧书里。小蚂蚁当然也进了书本,被夹成了一只扁扁的蚂蚁。

"喂,你好,你也是一个字吗?"书本里传来了细碎的声音。

"是谁?书本也会说话?"黑蚂蚁奇怪极了。

"我们是字。"细碎的声音回答着。黑蚂蚁这才看清,书本里满是密密麻麻的小字。"我们小得像蚂蚁。"字很不好意思地回答。

"我,我是蚂蚁,噢,我变得这么扁,也像一个字。"黑蚂蚁挺乐意做一个字。

书本里有了一个会走路的字。第一天,黑蚂蚁住在第一百页,第二天就跑到了第五十页,第三天又跑到第二百页。所有的字都感到很新奇。要知道,这是一本很旧的书,很久没有人翻动过了,而这些字从没想过动动手脚,走一走,跳一跳。"我们真是太傻了。"字对自己说。现在,它们要学着黑蚂蚁,跳跳舞,串串门,这有多快乐呀!

旧书不再是一本安安静静的书了。

有一天,小姑娘想起了那朵美丽的花,就打开书来看。啊!这本她原先看厌了的旧书,写着她从来也没有看过的新故事,她一口气读完了这个新故事。

第二天,小姑娘忍不住又打开书来看,她更加惊奇了,她看到的又是一个和昨天不一样的新故事。

这时候,小姑娘突然看到了住在书里的小蚂蚁。她问道:"你是一个字吗?""是的,我原来是一只小蚂蚁,现在,我住在书本里,是会走路的字了。"

"会走路的字?"小姑娘明白了,这本书里的字,每天晚上都走来走去,书里的故事也就变来变去。

是的,第三天早晨,小姑娘在旧书的封面上,发现了一个字。它呀,走得太远了,不认识回家的路了。不过,这些字没有一个想离家出走的,它们全住在一起,快快乐乐的,每天编出新的故事。

小姑娘再也没有买过故事书。

这篇王一梅的早期代表作,一开头是"古老的墙角边,孤零零地开着一朵红色的小花",儿童的稚嫩和墙角的"古老"的意象相互辉映,生成了奇异的反差。阿瑞提说:"意象不是忠实的再现,而是不完全的复现。这种复现只满足到这样一种程度,那就是使这个人体验到一种与他所再现的原事物之间所存在的一种情感。"[①]蚂蚁的天真率性与旧书的刻板凝滞也构成了冲撞,让"新故事"的出现变成了奇妙的遇合。

王一梅童话的另一个特点是打破了传统童话的封闭式结构,不以说教、套路化的模式来预设故事情节的发展。不仅文风行云流水,充满诗意;更以开放式的人物形象和情节结构来召唤读者的想象与共鸣。

传统童话人物带有强烈的"脸谱化"特征,非善即恶。非常契合福斯特在《小说面面观》中对"扁平人物"的判断:"扁平人物称为'性格'人物,有时候人们把它叫作'类型'人物和'漫画'人物。他们最单纯的形式,就是按照一个简单的意念和特征而被创造出来。""扁平人物"的高度抽象和简化,具有强烈、明确、单一的符号意义,容易给人尤其是幼儿留下深刻的印象。比如在传统童话中,"巫婆"通常是恶的代表,"魔法"往往具有无所不能的力量。在现代童话中,传统固化的人物形

---

① 〔美〕S.阿瑞提:《创造的秘密》,钱岗南译,沈阳:辽宁人民文学出版社 1987 年版,第 61 页。

象和故事情节均有了超越。如王一梅童话中的"巫婆"的性格非常多元立体。如在多篇童话中出现的"糖巫婆"亦善亦恶，其"魔法"也有诸多限制，她扣押大熊、青蛙、米粒等的目的，是为了排解孤独。《木偶的森林》中的木偶人罗里，原先是一株会说话的橡树。但是，不同于《木偶奇遇记》中的匹诺曹盼望成为一个真正的男孩，木偶人罗里起初是拒绝"做人"的。罗里虽然拥有让动物们失去记忆的魔法，但是罗里本人掌握得不够熟练，对下半部分能够"恢复记忆"的魔法乐谱也知之甚少。《米粒与蛤蟆城堡》中蛤蟆主编、蛤蟆太太、胖瘦两位蛤蟆兵总、由小蝌蚪变成蛤蟆的东东和西西……各类形象都各具特色，对人类的认识、对"进化论"的判断、对"城堡"的设计都贴合了当代儿童的认知观。

无论是日常物品（"糖巫婆"类似于棒棒糖）、植物（橡树变成的木偶人罗里）、动物（蛤蟆主编等），都是低幼儿童所熟悉、所乐意感知的事物或现象；同时又是低幼儿童想象中的那个形象。在儿童的"泛灵论""自我中心"思维方式中，各种事物、现象、形象都会像幼儿一样有着鲜明的情绪色彩和爱憎判断，有着同样的行为和思考。这些直观生动的艺术形象，能够吸引、打动、感染幼儿，并且引发他们去思考现有的生活经验。

与此同时，故事结构尤其是结尾的开放性，也是王一梅童话的鲜明特色。

> 小纸人复活了，她仍然住在抽屉里，遥遥从不把抽屉关上。小纸人可以随时飞出去找她住过的树和她的朋友玩。有时候，小纸人没有出门，遥遥也找不到她的身影，那时小纸人总爱躲在书中田野的草垛里，她呀，刚刚学会了和遥遥捉迷藏呢！（《抽屉里的小纸人》）

他,流浪了许久的老鼠班米,也静静地坐在蔷薇花旁边,流着眼泪,就像许多年以前蔷薇小姐为她流泪一样。《蔷薇别墅的老鼠》

这时候,天边飞来几只乌鸦。他们是乌鸦坡的乌鸦吗?米加想,总有一天,乌鸦坡的乌鸦会找到月亮河的路,他们会成群结队地飞到这里来的。《鼹鼠的月亮河》

上述童话的结尾都是开放式的。正是这种文本的开放性、意义的潜在性,赋予了王一梅童话开阔的想象力、充满意蕴的幽默感,契合儿童的心理特点和阅读需要。皮亚杰认为"把真实的东西转变为他很想要的东西,从而使他的自我得以满足。他重新生活在他所喜欢的生活中,他了解他所有的一切冲突。尤其是他借助一些虚构的故事来补偿和改善现实世界。"[1]王一梅童话的虚构性,不是信口开河、胡编乱造、单纯搞笑,而是在设计精心、结构开放、诗意氤氲的文本中,呈现出充满想象力的稚拙之趣。

## 2. 稚拙童趣

波尔·阿扎尔在《书·儿童·成人》一书中批评"愚蠢空洞"的书籍"沉重而急于炫耀博学知识","把自由意识和游戏精神"抹杀得义正词严[2]。"自由意识和游戏精神"是儿童精神的重要表征。充满童趣的幼儿文学是其具有生命力的重要元素,也是幼儿读者对阅读的期待,更是作家通过文学艺术对幼儿进行审美熏陶、情感感染的前提条件。但是"童趣"不应只是对幼儿欣赏趣味的迎合,而应以成人作家的人生

---

[1] [瑞士] 皮亚杰:《儿童的心理发展》,傅统先译,济南:山东教育出版社1982年版,第33页。

[2] [法] 保罗·阿扎尔:《书,儿童与成人》,梅思繁译,长沙:湖南少年儿童出版社2014年版,第5页。

经验与态度、真挚而富有创造力的想象,守护生命之初的蓬勃和健旺。

《米粒和蛤蟆城堡》中胖胖的蛤蟆太太不喜欢拍照,原因是"她总觉得照片上的她没有她本人好看"。蛤蟆主编夸赞女孩米粒设计的城堡图纸:"这个小姑娘是我们尊贵的、求之不得的客人,她为我们设计了明亮的、雄伟的、通风的、举世无双的城堡。"蛤蟆主编有板有眼地掉书袋的形象令人忍俊不禁。《抽屉里的小纸人》男孩遥遥问抽屉里的小纸人:"你怎么长得这样?细胳膊细腿的。"小纸人回答:"这要问你了。嗨,所有的孩子都这样没有脑子吗?连手指都没有给我画。"小纸人身上有蜡笔的香味,"小鸟的口水都流了下来,她对小纸人说:'我知道,一只好鸟是不应该吃树叶的,不过我太喜欢你身上的味道了,就舔舔吧。'"《鼹鼠的月亮河》中鼹鼠老二挖到了一条蚯蚓,他把蚯蚓切成了两半:

> "这是不允许出现的情况。"米先生(鼹鼠爸爸)很生气。
>
> 大家马上一起抢救蚯蚓。
>
> "把蚯蚓接起来,给他绑上绷带。"老三说完从口袋里拿出救护工具。
>
> 米太太怕孩子们挖掘的时候受伤,已经给他们准备了绷带。可是,蚯蚓不要绷带。他用微弱的声音说:"算了,这样也好。我一直很孤单,没有朋友。现在好了,一条蚯蚓变成两条蚯蚓,我可以有弟兄了。"

在《木偶的森林》开篇,"我"从"慢吞吞"城搬到了"忙碌"城,在图书馆喝咖啡时遇见了黑熊,开始了一段有趣的对话:

> 他很高兴我也有类似他的经历,所以他接着说:"知道吗?古

老的书里记载,有一种叫做瞌睡的虫。"

"不知道,我只知道甲壳虫、西瓜虫和放屁虫。"这些虫子的名字有一些好玩或者难听,所以我记住了,除此之外,我真的说不出别的虫子的名字了。

他就开始为我介绍起瞌睡虫来。

"他们不住在树洞里,也不住在地里,更不住在鸟类的羽毛里,他们就住在风里,真的,北风一刮,我就开始想睡觉了。"

哦,这些知识我一无所知。

**《给乌鸦的罚单》有一种不可名状的滑稽:**

阿龙是城市里最年轻的警察,他希望自己能够有机会立功,成为英雄。

但是,阿龙遇到的都是一些小事。比如:乌鸦飞过城市的时候,在一个高高瘦瘦的光头上歇脚,顺便还方便了一下。

光头可不是好惹的,他冷不防用帽子罩住了乌鸦。

他把乌鸦交给警察阿龙,说:"这只乌鸦太不像话了,你应该拔光他的毛,或者把他煮了。"

阿龙是一位很认真负责的小伙子,他把光头擦洗干净。然后对乌鸦说:"一般说来,擦洗干净这个活应该由你来完成。的确,你太不礼貌了,你违反了不尊重人这一条。"

乌鸦很委屈地说:"我没有想过要不尊重人,连稻草人我都尊重。很多时候,人类总是相互怀疑,相互埋怨。"乌鸦承认自己是一个近视眼,把光头当成了马路边的路灯。

阿龙说:"那你就是违反了不讲卫生这一条。"

乌鸦很无奈地说:"这我承认,鸟类的卫生习惯是有些差的。"

光头已经很不耐烦,他认为人和人吵架就已经够烦了,现在还要和一只乌鸦讲理?对于冒犯了人的乌鸦,就不应该和他多啰唆。

阿龙向乌鸦敬了一个礼,然后说:"请您罚款5元。"

光头以为自己是听错了,这真是笑话,把罚单开给一只乌鸦?乌鸦会交给警察先生5片树叶?5块卵石?还是5条毛毛虫?

乌鸦接过罚单,说:"这是人类的罚单,我现在没有人类的钱,但是,我一定会还清罚款的。

阿龙相信乌鸦的话,把乌鸦放了。乌鸦很认真地点点头,衔着罚单飞走了。

阿龙的这个举动被很多人当成笑话。他因此一辈子没有得到提拔,直到退休。

退休的老阿龙常常在树林里散步,回忆从前的生活,他想起自己曾经有过成为英雄的梦想,想起自己曾经给乌鸦开过一张罚单。

不久以后,伐木工人在一个树洞里发现了一堆硬币,在硬币下面,压着那张罚单。伐木工人很奇怪树洞里会有这样多的硬币,他仔仔细细地数了数,刚好是5元。

蛤蟆、小纸人、小鸟、鼹鼠、黑熊、阿龙、乌鸦、光头等艺术形象,都充满了儿童的思维、情态、动作和语言。可以说王一梅的创作,不仅是一种语言叙述层面的"稚拙",更是深入到"游戏精神"和"童年意识"的文本内核,深刻而具象地传达出童话的趣味品质。"童话故事引导儿童去发现他的自我和内心呼唤,也暗示他需要通过什么样的经历去进一步发展他的个性。"①正是通过充满游戏精神的文本阅读,儿童才能

---

① ［美］布鲁诺·贝特尔海姆:《童话的魅力——童话的心理意义与价值》,舒伟、丁素萍、樊高月译,北京:社会科学文献出版社2015年版,第31页。

进行角色扮演和精神补偿,在自然的无意识状态中,获得了心灵的启迪和审美境界的提升。

## 二、 诗意江南与生命哲思

黑格尔认为"诗在一切艺术中都流注着,在每门艺术中独立发展着"①。王一梅作品的诗意与姑苏城的一方水土有着千丝万缕的关系,并将生命的哲思如种子般散播在文本中,不仅可以让读者有阅读的愉悦体验,更能在内涵丰富的艺术天地中,获得审美和思想的升华。

### 1. 诗意江南

苏州古镇、江南水乡给王一梅的作品打上了悠长绵软的烙印。"蔷薇别墅""麦垛房子""芦花船""蜻蜓发卡""花精灵""月亮河""月亮石"都充满了江南水乡的圆润温婉。除了主题意象充满江南风韵,其作品整体呈现出"秋空霁月一样的明""晶球宝玉一样的莹澈"②的诗意。可以说,在王一梅的作品里没有非友即敌、疾恶如仇、黑白分明的两极化人物和情节。即便是书写城乡结构变化、家庭变故带来的儿童成长困境,也是温情而隽永的。如《城市的眼睛》的开篇:

> 一片站着稻草人的稻田;
>
> 一棵住着麻雀的合欢树;
>
> 一个有着大黑狗和竹篱笆的院子;
>
> 三间黑屋檐的瓦房。

---

① [德]黑格尔:《美学》第一卷,朱光潜译,北京:商务印书馆 1979 年版,第 105 页。

② 郭沫若:《儿童文学之管见》,载《1913—1949 儿童文学论文集》,上海:少年儿童出版社 1962 年版,第 35 页。

每天晚上都会有两三只大花猫从屋顶的天窗经过,猫脸紧贴天窗向内张望。晴朗的夜晚,猫耳朵善意地转动,月光把猫的耳朵投射在屋子的地面上,仿佛在地上画了一个巨大的猫头。也许,在宁静的夜晚,猫能听见人们心里的声音。

……

在偏僻而又美丽的星河村,一个用山和田野连接了天空和土地的地方。

……

夜晚,星星河散落着星星,河的两边长满芦苇,芦苇丛中野鸭用一条腿站着睡觉,青蛙不紧不慢地唱歌,直到天色渐渐泛白,青蛙才停止了"呱呱"的歌声,仿佛只要它停止歌唱,星星和野鸭反倒会被惊醒。

是天色泛白的时候了。

雨青家的门"嘎——"了一声;

屋檐下狗狗大黑"汪、汪"了两声;

屋顶上大花猫"喵、喵、喵"地叫了三声;

接着是母鸡"咯、咯、咯、咯"了四声;

黑屋檐的房子仿佛被叫醒了,一盏、两盏、三盏灯亮起来;

……

走过合欢树下的时候,鸡已经从鸡棚出来散步,它们啄着飘飘悠悠落到地上的合欢花。粉红的合欢树花儿落在黑狗头上,狗晃着头,把一丝一丝的花瓣踩到湿湿的泥地里。花和泥混合在一起,人和人,人和狗,人和鸡却都要分别了。

这段文字简约而充满诗意,如水墨画一般将夜幕中的乡村点染的分外有情韵;青蛙、开门声、大黑狗、大花猫、母鸡等声音给这幅水墨画添上了趣味;仿佛被次第叫醒的灯光、飘落的合欢花,把即将到来的离别,映衬得脉脉含情。

江南风物中桂花飘香的景象也成为文中灾难来临前的最后定格:"十月,桂花山下桂花开,金黄色的桂花在阳光下一片灿烂,风儿吹来,桂花树条摇曳,下起了阵阵桂花雨。这些花儿啊,看起来很轻很轻,仿佛风风雨雨到了它们这里便戛然而止,全被酿成了香甜的味道。在短短几天里,它们却又要把满树的灿烂和甜蜜都散发尽,一丝儿都不留。泥地上铺满了金黄色的桂花,让人不忍心踩踏。……(全家合影)爸爸照例穿着那件肩膀宽宽的藏青色大衣,金黄色的桂花落在爸爸的肩膀上,使那张照片和那件大衣都显得很有些味道。"无论是家乡的合欢花,还是"莫城"的桂花,都成为男孩雨青离别家乡、父亲意外身亡前的最后纪念。人生总会有几个片段、场景、时刻是刻骨铭心的,在此后的岁月里不断闪回。王一梅将人生一个个难忘的刹那,书写得既沉重又轻盈,既伤感又温馨。

## 2. 生命哲思

幼儿的生命状态是朴素自然的,他们尚不能将主客体清晰地区分出来,并通过这一本真的视野来认识世界、描述世界。在他们眼中,自我和外部世界是相互交融的。人的童年和人类的童年阶段极为相似。人类童年期的自我中心思维方式投射在客体世界上,或将外部世界人格化,或将主体神化。由此,在人类早期的神话传说、民间故事中,常常是物我合一、主客不分、神人混杂的叙事模式。尽管人的童年和人类的童年都表现出现实与幻想、理性与感性的相互混合,但是其生命意识、对待宇宙万物的态度却是真诚朴素的。这一物我交融、众生平等、万物有灵、敬畏天地的朴素认知观,恰是现代人类社会急剧发展和膨胀后,所应追思和反省的宝贵财富。

首先,在王一梅的幼儿童话中,始终伴随着孤独而坦然的本体意识。莱蒙托夫在《一只孤独的船》中写道:"一只船孤独地航行在海上/它既不寻求幸福/也不逃避幸福/它只是向前航行/底下是沉静碧蓝的大海/而头顶是金色的太阳/将要直面的/与已成过往/较之深埋于它内心的/皆成微沫"。"孤独"是每一个个体所要面对的问题,它可以是脆弱的,也可以是充满力量的。王一梅的生命意识是孤独的,如《鼹鼠的月亮河》中对"孤独"和"友谊"的描述:"说这样的话和听这样的话都是难过的。他们就这样坐在河边,脚垂在水里,眼睛望着远方,他们心里想的也许是一样的,也许是不一样的。但是,他们靠得很近。在这样的夜里,对于两只孤独的小鼹鼠来说,有位靠得很近的朋友就足够了。"《蔷薇别墅的老鼠》里"老小姐蔷薇独自住在城郊的一幢别墅里,她很少说话。她曾经收养过蜗牛、鸟、狗和一个小孩……但是,他们只是在别墅里养好伤口,然后就离开了,再也没有回来过。"人生如逆旅,没有永恒的相聚。蔷薇小姐的收留、送别,既是孤独的,也是坦然的。王一梅作品中总有一种生命哲思的沉重包蕴在简淡的文本中,令其散发出别样的美学意味。

其二,浑然自在的生活态度。王一梅创作了不少优秀的风趣幽默童话,如《大狼托克打电话》《黑熊的北极旅行》、"糊涂猪"系列、"糖巫婆"系列,在诸多作品中,无不透露出对童真率性的喜爱,对自在圆融的生命状态的赞许。《屎壳郎先生喜欢圆形》,起初看到屎壳郎追逐肥皂泡、铁丝圈、牛粪、雪球等"废物",邻居们都觉得屎壳郎先生玩物丧志;时间流逝,兔子太太和鼠先生不得不承认:"看起来,那些肥皂泡、铁丝和牛粪都是些没用的废物,可是,到了屎壳郎先生这里,却能制造出很多快乐。"庄子曾辨析过有用之用与无用之用,推崇知道事物的发展始终而安然处之的态度,拥有这种生活态度,坦然面对失去和告别。比如《树叶兔》中的"树叶兔"其实是秋叶的幻象,当米粒父母知道了树叶兔的来历后,担心"他会随着风消失的"。在一个没有一丝风的晴天,树叶兔消失了。在消失前他说:"我一直都在躲避风,其实,是风让我成为兔子的。……和人类做朋友真好,有一个家真好,家是躲避风雨最好的地方。"尽管"树叶兔"已经变成了一堆黄叶,但是它和米粒一起的嬉戏时光,却是美好难忘的。《鼹鼠的月亮河》中的小鼹鼠米加因为外形、行为举止和哥哥们截然不同而显得孤僻,带着"丑小鸭"式的自卑和困惑,但是他从来像丑小鸭那样准备让高贵的鸟儿啄死他而终结自身的坎坷。鼹鼠米加的内心深处不断地在寻找自由和自我,在对尼里的承诺和思念里,在学习魔术、变成乌鸦的不断磨砺中,最终回到月亮河。学会魔术本领给了他不断变换外形的能力和机会,但是这对于实现承诺、寻找自我的小鼹鼠米加来说,已经完全不重要了。米加的愿望是和月亮河的父母兄弟、邻里朋友更为自在的相处,回归本真的自我。这是王一梅的"丑小鸭"与安徒生的"丑小鸭"截然不同的态度和选择。

其三,物我交融的主客体关系。正因为意识到生命的孤独、更以浑然自在的生活态度去领受、拥抱这份孤独,才会用平和的心态去迎接离散,以大欢喜看待生命里的遇合。如《洛卡的一年》中的一段:

一朵雪花从钥匙孔里飘进小熊的屋子。小熊伸出毛茸茸的大手接住雪花。

"洛卡,请把雪花还给我。"一个声音从钥匙孔里钻进来。

"你是谁?这片雪花是你的吗?"洛卡问。

"我是风,这片雪花不是我的。"风出现在洛卡面前,回答者。

"那我为什么要给你呢?"小熊说。

"因为我爱她。"风一个字一个字地说。

小熊愣住了,他松开手掌,那片雪花早已经融化了。

"我知道,到了春天冰雪都会融化,但是,本来,我爱她可以爱到春天的。"风伤心地说完,又从钥匙孔里离去。

这种冷色调的审美意象唤醒了温暖和真挚:"爱是创造性的生命,是无穷的、明亮的和温暖的、放射性的能量。"[①]人类世界交织着善良与冷漠,宽容与狭隘,期待与拒绝,这些情绪均会投射到外部世界中。无论是带着幼儿思维特点的主客一体的想象,还是作家"物我交融"的故事处理方式,以何种态度应对物我世界,王一梅给出了一份有意味的答案。如这篇《胡萝卜先生的胡子》:

胡萝卜先生常常为胡子发愁,可他偏偏有着浓密的胡子,必须每天刮胡子。

有一天,胡萝卜先生匆匆忙忙刮了胡子,一边吃着果酱面包一边上街去了。因为他是个近视眼,就没有发现漏刮了一根胡子。这根胡子长在下巴的右边,胡萝卜先生吃果酱面包的时候,胡子蘸到了甜甜的果酱,对一根胡子来说,果酱是多么好的营养啊!

于是胡萝卜先生一步一步走的时候,这根胡子就在一点一点地变长,只要回头看看胡萝卜先生走了多长的路,就可以知道胡萝卜先生的这根胡子已经长了多长了。

胡萝卜先生还在继续走,因为长胡子被风吹到了身体后面,胡萝卜先生是完全不知道的。

在很远的街口,有一个正在放风筝的男孩,风筝的线实在太短了,他的风筝才飞过屋顶。

---

① [俄] 别尔嘉耶夫:《论人的使命》,张百春译,上海:学林出版社 2000 年版,第 248 页。

　　胡萝卜先生的胡子刚好在风里飘动着。"这绳子够长了,就是不知道够不够牢固。"

　　小男孩说完就扯了扯胡子,胡萝卜先生马上觉得有人在后面拉他。男孩已经确定绳子够牢固了,就剪了一段用来放风筝。

　　胡萝卜先生继续往前走,当他走过鸟太太家的树底下时,鸟太太正在找绳子晾小鸟的尿布。胡萝卜先生的胡子刚好在风里飘动着。

　　于是,鸟太太剪了长长的一段胡子,系在两根树枝的中间,"这下好了,我总算找到一根够长的绳子了。"

　　胡萝卜先生就这样一直走,他的胡子一直长,当胡萝卜先生走进一家眼镜店的时候,他的胡子也就不再发疯一样长了。由于一路上胡子派上了许多用处,已经不是那么长了,就挂在他的肩膀上,胡萝卜先生开始掏钱为他的近视眼买眼镜。

　　眼镜店的白菜小姐是个非常机灵的女孩,她一边给胡萝卜先生戴上眼镜,一边说:"如果你怕不小心把眼镜摔了,那么就在眼镜框上系一根绳子,然后挂在脖子上。"白菜小姐说这些话的时候,用那根胡子系住了眼镜。

　　当胡萝卜先生的眼镜不小心从鼻子上滑落下来的时候,他的胡子系住了眼镜。胡萝卜先生说:"我的胡子真是太棒了。"

　　是的,胡萝卜先生的胡子确实是太棒了,大家都这么说。


　　自顾行走的胡萝卜先生和蘸了果酱疯长的胡子,放风筝的男孩、晾衣服的鸟太太、眼镜店的白菜小姐,构成了一副奇丽的画卷。他们充满特点而又相互独立,他们被朴素地满足而又满心欢喜。托尔金把优秀童话故事需要具备的特征描绘为幻想、恢复、逃避和慰藉——从深深的绝望中恢复过来,从巨大的危险中逃离出来,但最重要的是获得慰藉。王一梅的童话巧妙运用了幼儿思维特点的想象方式,生成了亦真亦幻的文本,既忠实于幼儿的心灵世界,也守护和滋养了他们的精神生活。王一梅在清醒于个体的差异、彼此的独立时,又给予孤独的个体以生命的欢欣,在彼此毫不刻意的取舍中,获得物我世界的交融。

### 三、 自然精神与生态意识

"现代"构建了人类美好生活的同时,也给世界带来了无数生态灾难;消费主义和文化霸权带来了人文精神失落。人类需要在自己一手造成的生态大灾难面前反思自我,敬畏自然,重回乡土,感受朴素、本真的精神回归。尽管爱默生、梭罗等均认为"大自然"与人类本性是一致的;雷切尔·卡森的《寂静的春天》等重要生态批判理论的涌现,标示出鲜明的生态文化立场;比如对"慢生活""极简生活"方式的倡导。但在现代社会的欲望丛林中,儿童的本性更接近自然;儿童文学对自然精神和生态意识的倡导,既是对儿童生命力的呵护,也是对人类社会重回自然、回归乡土的呼唤。

但是人类社会的傲慢无知无处不在,王一梅并没有受限于"童话"这一体裁而放弃了对这一问题的思考与批判。《木偶的森林》中"忙碌城"的畅销书有《熊为什么要冬眠》《蜗牛为什么要慢慢走》《树懒为什么一动不动地挂在树上》《乌龟为什么长寿》等,"这些书用来劝导忙碌城的人放慢生活的节奏,不要忙忙碌碌地生活"。然而这些书对于"忙碌城"的人来说,毫无用处。就连关心动物的阿汤先生也认为《熊为什么要冬眠》一书最适合的读者是小熊"白黑黑":"你应该读一读这样的书,了解自己很重要,你可以问问自己,你是谁?你能做什么?你需要什么?等等等等。"作者忍不住跳出文本来回答这个问题:"如果按照阿汤先生的想法,这些书分别应该卖给熊、蜗牛、树懒和乌龟。"当小熊白黑黑钻火圈烧着的时候,人类观众没有人关心他是否受伤,而是更加大声叫好、热烈鼓掌。"白黑黑变得难看极了。他心里非常悲伤,他不明白,在他痛苦的时候,为什么有这么多的人在鼓掌? 大象劝导白黑黑:'没有什么不明白的,他们不会真正关心动物,他们只知道自己快乐。'"

事实上,王一梅的生态意识,并不是将城市和自然二元对立的,恰恰相反,她始终强调我们生活的城市不应只有人类。《米粒与蛤蟆城堡》"很少有人会在意蛤蟆在城市里的生活,因为他们不像猫和狗等等可以成为人类相陪伴的宠物。而且他们不是珍稀动物,他们太普通了。我们听不见他们的声音,他们就像路边沉默的卵石……我只是希望大家友好地对待来到我们城市的每一位善良的人,不管他们是谁,不管长得怎样。"《木偶的森林》里直言:"即使是忙碌的市长大人也不会比阿汤更加熟悉忙碌城的情况,因为忙碌市的市长只关心人,而忽略了生活在人群中的动物。事实上,城市里生活着很多动物,这个数字阿汤每年都向市长汇报,市长从来没看过。"但是,正是由于人类社会的自我中心的发展模式,毁坏了生态环境,大自然的回应也是充满仇怨的。《木偶的森林》中,会说话的橡树根本无意变成"人",但是木匠执意砍下它的躯干,做成木偶人罗里。"这是一个非常寒冷的冬天,(橡树)罗里离开了温暖的泥土,躺在冰冷的溪水里,他的心里空荡荡的,冰冷的水进入了他的心里,冰凉,四周一片冰凉,心里也是一片冰凉,这种冰凉的感觉在冰冻的日子里慢慢转变成另外两种东西,那就是悲伤和仇恨。……春天来临的时候,小溪流解冻了。然而,橡树罗里心中的坚冰无法融化。"这里的木偶人罗里完全没有匹诺曹的欣喜,没有变成真正人类的渴求;在城市中寂寥生活的罗里越发的瘦削丑陋,他抹去动物们的记忆,试图把人类赶出城市。他是人类的恣意妄为种下的恶果。

自然精神和生态意识不仅是王一梅作品的灵感源泉和创作资源，也是其笔下人物拯救与逍遥的归宿。商务印书馆出版的《现代汉语词典》中"自然"一词有三个含义：1. 自然界，即大自然。2. 自由发展；不经人力干预。3. 表示理所当然。英文中"Nature"既是"大自然"，也指"本性"。王一梅作品中透露出的"自然"精神，既是一种儿童的"本性"，也是自由发展的精神。《国王的爱好》里，国王想养一只鸭嘴兽，挖湖、养鱼，终于鸭嘴兽出现了，国王已经忘记了收藏的初衷，而是迷恋上到处挖湖、种草、做鸟窝的工作，"兔子在路边吃胡萝卜，小鸭子排着队过马路"，一派人与自然和谐相处的场景。《米粒和蛤蟆城堡》中男孩安迪喜欢捉昆虫，女孩米粒喜欢放昆虫。"那个男孩喜欢昆虫，所以把昆虫捉去玩；而米粒喜欢昆虫，希望昆虫能在自己的草地上自由自在地生活，这两种喜爱区别多大啊。"《恐龙的宝藏》中，三头虚形龙背负着绿蜘蛛的预言，带着藏宝图踏上了自我拯救的生命之旅，最终他们得到的宝藏是一片森林。森林原本就是恐龙生存的栖息地，他们寻找和拯救的道路其实就是"回归本性"的道路。《米粒和糖巫婆》中兔子卡萝每年都吃响铃铃草，可从不吃它们的根，只吃掉一些叶子。《木偶的森林》中："如果你曾经或者将来看见一种叫做'黑熊'牌的蜂蜜，那就是白先生和他的蜜蜂辛勤劳动的成果。你可以买一罐回去，闻闻，再尝尝吧，你会体会到白先生和他的蜜蜂所去过的地方是多么的遥远和美丽。"面对自然的慷慨，懂得索取更懂得保护。《城市的眼睛》中爸爸（秦冰洋）看见沙鹏摘掉知了翅膀、装进瓶里玩，严肃地说："任何生命都是一个过程，虫子也好，植物也好，它们在大自然中自然生活，春去秋来，它们的生命自然结束，变成另外一种物质。我们不要随意去破坏它们的生活。"这种对自然的敬畏、生态伦理意识的坚守一直贯穿于王一梅的作品中。正如王泉根所言："对自然生态、动物的重视,儿童文学比之成人文学似乎觉悟的更早。毕竟世界的未来是属于儿童的,而儿童的天性又更接近自然,将动物世界、植物世界与人的世界一起纳入创作视野。"①王一梅正是利用开阔的生态视角、敏锐的观察力和丰富的想象力,再现了自然对于人类的意义。在作家眼中,自然是有感情有灵性的,是动植物与人类共同的家园。所有的生灵都可以在自然中陶冶心灵、发现与完善自我。这既是对生态伦理的关注,也是对儿童知情意行的整体性的思考,为读者"提供了一张自然界的总体地图,它使我们能够看到我们所处的位置,以及我们是如何融入这整个格局中的。它把自然和生命领域描述为人类生活的环境"②。通过这一积极实践的方式,"润物细无声"地让儿童体会到自然精神、生态伦理、家园意识的永恒意义。

## 结 语

尼采《查拉图斯特拉如是说》认为人一生的精神境界有三种变化:最初是骆驼,然后是狮子,最后是幼儿。尼采所说的"幼儿"状态是一种自由自在、充满创造性和想象力的天性。王一梅曾这样评价自己的创作:"江苏作家大多写小说,而我写童话,更多地陶醉于幻想故事,在写幻想故事的时候,我的呼吸是顺畅的,阳光和煦,策马扬鞭,任意驰骋。"王一梅成长最快的时期,恰是中国原创幼儿文学的转型期。以教育为目的的儿童文学创作淡出,儿童文学整体性地向文学性、艺术性和儿童精神转向。王一梅的作品恰与文学思潮的变化相应和,同时也

---

① 王泉根:《中国动物文学大系总序·冰河上的激战》,武汉:湖北少年儿童出版社 2011 年版,第 6 页。
② [美]保罗·沃伦·泰勒:《尊重自然:一种环境伦理学理论》,雷毅等译,北京:首都师范大学出版社 2010 年版,第 99 页。

在多年的打磨中形成了自己的风格。成人智慧与儿童趣味的结合,江南风韵的熏染、幼教工作的实践,对文字、文本结构的锤炼,使王一梅的作品蕴蓄着诗意、饱含着稚拙童趣、闪烁着自在圆融的生命哲思、昂扬着慰藉万物生命的伦理意识。

## 第二节　巩孺萍:诗歌里的孩子

中国的文化传统中,诗歌是非常重要的文体形式。朗朗上口的诗歌在中国人的情感、意识中能够引起巨大的共鸣。现代儿童诗主要指专门为儿童创作,较为浅显易懂,适合他们听赏、念诵的诗歌作品。现代儿童诗出现的时间和中国现代文学的发展几乎同步,但它的发展一直处于边缘化的状态。然而,儿童诗对于儿童的语言发展、审美意识、情感培育有着不可替代的优势。尤其是当下"读图时代"以图画书、动画卡通所引领的"视觉化"儿童成长环境中,言简意赅、意蕴丰富的儿童诗,作为一种充满了文化与情感的意趣、优质的书面语言的表达形式,有着独特的价值和意义。

巩孺萍是一位致力于儿童诗创作的江苏作家,她在情节构思、情景设置上,注重通过陌生化的方法追求差异性、新奇性。既打破了儿童诗创作的中规中矩的固化状态,增强了艺术的魅力和表现力;也表现出了 2000 年以来儿童的稚趣、欢愉和情思。曾创作过散文、诗歌的巩孺萍转向儿童诗创作以后,现代诗歌中的某些表达方式、元素被娴熟、自如地运用到儿童诗的创作中来,使她的诗歌不落窠臼、浑然天成,又闪现出现代艺术审美的品质。她对儿童心理、情感的把握,对童趣的拿捏、对想象力的渲染、对生命哲思的点染、对语言艺术的探索,都彰显出了别具一格的特色,代表了江苏当代儿童诗创作的新气象。

## 一、童心稚趣

儿童诗专注于儿童的生活、认知和情感,它的隐含读者是儿童。儿童诗与成人诗歌相比,更多些童心稚趣的悠游和沉浸,更充盈了生命原生态的恣意和自足。这是儿童诗最具有艺术张力的地方,然而当代社会对于儿童的认知,往往认为"想象力和敏感心灵将不再被认为是一种价值,而变成了一个家庭教师用来更有效地令儿童把知识吞咽下肚的手段和方法。从此人们走进一种可怕的逻辑里,即儿童没有一分钟的时间可以浪费的。"①儿童诗的可贵之处就在于能够以诗意的浪漫守望童年,它与其他儿童文学的文体形式一样,是以"儿童"为主体、主题的,但更注重以精练的语言表现儿童的"生动"。巩孺萍的童诗擅于捕捉儿童生活的微妙瞬间,以儿童思维和视角将大自然现象审美化、"陌生化",从而描绘出儿童身心状态的妙趣横生。

儿童的奇妙想象充满了对世界的好奇心,比如《我和云》:"好大好大的天上/只有一朵云/一朵云/飘到东又飘到西//好大好大的院子里/只有我/一个人/跑过来又跑过去//没有伙伴的下午/云望着我/我望着云/我们很想做游戏/却不能/在一起",将儿童自由自在的玩耍和天上云朵的悠然自得联系起来,又凸显出一个小孩的孤单。儿童的心理映射到外部世界中,表现出童年期特有的好奇心和想象力。如《荡秋千》:"院子里秋千摇/要是再使点劲/会荡到天上吗/天空里云彩飘/要是再使点劲/会荡到月亮上吗/月亮上冷清清/要是再使点劲/会荡到宇宙里吗/宇宙里黑洞洞/要是再使点劲/还能回到/我家院子里吗"

① [法]保罗·阿扎尔:《书,儿童与成人》,梅思繁译,长沙:湖南少年儿童出版社2014年版,第16页。

《竹林里》："我很想知道/如果竹子可以/一直长一直长/会是怎样/就像爸爸的钓竿/可以伸得老长老长/长到云里的竹子啊/会是什么模样/我多想知道/多想知道啊/在深蓝色的宇宙里/它能钓到星星/还是月亮"。《花帽子》："从现在开始/我要收集花朵的种子/从现在开始/我不能再洗头发/我要把种子洒在头发里/等到春天来了/开满一头的鲜花/多美的花帽子呀/我走到哪儿/蝴蝶就飞到哪儿/现在唯一担心的是/蜜蜂也会盯上它"。荡秋千、钓鱼、花帽子都是儿童的游戏和日常生活，却借此表现出了儿童丰富的想象力，以夸张、愉悦的方式表达出来，充满了童心童趣。《花帽子》的结尾还预设了被蜜蜂盯上的顾虑，形成有趣的反差效果。正如河合隼雄所言："灵感实际上是无意识的心理活动忽然出现在意识中引发的。此时，自我必须把握它，并与既存的意识体系完美结合起来。"①巩孺萍将童心世界和成人的意识体系巧妙地结合起来，生成了别致的意趣。

对儿童日常生活的表现，巩孺萍擅长进行对照对比，将儿童的心理变化，表现得惟妙惟肖。如《风儿哪里去啦》："风儿哪里去啦/问问云吧/太阳哪里去啦/问问山吧/鸟儿哪里去啦/问问树吧/炒蚕豆哪里去啦/问问我吧"。风、太阳、鸟儿的瞬间移动和"蚕豆"的踪迹产生了有趣的互动和对比，形成了一种忍俊不禁的"留白"。《苹果树下》："摘一个/只摘一个/要是不甜/也是自己的选择/摸摸这个/看看那个/苹果树下/拿不定主意的我/下定决心/就是它啦/带疤的苹果/虫儿尝过的/一定没错"。儿童认定"带疤的苹果"是虫子尝过的，应该比较甜。儿童与自然的亲昵关系，表现得惟妙惟肖。

童真带有着天然、朴素的趣味，巩孺萍能够从儿童生活的细节中捕捉到童年的意趣。如《脚趾头》："没人给我洗澡/没人给我剃头/整

① ［日］河合隼雄：《童话心理学》，赵仲明译，海口：海南出版公司2015年版，第51页。

天闷在袜子里/真难受/脚趾头挤呀挤/终于从袜子里探出了头/哎呀,
不得了啦/人们捂着鼻子说/好臭好臭/还有他的小主人/红着脸/见人
就溜/小朋友/你的脚指头/也有同样的遭遇吗/当心哟/万一它伸出了
脑袋/你可就羞得抬不起头"。将袜子破洞的窘境刻绘的烂漫天真。
《斑鸠先生》:"清晨/遇见斑鸠先生/它在草地上散步/仿佛旁若无人/
我看见它/昂着头/一声不吭/迈着方步/心闲气定/好像我们的校长/
在巡视我们//我慢慢走近它/它立刻慌了神/连飞带奔/像是丢了魂/
哈哈/要是校长也这样/那可真是/笑死人/笑死人"。斑鸠"先生"的神
气活现和校长"巡视"形成了有趣的对照对比,然而斑鸠鸟"丢了魂"一
般地奔走,令儿童联想到平日里威严的校长可能出现的样子。在这样
一种充满现场感和想象力的画面中,儿童的幽默淋漓尽致地表现
出来。

巩孺萍的儿童诗很注重引入当下儿童的日常生活,比如《图章》:
"弟弟从外面回来/脚上沾满了泥浆/妈妈刚拖的地板/转眼盖满了"图
章"/弟弟可不管这些/又蹦到沙发、床上/……/妈妈气得大叫/追着挥
起巴掌/后面发生了什么/不说你也能想象/弟弟的屁股上面/也被盖
了'图章'"。弟弟的顽皮、家庭生活的常态,得到了诙谐、舒展的表达。
比如《书包》:"和我去上学的书包/一定好伤心/装满了课本和练习/脸
都变了形//被妈妈洗干净的书包/一定好高兴/晾在阳光下/快活地荡
过来/又荡过去"。将学业负担沉重的儿童以通过"书包"的变形记表
现出来,生成了一种令人喟叹的情感。比如《错别字》:"真有意思/我
写的字连老师/也不敢认/它们看上去似曾相识/不是多了一撇/就是
少了一横/这些字在字典里/绝对找不到/一个个像是"怪人"/我发明
的这些字/如今/正举着红叉叉抗议/等着我一个个/把它们纠正"。将
错别字用拟人化的效果表现出来,"发明""抗议",这些正式书面语的
使用,形成了语言的风趣幽默效果。

## 二、　纯真情韵

巩孺萍的童诗,始终洋溢着"爱与美"的气韵,女孩、母亲的意象以及亲情的意识常常贯彻在她的创作中,融汇她的童年经历,具有女性作家特有的艺术感染力。

以"女孩"为意象的童诗创作,有着独特的情感、意象和审美。如《要不要穿》:"新买的白皮鞋/今天要不要穿/刚下过雨/沾上泥巴怎么办/没关系/踩着石头走/应该没事吧//新买的大衣/今天要不要穿/太阳真好啊/要是热了怎么办/没关系/我不说/谁会知道呢"。对衣着的纠结,大约是女孩独有的情绪。如《城里的楼》:"城里的楼/挤挤挨挨/像两个并肩的好朋友/要是再近些多好/做饭时/妈妈就可以喊:/"哎,阿珍妈,借点盐!"/要是再近些多好/写作业时/我就可以在窗台上问:/"阿珍,这道题怎么做呀?"女性的友谊表达方式,显得生趣盎然。《就不》:"胡子长了/就要刮吗/山羊就不//太阳一出/就要起吗/小猪就不//晚上熄灯/就要睡吗/猫头鹰就不//下雨出门/就要打伞吗/青蛙就不//吃饭非要/细嚼慢咽吗/鳄鱼就不//女孩子笑起来/就不能露齿吗/我就不/哈哈哈……"《另一个我》:"在镜子里/我看到了另一个我/她和我长一样/性格也差不多/今天我受了委屈/她也跟着难过/我问她为什么落泪/她却不和我说//好吧/从明天开始/我要快乐起来/这样/每天都能看到她/笑呵呵"。以及《心事》:"橘子花开了/静悄悄/静悄悄/谁也没在意/只有我知道/不开心的时候/我就望着/白色的橘子花/小小的烦恼/只有橘子花/知道"。女孩在特定阶段的心理特征,要不要顺从社会约定俗成、遇到烦恼时的纾解方式、少女的心事……这些女孩特有的情绪、情感在巩孺萍的创作中,常能信手拈来。其他如《姐姐今天出嫁》《弟弟不在家》《小小的外衣》《去和来》等作品,都闪现着"女孩"特有的情韵和风致。

巩孺萍的内心,总是涌动着母性的温情,比如《风啊,风啊》:"如果有一片叶子/跌落于树梢/风啊,风啊/请赶紧跑/快将它搂在怀里/要知道小小的叶儿/很容易吓着"。以及《妈妈》《我和我的小牛》《变来变去的妈妈》《打电话》《味道》《母亲和孩子》等作品,流露出浓浓的母爱。但巩孺萍的"母爱"主题,不只是一昧地疼爱,还表现出母爱的深沉。如《手指割破的男孩》:"手指割破的男孩/眼里闪着泪光/他刚要咧嘴大哭/却又四下张望/大街上人来人往/脚步匆匆忙忙/没有人低下头来/询问他手上的创伤//在街角的石阶上/这个七岁的男孩/咬着嘴唇/妈妈不会在这里/吮着流血的伤口/他,第一次/变得坚强"。通过这一片段描写,传达出了儿童的稚拙和坚强。

巩孺萍的童诗也善于在场景化叙事中表现亲情的美好。如《谁胆子大》:"我们家谁胆子最大/这个真不好回答/我晚上怕黑/我妈妈却不怕/厨房跑出的蟑螂/吓得妈妈尖叫/我却敢一脚踩死它//要是我闯祸/最怕我爸爸/可要是我妈一瞪眼/爸爸立刻不说话//我们家谁胆子最大/这个真不好回答"。《弄不清》:"很多事情/我一直弄不清/商店里那件漂亮的裙子/妈妈明明那么喜欢/却说,不行不行//外公老远从国外回来/外婆明明十分高兴/却一个人躲在厨房/眼泪呀流个不停//许多事情/真的无法弄清/就像我扭伤了脚/爸爸背我上楼/我明明听见他/气喘吁吁/他却说很轻很轻//很多事情/我一直弄不清/……"在诗歌的王国里,道出了亲情的真谛,感恩的重要性,以及真善美的可贵,让孩童获得了更深沉的对亲情的感悟力,进而形成健全的人格心智和良好的道德情操。

诗歌也具有弥合情感裂痕的作用,无论是腼腆的女孩、割破手指的男孩,都在巩孺萍的诗歌中焕发出勇气。《认错》:"爸爸要我跟着他/妈妈说离不开我/可是他们两个却要分开/不愿一起生活//为什么/他们不能像我和同桌/吵了架互相认个错/拉拉手重新讲和"。巩孺萍的诗歌涉及了当代儿童生活情境的多样性,又以儿童的天真点到为止。

## 三、 万物一体

文学是对生命的关照。儿童诗的创作需要善于观察、敏于想象、乐于体味。儿童可谓是"自然之子",赤子童心,没有受过任何思想的束缚,更多地葆有自然的天性,要比成年人更接近自然、真实的生命状态。"他们努力不让身上的颜色褪去,不陷入庸常的向前行走着,他们试图寻找到宇宙的密码。……没有什么能限制他们思想的放飞。"①以儿童的视角看待自然天地,宇宙万物是一种基于普遍联系的平等博爱的关系。大自然的万事万物都可在儿童诗中获得灵性的抒发,呈现出鲜明的特征和个性。这也是优秀儿童诗的精神与品质。

巩孺萍写过许多以动物为吟诵对象的诗作,总能很自如地将人类的羁绊和动物的果决做有趣的对比,生成充满生命哲思的意味。比如《搬家》中提到人类搬家带上所有的行李,可是"秋天/小鸟搬家了/从北方搬到南方/它们什么都没有带/翅膀是它们唯一的行李"。《蚂蚁和大象》:"蚂蚁说/我好想变成/大大的大象/可以搬好多面包/大象说/我好想变成/小小的蚂蚁/让猎人找不到/蚂蚁和大象/变成哪个好?"大象之巨、蚂蚁之微,构成了奇异的对比。《大象和小象》:"大象说/我的名字叫大象/小象说/和你差不多/我的名字叫小象//大象和小象/只一个字不一样/而要改变它/时间却需要/很长很长/……"

① [法]保罗·阿扎尔:《书,儿童与成人》,梅思繁译,长沙:湖南少年儿童出版社2014年版,第142页。

巩孺萍的《我的第一本昆虫记》诗集汇集了许多动物主题的诗作,如买鞋、穿鞋的蜈蚣(《蜈蚣》),爱唱歌的蟋蟀(《蟋蟀》),推着粪球、自得其乐的屎壳郎(《屎壳郎》),像小火车一样的毛毛虫(《毛毛虫》),可以伸长臂膀拦出租车的螳螂(《螳螂》),靠放屁逃命的放屁虫(《放屁虫》),等等。它们在诗人眼中是与人类和谐共生的友伴,充满了"大自然"的生态意识,在丰富儿童认知的同时,也在颂扬着万物平等的生态意识。

对植物的留心观察、精心刻绘,也是巩孺萍创作的特色。如《昙花》:"我看着她一点点开放/又一点点凋谢/慢慢地垂下眼帘/只留下惊鸿的一瞥/夏天的傍晚/昙花如雪/黑暗中瞬间点亮/又瞬间熄灭//一朵花的一生/飘逝如烟/这美丽的生活/我眼睁睁地看她离去/却不能/为她做一点点"。将昙花一现带给赏花人的怅惘抒发得动人而略带感伤。《蓝牵牛》:"小小的蓝牵牛/开在篱笆上/它只在黎明/吹响号角/滴哩哩/迎接红红的太阳//小小的我/坐在门槛上/爸爸已经走得很远/嘘嘘嘘/我的口哨/多么嘹亮。"牵牛花的昂扬,"我"目送爸爸时的不舍、自勉,都表达得恰到好处。更多的时候,巩孺萍对植物、物候的描写,洋溢着纯粹的"真善美"的诉求,如《郁金香合上了花瓣》:"郁金香合上了花瓣/小屋也关上了门窗/独木舟系在河岸/云雀已不再歌唱/椴木林中不见/养蜂人的身影/空气里还飘着/淡淡的芬芳/看不见的星星/照着清冷的旷野/梦啊,梦啊/在山的尽头/在海的那方"。将郁金香的意象抒写得轻盈、梦幻。《紫色的勿忘我》:"紫色的勿忘我/热烈地开着/多么绚丽的小花/但愿你能够记得/如果有一个男孩/曾经送你一朵/你呀,骄傲的姑娘/可别轻易失落//紫色的勿忘我/羞涩地开着/多么平凡的小花/但愿你能够记得/如果有一个女孩/曾经送你一朵/你呀,冒失的年轻人/可别把它丢了//也许什么都没说/却什么都说了/这紫色的勿忘我/请一定好好珍惜/不要让岁月的风/褪去了——/它的颜色"。以"勿忘我"花的意象,传达出青春期特有的美好情感。

巩孺萍对自然万物的"冥想"式的遨游,升腾出充满意境的诗作。如《井》:"夜晚/井里炖着/星星和月亮/那汤想必很有营养/难怪一大早/打水的人匆匆忙忙/将一桶一桶井水/装满大缸小缸"。将星星、月亮的倒影幻想为炖在井中的汤。《星星和人》:"一颗星在白天/悄悄燃尽/当夜幕降临/天空再也看不见/它的光明//一个人在深夜/默默离去/当太阳升起/街上再也找不到/他的身影//天上的星星/地上的人群/都一样渺小/我们永远不必数/也永远数不清"。将天地的浩渺和人间的聚散,用儿童语言的方式表达得尤为动人。

对四季风华、物候变迁带来的儿童感知,巩孺萍也常有妙笔。如《奔跑的风》:"风没命地往前跑/踢弯了小树/踩倒了秧苗/风啊,/谁在追你呀/风说,/不知道,不知道/大家都跑/我也不想落掉//风没命地往前跑/弄皱了小河/扬起了柳梢/风啊,/你急着去干吗/风说/不知道,不知道/大家都去/我也凑个热闹"。奔跑的风像一个急脾气的小男孩,粗心、顽皮。《北风》:"咚咚咚/北风去敲小鱼的门/不开不开/小鱼在冰下说/笃笃笃/北风去敲青蛙的门/不开不开/青蛙在地下说//呼呼呼/北风去敲小熊的门/不开不开/小熊在洞里说//呜呜呜/生气的北风跑回家/一路上拧红了/好多娃娃的鼻子"。北风的凛冽在诗人笔下,既粗鲁又率真。

## 四、 语言艺术的创新

诗歌是语言的艺术,它应该能呈现书面语言的精致、声韵的品质和意象的丰富。巩孺萍对儿童诗创作的探寻,既有对传统歌谣的传承,也尝试通过解构传统而获得诗歌的现代性,更通过积极的语言实践来开拓儿童诗创作的多样形式。

中国传统儿歌中的"颠倒歌"常常采用将主语和宾语颠倒、施动者和受动者颠倒、物候的颠倒等多种方式，产生离奇滑稽的效果。巩孺萍的《颠倒歌》是另类的："草莓结在树上/樱桃从土里长出/轮船在马路上行驶/楼房在海面漂浮//小鸡叼走了老鹰/山羊吓跑了老虎/猎人东躲西藏/提防着握枪的野兔//学生们拿着教鞭/检查老师们背书/大人兜着尿布/孩子哄着他们别哭/……/哈/如果世界颠倒过来/一定是笑话百出/倘若是作家/足可以写一本巨著"。这首诗歌充满了当代童年生活的意象，如轮船、楼房、教鞭、背书，在传统颠倒歌的基础上，传达出了当代儿童日常生活的滑稽和无奈。

对儿童文学中的较为"固化"了的动物形象，也采用了解构的方式予以善意的嘲讽："一只兔子/跑得太快撞晕了头//一只兔子/和乌龟比赛落了后//一只兔子/关在月亮上冷飕飕/……//为什么倒霉的总是兔子/编故事的人/请给我一个理由"。将古今中外"兔子"的传说集结起来，形成风趣的质询。

巩孺萍对儿童诗歌艺术的探索，还表现在语言实践上。她充分挖掘了童诗朗朗上口的表达方式，如《过年》："噼里啪啦/鞭炮一声比一声响/轰隆轰隆/烟花将夜空照亮/咚咚咚咚/妈妈在厨房砸着年糕/梆梆梆梆/姐姐在井边捶着衣裳/嘎嘣嘎嘣/嚼着蚕豆/我又长大一岁啦"。象声词、拟声词烘托出热闹的过年景象。《肚子会唱歌》："肚子会唱歌/唱的什么歌/咕噜噜/我饿了//肚子会唱歌/唱的什么歌/嘣嘣嘣/我饱了"。也是通过拟声词将儿童的生理特性、心理反应刻画地生动诙谐。

通过对书面语言形式的创新，实现儿童诗歌艺术形式的探索。如《打瞌睡的小孩》：

好沉好沉的眼皮

好像挂着重重的东西

慢

　慢

　　垂

　　　下

　　　　来

猛地又抬起

打瞌睡的小孩

坐在教室里

不停点着脑瓜

向老师

　致意

这首诗歌非常简洁，却通过格式的特别，实现了内容的别致。

## 结　语

正如斯东·巴什拉在《梦想的诗学》中所言："通过对诗人作品的阅读，有时只在诗人的一个形象的昭示下，唤醒我们身心中一种崭新的童年状态，一个比我们童年记忆更深远的童年，仿佛诗人让我们继续完成一个没有完全结束的童年，然而这却是我们的童年，而且无疑是我们多次经常梦想的童年。"①巩孺萍的诗歌关注儿童心灵的感受，咏叹儿童特有的情思，用纯真的童心关照宇宙万物，勇于进行儿童诗

---

① ［法］斯东·巴什拉：《梦想的诗学》，刘自强译，上海：三联书店 1996 年版，第 133 页。

歌艺术形式的创新,"化传统"的同时生发出现代意义,承载出更为广阔的儿童生活状态和人生内涵。敬畏自然、敬畏儿童,彰显出众生平等的品格和品质。

## 第三节　后起之秀:凸显"儿童的力量"

2000 年以来,年轻作家大规模出现,如郭姜燕、赵菱、顾鹰、顾抒、邹抒阳、邹凡凡、韩开春、胡继风、王春鸣、庞余亮、徐玲、刷刷、范先慧、沈习武、杨海林、殷建红等。整体而言,年轻作家不再以省会南京作为活动中心,而是遍布江苏各地,比如郭姜燕、顾鹰、王春鸣、徐玲、殷建红等人活跃于南通、苏州、无锡等地;庞余亮扎根于靖江;韩开春、胡继风一直在盱眙、宿迁工作。年轻作家遍布江苏各地,印证了 2000 年以来江苏儿童文学整体性、全方位的兴盛和活跃。他们不同程度地将更为具象的城乡变迁、地域文化引入到儿童文学创作中,同时又呈现出更开放的写作视野和更多元的艺术风格。如邹凡凡的国际游学散记;顾抒在经营玄幻文学的过程中,由华丽的洛可可风转向充满中国传统文化格调的穿越想象。

年轻作家们对当代儿童的生活、心理状况非常熟悉;对儿童读者所能接受的文学风格、审美趣味有较为准确的把握。尤其是对读者期待的重视,加之童书市场的日益繁荣刺激了作家的创作取向,以市场细分为导向的儿童文学创作表现出低幼童话、儿童生活故事、校园小说、幻想小说等面向不同年龄段的作品层出不穷;颇有意味的是很多年轻作家表现出"文体皆备"的效率,纷纷在针对不同年龄段、不同主题、不同体裁类型的作品中来回穿梭。这既可能是一种勇敢的艺术探索,也可能是忙乱的利益驱使。在遍地开花、层出不穷的作品中,儿童的主体性、能动性不断被彰显强化,凸显"儿童的力量"成为2000年以来儿童文学作品的重要精神内涵。本节以郭姜燕和赵菱的长篇童话、长篇小说为案例,分析江苏年轻作家们的写作共性和个性。

## 一、 郭姜燕

郭姜燕从中短篇小说起步,以儿童校园生活、成长故事为主要题材。在期刊发表作品达到一定积累后,先后出版了长篇童话《布罗镇的邮递员》、长篇儿童小说《南寨有溪流》等作品。以往的写作经验和对儿童读者阅读习惯的判断,使其长篇作品容易表现为"冰糖葫芦"式结构,在保持总叙事的完整性前提下,各个章节的内容较为独立,可视为多个短篇的连接。与此同时,随着儿童文学发展的趋同化、类型化,文本中的"地域"往往被虚拟化,与作者的真实生活场景关联度愈加疏离;而作者的童年经历以更隐秘的方式沉潜于故事想象中,对童年精神能动性的颂扬全面渗透于叙事策略、价值判断和审美趣味中。

### 1. 幻想童话:少年·时间深处·森林小镇

郭姜燕的《布罗镇的邮递员》出版于2016年夏天,短短一年多的时间获得了第14届精神文明建设"五个一工程"奖、中宣部2016"优秀儿童文学出版工程"第一名、2016"中国好书"、第十届全国优秀儿童文学奖、陈伯吹国际儿童文学奖"年度图书奖"等在内的一系列重要奖项。屡获殊荣,绝非偶然。在一个三面环山、北面是茂密森林的"布罗镇",邮递员阿洛独自前往人类不敢涉足的黑森林,从此开启了一段时空里的奇遇。少年的归去来、文化意蕴的时间、诗性隐喻的空间,让这个流畅、温暖的童话不时闪烁着对生命和自然的哲思。可以说这个人物和故事的出现,赋予儿童找回人类生命家园的力量,展现了中国原创童话的文化自信。

少年阿洛的形象,萌发于现实,诞生于想象,丰满于文学。他没有哈利·波特的荣耀疤痕和传奇身份,没有《魔戒》中弗罗多的天赋使命。无父无母、瘦弱矮小的阿洛是小镇里最不起眼的少年,他走进黑森林送信,结识了许多神奇的动植物,化解了人类和森林动植物多年的仇怨,修复了人与自然的关系,他可依傍的唯有善良、真诚和热情。少年自由穿梭于小镇与森林,遇见能够计算时间的松鼠、爱讲故事的獾、吹笛子的人、瘸腿雪狐、精于刺绣的刺猬、魔法师老鼠、神秘的小绿蛇、吃字的怪物、小树精;又能在小镇中安抚镇长的驴子,令图尔、老孟等从事屠宰行业的人放下屠刀……所有的故事情节既是天马行空的,又充满了某种可辨识的社会现实。例如精于刺绣的"云裳"秀坊坊主,靠手艺挣钱,又怕别人偷学技艺,总是背着别人没日没夜地赶工期。但他始终绣不出"最真诚的微笑",竟变成了一只刺猬。这显然是一个关于金钱社会里"人的异化"的隐喻,然而刺猬比《变形记》中的格里高利幸运的是,他无需蜗居在斗室中饱受家人的歧视和虐待,森林收留了他,让他在无欲无求的放逐中找回了自我;甚至只要在三年内得到"一个人类最真诚的拥抱"就可以变回人类。童话的温情常会牵制文本的深度,但是人类若没有"希望"可以寄托,更难在充斥"工具理性"的当下获得生命的关照和情感的滋养。少年阿洛不再是传统童话意义上的拯救者、历史关键人物,他给刺猬的最真诚的拥抱已经超过了三年时效,他甚至不是托尔金所归纳的童话的要义在于"关注愿望的满足性"。阿洛既没有能够让失去青春容颜的采弥返老还童,没有让巨人麦加加摆脱老鼠的躯壳,也没有能让瘸腿雪狐找到自己的母亲……他是这个亦真亦幻的世界里诚朴的邮递员,传递问候与和解,分享温度和信心。

很多故事都掩埋在时间深处,在充满文化意蕴的追溯、遥望中,通过经历者的回忆、在场者的选择、见证者的反思,形成视角的相异、交叉和碰撞,生成文本的丰富性,也使作品产生了神秘性和趣味性的阅读效果。这种叙事策略既是对布罗镇和森林的过去、当下和未来的重新认识与积极介入,也是少年自我的一次次心灵洗礼。阿洛第一次走进森林是为钟表匠特洛送信给松鼠,这封信顺利送达,这是给松鼠写了半辈子忏悔信的特洛始料不及的,由此揭开了人类背弃与动物的友谊、偷走"时间"计算方式的黑暗"历史"。这个叙事起点留下了探索时间深处缝隙、实践当下以期改变未来的可能。故事中很多章节既独立并联,又借阿洛的积极介入而彼此勾连。来自遥远城堡的宫廷乐师,沉湎于过去的痛苦,徘徊在小镇与森林之间。阿洛持之以恒的问候让他有了回归故土的勇气,有了吹奏出舒缓愉悦笛音的能力。而他的笛音又唤醒了黑暗森林的鸟鸣。这个环环相扣的情节抚慰了时光里的缺憾和伤痛,给了阿洛救赎过去、改变当下、创造未来的信心和期许。

"布罗镇"和"森林"是一个充满诗性隐喻的空间。人类对森林的过度砍伐,对动物的乱捕滥杀,使得二者相互仇恨,老死不相往来。现代文明所许诺的美好生活并没有使双方和谐相处,恰恰相反,人类不断地扑杀会唱歌的鸟儿,习惯了没有鸟鸣的生活;而森林也变得愈加死寂黑暗,所有的动物都在昏睡,拒绝甚至围攻人类对它的涉足。这一剑拔弩张的对立空间里,携带武器擅自闯入的屠夫图尔、图格父子,要么困于深山,要么头破血流。唯有毫无设防、坦荡荡的少年信使阿洛,穿梭在二元对立的危险空间里,并以一腔赤诚渐渐打开了僵局。布罗镇有钟表匠、菜农、屠夫、铁匠、"朱记"烧饼铺、养兔子专业户老孟等,是一个典型的中国小镇。这其中最具讽刺幽默感的是镇长和他的驴子,从镇长的权利傲慢里折射出小镇的混沌、无序。小镇连医生也逐渐走光,更显颓败。如果再没有一股新生力量注入,布罗镇的生态与人心都将会更加的荒漠化。事实上,拯救小镇的力量源泉恰恰是其仇视的森林:散发异香的花树治好了采弥的病痛,隐匿于森林的大船最终拯救了洪灾中的小镇居民和森林动物。通过这个"诺亚方舟"式的结局,布罗镇和森林的恩怨在这场劫难中化解了。

阿洛的信使身份赋予了儿童改变历史现状的巨大信心,但是对这一可能性的书写,郭姜燕是非常节制的,平凡少年阿洛对小镇和森林的探索,既是积极主动的,又是谦卑友善的。童年生命状态与自然生态意识,融洽地奔驰在郭姜燕的写作里。布罗镇和森林,从彼此对立,到相互接纳之间构成的张力、缝隙和弥合,使这个童话文本具有较强可读性的同时又达到了一定的高度和深度。尽管少年阿洛的信使之旅不乏有"集体期待"的被裹挟意味,各司其职的人物形象、充满必然性的情节设计,难脱童话创作"类型化"的窠臼。但是平凡少年阿洛找回了人类失落的生命家园,不仅关于想象力、童话品质,更是一种比一般环保或生态意识更为深刻的"命运共同体"的理解,令我们对未来世界充满期待。

## 2. 儿童小说:儿童的自在与自主

郭姜燕的作品和她的外表很像,在从容恬淡中,蕴含着活力、幽默感和情感的张力。在以幻想童话《布罗镇的邮递员》斩获数个全国大奖之前,她已经躬耕于儿童日常生活故事创作多年。她的新作长篇小说《南寨有溪流》回归了她擅于讲述儿童日常生活、捕捉儿童细微心理变化的特质。故事的主角女孩金小溪是西南边区深山里长大的孩子,父亲猝然离世,和双胞胎弟弟金小流、母亲相依为命。她们生活在"南寨"这样一个极为偏远、闭塞的村庄。突然有一天,误闯进"鬼撞树"的金小溪遇见了躲在里面的年轻女大学生涂蓝,从此,一个隐藏在金小溪的探险、奇遇故事下的另一个故事逐渐浮现出它的冰山一角,那就是关于城市女大学生涂蓝因见义勇为而落难的曲折经历。这个草灰

蛇线式的案件,正是通过金小溪——这个淳朴善良而充满活力的山村
女孩的不懈努力、误打误撞而获得了完满的结果。故事在流畅自然、
生动诙谐的讲述中,在理想主义情怀的照拂下,刻绘了富有时代气息
的童年与成年的关系,尤其凸显了儿童的自然天性和行动力量。

这部作品最有个性的人物无疑是主角金小溪,从她"偷"鸭、几次
三番戏弄板阿婆等恶作剧中,可以看到一个非常真实的山村顽童形
象。在《布罗镇的邮递员》中主角"阿洛"是善良和温厚的化身,他作为
整个布罗镇与森林之间的信使,也更多地起到了串联故事情节、沟通
人类与自然对话的作用。而金小溪则不是一个"完美"的孩子,她无时
无刻不在活泼泼地散发着儿童的各种气息:逞强好胜、机灵狡黠、对威
严的权校长也时有不屑,但她又尤为体恤寡母、重情重义,凭一腔孤勇
帮助素不相识的落难女大学生。她的"恶作剧",各种撒谎和逃学,以
隐瞒涂蓝踪迹为目的的各种伎俩,都透露出儿童天性的炽热精诚和童
年精神的元气淋漓。

《南寨有溪流》中尝试呈现富有时代气息的童年与成年的关系。
金小溪的大山生活显然不是都市少年可乐式、冰激凌式的校园生活可
比拟的。山寨最高处的"南寨小学"只有三个班,每个班三十个孩子,
共三位老师。校园环境、日常饮食、家庭条件都极为简陋质朴,但生活
的艰难没有被刻意书写。丧父、在山寨中被孤立的的金小溪一家也没
有因为生活的窘迫、艰难而变得孤苦无依、啜泣自怜、逆来顺受。金小
溪的热辣、金小流的憨直和妈妈的隐忍,让一家人在多重困窘面前,自
然、勇敢、坦荡地面向生活。更为可贵的是,本应归为"弱势群体"的金
小溪,却无时不在为伸张正义而奋斗。她会因为马相耍赖而通过"偷
鸭"来报复他;会因为阿妈受到板阿婆的叱骂而不断去滋事骚扰;会因
为讨厌被权校长管束而拒绝练习三弦琴……当然,她更会因为一心想
搭救落难的女大学生涂蓝,而尽可能地让解救计划滴水不漏。在此过

程中,她不惜把午餐的汤水故意洒到权校长身上,排查可疑的村民,并通过自己的观察和判断,得出了印老师是便衣警察的正确结论。从故事的整体性来说,金小溪无疑是位小英雄。但是她所有言行举止表现出的自然、自在,恰恰打破了常规儿童小说"小英雄"式主题叙事的模式。《南寨有溪流》中的儿童,以及阿妈、权老师等乡村民众,都以发自内心的良知来处置这起女大学生落难事件。尤其是金小溪所表现出的参与性和行动力,完全打破了以成人为价值判断和行动效力的叙事策略,表现出了新时代儿童参与并建构生活的主体意识。

郭姜燕是一位绘声绘色的故事讲述者,擅于以儿童的口吻、心态来描绘故事的前因后果。《南寨有溪流》的每个情节的推进,充满了儿童心智状态中的冲突性和戏剧性,引着读者在一派自由天真中手不释卷、一路追踪;同时女大学生涂蓝落难的情节又在不动声色的偶遇和巧合中,让读者停下来思考这一隐形情节的逻辑关系和时间顺序,从而将故事节奏把握得张弛有度,将人物性格、命运和生命状态拿捏得浑然自在。

至于涂蓝被解救后以支教老师的身份再次回到南寨,这其中的细节经过是怎样的?身为便衣警察的印老师究竟完成了什么样的任务?林区"鬼撞树"被砍伐后,村民与砍伐队员冲突后的处置结果?这些被处置得云山雾罩的结尾,折射了儿童见证、参与社会生活的局限性。由此,生存之沉重与心灵之轻盈,才能寓言性地承载在最无所畏惧的儿童身上。这也是包括郭姜燕在内的无数儿童文学作家钟情之所在。

## 二、 赵菱

赵菱的新作《大水》突破了作者一贯的青春唯美式写作风格,构建了一个紧实、饱满的历史中的童年故事。在赵菱身上,可以看到年轻作家勇于突破既有写作惯性和成功经验的可贵探索。

《大水》首先是一部描述苦难的作品。在豫东平原一个叫作黄凤阔的地方，本是富饶、繁华的古村落。但是黄河决堤和改道，导致这里常年发大水，将人们的生活逼入绝境。赵菱第一次从她构建的青春故事的精致、璀璨、忧郁、叛逆中跳脱出来，走到人类生命处境的永恒悲剧性中。面对这一永恒的困境，赵菱的突围方式是"向善""向美""抗争"，由此"善美"和"抗争"也具有了永恒性。"苦难"与"善美""抗争"构成了一体两面的对抗性和共生性。正是出于这样一种人生立场和生命态度，赵菱在《大水》的后记中才会颇有意味地写道：

> "大水那么可怕，你们就不发愁吗？"
>
> "发愁有什么用？以后你就知道，这日子比树叶还稠，活一天，就要好好活着，高高兴兴地活着。遇到什么事都别发愁，该想着怎么迈过这个坎儿。孩子，发愁没用。"

善良，是《大水》的温度。尽管洪水肆虐带给人们无尽的苦难，但是在大灾面前，爷爷带头四处帮乡邻扎木筏，把粮食分给受灾更严重的邻里；石生冲进洪水中，救下被老虾爷视同儿子的小羊"发财"；全村人都疼爱、接济着被洪水冲来的男孩宝童。书中的小主角"兰儿"更是集黄凤阔之钟灵毓秀，表现出极为动人的纯真，不仅对爷爷至纯至孝，对一直和自家斗气使性的彩升叔宽厚体谅，对洪水冲来的陌生男孩宝童极为关爱；而且对黄凤阔的一草一木都投注了眷恋和亲昵。在大水冲毁良田、存粮告罄的时候，兰儿执意把抓到的大鱼放回黄凤河。尽管这条大鱼已经死去，可是兰儿坚持相信"有月亮陪着大鱼回家，大鱼就不孤单了"。儿童的天真中饱含着对生命的敬畏。

值得一提的是，"善良"一直是儿童文学最可贵的徽章，但常常因为一种无节制、无限度的善良,以及以善良作为一切行为通行证的方式,而削弱了儿童文学文本的深度和力度。在这一点上,《大水》给出了一份世事洞明之后的温柔。精明、吝啬、强悍的彩升叔,居然对大水冲来的宝童疼爱有加,起因是宝童的状况触动了彩升叔童年孤苦的隐痛和遗憾。"大人们比小孩子受的苦多多喽,不然怎么长大成人呢"。大水苍茫,经过"苦难"洗礼的"善良",更坚定、更笃厚,更能够奠定儿童如信仰般的价值观。

美好,是《大水》的风度。赵菱是一位早慧的作家,从《少年周小舟的月亮》《如果星星开满树》《我们那年的梦想》,到《厨房帝国》《风与甘蔗园之歌》《南飞的苜蓿》等长篇幻想小说中,就表现出如水晶般晶莹纯澈的想象力和语言表达能力。《大水》更是调动了她的语言才华,将"黄凤阁"这样一个充满故土乡愁的村落营造得如诗如画、纤毫毕露。无论是长街上热闹的集市、豆绿色的黄凤水中各类河鲜、翠生生的蟋蟀,日常生活中焦香的烤馍、腌辣椒、"下酱豆子",性格鲜明的各色人物,以及不断穿插其中的豫东民间小调……赵菱悠游于日常生活的洪流,无数细节放大之后的表象、声响、气味、纹理扑面而来,直击着我们的感官。"大水"(洪灾)作为巨大的历史景观来自历史和自然,在"兰儿"独特的个人印记中承接着历史的重量,分享着自然的神奇。无数熠熠生辉的细节构成了一个蓬勃旺盛的有机整体,恰恰穿透了洪灾带给人类的沉重的碾压。

抗争,是《大水》的力度。弗雷德里克·詹姆逊认为前工业化社会的日常生活具有"一种直接的意义":"故事无需时间上的背景,因为那种文化不熟悉任何历史"。也许基于此,赵菱的《大水》有着再造神话中"洪水故事"的史诗般的野心。她塑造了一位在与洪水周旋多年,力排众议、建造寨墙的爷爷形象。正是依靠爷爷的敏锐判断,黄凤阁村民才一次次提前逃脱了洪水的吞噬;通过捕鱼、腌鱼等方式,一家人捱过了饥荒。爷爷不仅如"诺亚"般把家中的存粮、种子、牲口提前搬到木筏和大船上,更是如"大禹"般,决心修建寨墙、抵御洪灾、永绝后患。对于这样一段超出赵菱生活经验和想象边界的劳动叙事,作者略显得力不从心。但正是有了爷爷这样一位睿智、宽厚、坚强的农民形象,《大水》才更具有了力量。

正如坎贝尔所指出的,每个人心中都有一个"永恒王国":"能挖掘出我们整整一代人或我们整个文化所遗忘的事物。"①赵菱从生命哲学的苦难意识出发,以纯真的儿童立场写"人生",以"抗争"的意志直面苦难;将斑斓的细节带入历史,释放出充满生机和希望的能量。

---

① ［美］约瑟夫・坎贝尔:《千面英雄》,张承谟译,上海:上海文艺出版社2000年版,第13—14页。

# 结　语

## ——机制效应与文学实践:当代中国儿童文学四十年

　　对新时期以来江苏儿童文学的研究,直接关涉我们文学版图的完整性。文学中的区域书写与中国童年书写的参差互见,也考量着我们对这一主题的规约。从学科的意义来看新时期以来江苏儿童文学发展历程,研究者以自己的观念结构对现有材料进行理解、取舍、分析,必然从本体论进入认识论层次。正如波兰史学家托波尔斯基所言,"历史"一词经过若干世纪,最终取得了两种基本意思:过去的事情,关于过去事情的陈述。由此可知,新时期以来江苏儿童文学作家作品论,也包含了"事件的历史"和"述说的历史",二者共同构成了当代江苏儿童文学的动态景观,并生成了江苏儿童文学的"今天"和"趋势"。

　　对于江苏乃至全国儿童文学而言,新时期以来的童年观、儿童文学审美价值判断历经了巨大的变迁,使得我们在回顾这段历史、选择与评价作家作品时,越来越意识到这段历史中的"事件的历史"与"述说的历史"都有必要做耐心的梳理和判断。历史语境中的儿童文学作家作品所显现出的文学史地位与评价,或者说也已形成的新时期以来江苏儿童文学图景及其描述,构成了一种"前理解""前结构"。随着童年观、儿童文学观的迁移、变化,以研究者的"后见之明",对新时期以来江苏儿童文学作家作品的全面梳理与解读,就显得尤为重要。作家祖籍、出生地、教育和成长环境、工作单位、终老之所对作品的时空性所产生的作用千差万别。因此，新时期以来的江苏作家作品论，主要针对在江苏有较长时段创作活动的作家，也关照了以"江苏"地域特色、童年生活经历为主题的相关作品。

## 一、 外部因素修正审美标准

儿童文学"从来就不仅仅是'文学'，它体现着一个国家、一个民族最深刻、最基本的价值取向和文化关切"（李敬泽语）。所谓文变染乎世情，兴废系乎时序。当代中国儿童文学的繁荣发展与其生产、传播、评价和接受等机制的干预和调节作用密不可分。新时期初期的政令扶持、会议激励、期刊云集；1990 年代市场经济体制对儿童文学业态的结构性影响；21 世纪以来商业文化大潮的席卷，育儿方式、教育教学观念的更新，以及阅读推广、书香社会建设所带来的儿童文学的社会认同急剧提升，都对"当代中国儿童文学"的整体面貌、品质、成规、趋势产生了内在的、深远的、全面的影响。

曹文轩曾认为新时期的中国儿童文学是由一个个著名的会议连接而成的。比如 1978 年 10 月下旬，由国家出版局、教育部、文化部、共青团中央、中国妇联、中国文联、中国科协联合举行的"全国少年儿童读物出版工作座谈会"，来自全国 200 余位儿童文学作家、理论批评家、出版界人士、政府官员集结于江西庐山。这次会议可视为"文革"结束后中国儿童文学界的首次重要会师，是中国当代儿童文学再出发的重要标志。不久，国务院以"国发〔1978〕266 号"文件的形式转批了本次会议报告：《关于加强少年儿童读物出版工作的报告》。这一报告对于儿童文学的功能、品质、体裁、题材等方面，都做了摆脱政治代言体、教育工具论的论述，对儿童文学本体论回归"常识"做了确认，带有明确的政策引领、创作导向的意味。此后，还有如 1981 年国家出版局在泰安再次召开的全国儿童读物出版工作会议,1985 年文化部在昆明召开的全国儿童文学理论规划会议等。通过"会议"的"文学制度"方式,对儿童文学观念、形式和审美起到支配、控制和引导的作用,是当代中国儿童文学发展的重要举措和鲜明特点。

儿童文学刊物的兴起、出版社的全面介入,对儿童文学作品的"先锋性"艺术探索、长篇作品的推出、国外优秀儿童文学作品与理论的引进与译介等,都产生了直接的、积极的推动作用,比如《少年文艺》(江苏)对江苏儿童文学作家的挖掘、作品的打造、读者的培育,《儿童文学选刊》对《祭蛇》《鱼幻》等带有文本实验意味作品的刊载和讨论。1990年代江苏少年儿童出版社进行了"中华当代长篇少年小说创作丛书"的策划、组织和出版工作,对于长篇作品的兴起、"当代少年"为主题的"当代中国童年"写实类小说的繁盛奠定了扎实的基础。此外,浙江少年儿童出版社对"幽默"主题系列作品的打造、二十一世纪出版社对"幻想"类题材的倚重,都是力图不断强化、扩散自身影响力。2000年以来,各家出版社对西方优秀儿童文学作品的译介工作都投入了极大的热情。如中国少年儿童新闻出版总社推出的"纽伯瑞儿童文学金牌奖"丛书,明天出版社推出的"世界经典童话全集""信谊世界精选图画书"系列,安徽少年儿童出版社推出的"国际安徒生奖大奖书系""当代西方儿童文学新论译丛"等。中国儿童文学的现代化是从对异域儿童文学的译介开始的,尤其是 2000 年以来的中外交流中,获得了视野、观念、手法的"刷新"式认知。与此同时,异域儿童文学的儿童观、表达方式、叙事策略、审美趣味、价值建构在中国本土的"播散""异延"(德里达语)过程中,也面临着"文明的冲突"所带来的龃龉和位移。如何在吸纳中外优秀儿童文学艺术的基础上,生成富有中国特色的原创作品的特色与品质,获得本土与世界的认可,仍值得当代中国儿童文学砥砺前行。

儿童文学评奖意味着"象征资本"的颁发与转化,日益成为儿童文学发展制度化、规范化的重要途径。比如始于 1985 年的"全国优秀儿童文学奖"、陈伯吹国际儿童文学奖、宋庆龄儿童文学奖、冰心儿童文学奖、丰子恺儿童图画书、大白鲸世界杯原创幻想儿童文学奖,以及江苏的"紫金山文学奖"中的儿童文学专项、由江苏少年儿童出版社承办的曹文轩儿童文学奖等。这些奖项奖掖不同的主题、体裁、类型、风格的儿童文学;提携新人作者,夫持童话寓言、科学文艺、幼儿文学。四十年各级各类的儿童文学评奖活动,既在儿童文学界形成了"共识",也在大文化场域中对儿童文学的发展形成了"合力",还在文化形态和社会制度中体现了话语"效能"。

正如布尔迪厄《艺术的法则——文学场的生成和结构》中所言,阅读兴趣、阅读能力本身并非天生所有,而是一个社会历史建构的结果。儿童文学的受众目标是儿童,2000 年以来随着经济消费能力提升和育儿方式的变化,儿童文学通过教科书、课外读物、书香校园建设推广等诸多途径,产生了广泛的影响。另一方面,正如姚斯一再强调"只有通过读者的传递过程,作品才进入一种连续性变化的经验视野",比如在 1990 年代出版的《草房子》《狼王梦》等作品到了 21 世纪才获得了持续性的"长销书"的广泛影响力。从接受美学和传播学的受众理论视域来看,儿童受众的能动性和参与性,为儿童文学的社会影响力和传播效果提供反哺作用,不断修正、调整着儿童文学的历史坐标和审美标准。

## 二、 主体性探寻提升艺术追求

恩格斯曾经表述过一个著名的观点:历史的最终结果是从许多单个意志的相互冲突之中产生出来的。当我们将视线从儿童文学的"外部研究"进一步收束到"内部研究",从共时性的场域视野转向历时性的考镜源流,从宏观的整体考量到微观的文本细读,就会发现:上述诸多元素的博弈所形成的机制效应,给新时期以来的儿童文学发展带来极大的空间;但也以权威干预、市场逻辑、文化资本等多种隐性方式制约着儿童文学精神与审美品质。与此同时,儿童文学精神的自主性、个性化,对艺术品质的追求,对童年精神的保护、褒扬,以"博弈"的方式生成了当代中国儿童文学的高度和深度。正如曹文轩在《草房子》后记《追随永恒》中对儿童文学精神的坚守:"应是道义的力量、情感的力量、智慧的力量和美的力量,而这一切是永在的。"

正是这种对文学性、艺术性、儿童主体性的不懈探寻,当代中国儿童文学才能够在四十年的跌宕起伏中不坠青云之志。新时期初期,无论是叶圣陶、任溶溶、孙幼军等"老作家"们的"复出",还是曹文轩、王安忆、程玮、黄蓓佳、刘健屏、张之路、周锐、郑渊洁等新人的涌现,都表现出对"儿童"主体性精神的再三致意。刘健屏《我要我的雕刻刀》中章杰的特立独行;丁阿虎《祭蛇》《今夜月儿明》等作品表现出与众不同的艺术表达方式和儿童文学观念;程玮《See You》《来自异国的孩子》首次涉及对外开放语境下中西文化的冲突带给儿童的思考。可以说1980年代新人辈出、短篇佳作涌现,为1990年代乃至当代中国儿童文学奠定了创作队伍、艺术积淀和基本格局。

1990年代是长篇作品不断推出、作家作品艺术风格凸显的时代;也是市场经济体制下,儿童文学作家从自恋式的先锋实验和成人化的文本表达,向市场和读者不断靠拢的转型期。正是通过这一"博弈",儿童文学的美学形态、艺术风格从1980年代自发式的勇于探索,渐进为1990年代自觉式的风格凸显。如《草房子》(1997年)通过地域特色与童年回忆的情感融合,生成了曹文轩的写作视角和立场、境界和品格。沈石溪、金曾豪等人的动物小说中的动物形象,有着逼真细致的野外生活习性、"丛林法则"残酷环境中的坚强意志力,以及"不自由,毋宁死"的刚烈性格。作家不仅对动物的生态体系做全景式的描绘，还以此为喻体来比喻充满中国文化特色的社会生存法则，形成了独特的美学形态。

21世纪前后是当代中国儿童文学发展的分水岭。此前的作品总体上表现出对乡土童年回忆的热衷，对现实的关切，对儿童成长所指向的"未来民族性格"的美好期盼。体裁以小说为主，尤其是从短篇小说的活跃起步到长篇作品的试水，题材和人物多为6—16岁未成年人的成长故事，创作方式上是一种"激情"而又"自信"的现实主义，充满了思辨性的诗意。

2000年以来，年轻作家大规模的登场，包括重返儿童文学创作的黄蓓佳、程玮等，以成人作家身份介入儿童文学创作和选编工作的毕飞宇、张炜、虹影、徐则臣、北岛等。这一时期的儿童文学不同程度地表现为宏大叙事的退场，将目光更多地投射在儿童的实际生活中，比如黄蓓佳《我要做好孩子》传达出对教育体制重压下儿童身心状态的忧虑和无奈，曾经洋溢在《小船，小船》中的诗意，已消弭在学习成绩不尽如人意的烦恼中。从秦文君的《男生贾里》到杨红樱的"马小跳"系列，再到萧萍的《沐阳上学记》系列，当代儿童生活的"浓密度与多样性"（韦勒克语）获得了前所未有的关注。

在题材和主题选择上，儿童的小世界与都市、乡村、时代、历史、自然全面交融。以小说为例，就有校园小说、成长小说、动物小说、探险小说、科幻小说、历史题材小说等。以特殊儿童、留守与流动儿童、文化旅行、动植物特性、自然环境、生态文明等为主题的作品日渐丰富。作家们越来越自觉地在广阔的社会背景下展现童年生活的斑斓、儿童介入外部世界的意识和能动性。儿童文学作品的图像化、电子媒介化也成为儿童文学发展的重要趋势。与此同时，对读者接受的重视是儿童文学当代发展的重要表征。作家们在创作实践中更加自觉地依照幼年、童年、少年这三个年龄段儿童的心理特点、审美需求和欣赏习惯来创作,如汤素兰、王一梅、陈诗哥等对低幼儿童故事、童话、诗歌的倾注,汤汤对"鬼故事"的耽迷,赵菱、顾抒等对青春"玄幻"类作品的着力,小河丁丁、史雷等对地域风情和历史图景的经营。江苏原创插画家,如朱成梁、周翔、潘坚、刘洵、王祖民、姚红、朱赢椿等人,以图画书、插画、装帧等不同艺术表现方式"介入"到"童书"的大格局中,构成了21世纪以来儿童文学多媒介化的新景观。总之,2000年以来,作品的类型纷呈,作家的美学风格、艺术特色极为多元。

### 三、 取长补短形成独特风格

中国儿童文学四十年,产生了新题材、新人物、新的艺术经验;拓展了童年观、儿童生活内容、儿童心灵版图、儿童面对自然万物的"世界观";形成了较为充足的创作梯队,良性循环的市场机制和读者接受氛围。尤其是进入21世纪以来,文学界、出版界和教育界对面向儿童的阅读推广活动愈加重视,儿童文学的传播与接受成为社会文明进程中的独特文化风景。与此同时,对国外优秀儿童文学作品的引进、对儿童文学评奖的关注,达到了前所未有的高点。

正如王富仁所言:"如果你不是一个宗教家,不是一个宿命论者,不是一个认为科学万能,知识万能的科学主义者,你就必须承认,恰恰由于一代代的儿童不是在成人实利主义的精神基础上进入成人社会的,而是带着对人生,对世界美丽的幻想走入世界的,才使成人的实利主义无法完全控制我们的人类,我们的世界才使我们成人社会不完全堕落下去。"①可以说,尊重童年的尊严和价值,通过"儿童的目

---

① 王富仁:《呼唤儿童文学》,《中国儿童文学》,2004年第5期。

光和精神"①见证、参与和叙述，既可以穿越世俗、政治和历史的遮蔽，也可以极富意象性、寓言性地将沉郁的生活承载于最无所畏惧的儿童身上，生存之沉重和心灵之轻盈不仅能丰富作品的内涵，而且有可能成为穿透当下、历史、文化和民族的洞见。

---

①　王杨：《方卫平：坚持文学"批评"的初心和本义》，《文艺报》2017年7月19日。

# 主要参考文献

## 一、 著作类

［1］Courtney Weikle-Mills, *Imaginary Citizens：Child Readers and the Limits of American Independence*,1640—1868，Baltimore：The Johns Hopkins University Press,2012.

［2］William Kessen, *Childhood in China*, New Haven and London：Yale University Press,1975.

［3］Mary Ann Farquhar, *Children's Literature in China：From Lu Xun to Mao Zedong*, New York, London：M.E.Sharpe, Inc, 1999.

［4］Kate Foster, *Chinese Literature and Child：Children and Childhood in Late-Twentieth-Century Chinese Fiction.* Basingstoke：Palgrave Macmillan, 2013.

［5］Claudia Nelson and Rebecca Morri, *Representing Children in Chinese and U.S. Children's Literature*, Burlington：Ashgate Publishing Company, 2014.

［6］史蒂芬斯.儿童小说中的语言与意识形态.张公善,黄惠玲,译.合肥:安徽少年儿童出版社,2010.

［7］卡西尔.人论.甘阳,译.上海:上海译文出版社,1985.

［8］阿扎尔.书,儿童与成人.梅思繁,译.长沙:湖南少年儿童出版社,2014.

［9］阿利埃斯.儿童的世纪:旧制度下的儿童和家庭生活.沈坚,朱晓罕,译.北京:北京大学出版社,2013.

［10］史密斯.欢欣岁月.梅思繁,译.长沙:湖南少年儿童出版社.2014.

［11］阿恩海姆,等.艺术的心理世界.周宪,译.北京:中国人民大学出版社,2003.

［12］H.埃里克森.童年与社会.罗一静,徐炜铭,钱积权,编译.上海:学林出版社,1992.

［13］H.埃里克森.同一性:青少年与危机.孙名之,译.杭州:浙江教育出版社,1998.

［14］贝特尔海姆.童话的魅力——童话的心理意义与价值.舒伟,丁素萍,樊高月,译.北京:社会科学文献出版社,2015.

［15］波兹曼.娱乐至死 童年的消逝.章艳,吴燕莛,译.桂林:广西师范大学出版社,2009.

［16］吕蒂.童话的魅力.张田英,译.北京:社会科学文献出版社,1995.

［17］河合隼雄.童话心理学.赵仲明,译.海口:南海出版公司,2015.

［18］樊发稼.樊发稼三十年儿童文学评论选.北京:少年儿童出版社,2010.

［19］金燕玉.文学的独奏.青岛:青岛出版社,2017.

［20］李利芳.中国西部儿童文学作家论.北京:中国社会科学出版社,2013.

[21] 彭斯远.重庆儿童文学史.重庆:重庆出版集团,2009.

[22] 彭斯远,黄明超.西南儿童文学作家作品论.伊犁:伊犁人民出版社,1998.

[23] 王泉根.中国新时期儿童文学研究.石家庄:河北少年儿童出版社,2004.

[24] 方卫平.中国儿童文学四十年.北京:中国少年儿童出版社,2018.

[25] 方卫平.思想的跋涉.青岛:青岛出版社,2017.

[26] 方卫平.方卫平儿童文学理论文集(四卷).济南:明天出版社,2006.

[27] 吴其南.守望明天——当代少儿文学作家作品研究.银川:宁夏人民出版社,2006.

[28] 吴其南.从仪式到狂欢——20世纪少儿文学作家作品研究.北京:人民文学出版社,2014.

[29] 徐妍.曹文轩的文学世界.济南:明天出版社,2017.

[30] 郁炳隆,刘静生.江苏儿童文学10家评传.南京:江苏少儿出版社,1993.

[31] 云南省文联文艺理论研究室.云南儿童文学研究.昆明:晨光出版社,1996.

[32] 王泉根.中国儿童文学60年:1949—2009.武汉:湖北少年儿童出版社,2009.

[33] 张锦贻.发展中的内蒙古儿童文学.呼和浩特:内蒙古人民出版社,2004.

[34] 赵霞.童年的文化影像.昆明:晨光出版社,2015.

## 二、 论文类

[1] Dorothea Hayward Scott, *Chinese Popular Literature and the Child*, Chicago: the American Library Association, 1980:132,134.

[2] Xu Xu, Review: *Chinese Literature and the Child: Children and Childhood in Late Twentieth-Century Chinese Fiction*. The Lion and the Unicorn, Volume 38, 2014(3): 404 – 406.

[3] Xu Xu, Review: *Chinese Literature and the Child: Children and Childhood in Late Twentieth-Century Chinese Fiction*. The Lion and the Unicorn, Volume 38, 2014(3): 404 – 406.

[4] 董之林.小船,摇向孩子们的心灵深处.文谭,1993(11).

[5] 方卫平.当代儿童文学:一种历史概貌的描述.博览群书,2015(11).

[6] 汪政.黄蓓佳散论.当代作家评论,2011(2).

[7] 金燕玉.江苏儿童文学 50 年发展之回顾.江苏社会科学,1999(5).

[8] 谈凤霞.转型中的焦虑与建构——论新时期后期童年书写繁荣之成因.求是学刊,2013(6).

[9] 束沛德.新中国儿童文学六十年的一个轮廓.当代作家评论,2010(3).

[10] 赵霞,方卫平.穿越历史的童年叙事——评黄蓓佳"五个八岁系列长篇".当代作家评论,2011(2).

# 后 记

## 当时只记入山深　青溪几度到云林

　　夏云暑雨、转眼寒露，想起去年桂花郁郁时，我失魂落魄地游荡在街角，遭遇了人生前所未有的精神危机。常常睁眼到天亮，不知道怎样面对未来。是年迈的父母一遍遍开导我，"逼"我做点科研转移注意力；尤其是七十岁的老母亲，全然不顾年老体弱，帮我抚育刚出生的幼女，让我尽可能有完整的时段看书思考。是我的一双儿女，总用天真依恋环绕我。当我在深夜中尽走，恍若走到无边的荒野时，桃桃和溜溜的声音、气息、毛茸茸的拥抱，总提醒我存在的意义。是我的友人，不厌其烦地倾听我不知所云的絮叨、安抚我不可理喻的焦灼。南京大学出版社的沈卫娟编辑在听了我的写作构想以后，特地跑来看我，鼓励我把精力投注在该书的写作上，并将刘绪源老师的著作赠送给我，让我拓展思路。过去的一年，我无数次向她提到写作该书的烦恼、困惑，她总是耐心地答疑解惑，让我鼓起勇气继续工作。在我数次近于情绪失控的时候，我的好友们顾媛媛、戴乐乐、孙敏、宋传新、张小兵、邓庆华……他们都用温暖的话语，让我挺过了荒漠般的孤独和绝望，他们是我麦田里的守望者。人生总有低谷，所幸有我的家人、好友，不离不弃，扶我助我。如果没有这些日常点滴的温暖，我那如鱼鳞般起伏的失意，如沸水之于烈火的焦灼，都会将我困死在 2017 年的秋天，更遑论有这本书的问世。

在这一年里,我寄情于江苏儿童文学作家作品中,将过去零散读过的作品做了通读、细读,分门别类、归纳整合。这项工作既是枯燥的,也是有温度的。当我重读《草房子》时,那份细腻、感伤的诗意令我怅然若失。读王一梅的童话《洛卡的一年》时正值冬雪飘飞,应景应心。读程玮近作时,她的睿智优雅叩击着我紊乱的心神,让我能回到研究型著作的理性中。金曾豪在《青春口哨》后记中提到人类的"小感情"和"大感情",让我能更宏观地看待作品的价值立场和审美取向。

在写作过程中,祁智老师以作家、编辑家、出版家、书香校园代言人的多重身份,对当代江苏儿童文学四十年发展做了多方面、多角度的介绍,对我的研究思路、研究方法产生了重要的影响。汪政老师对江苏儿童文学名家的精到评论、持续关注,对文学新秀的推举和提携,给了我许多启发。周益民老师对"程玮"一节的作品分析部分提供许多修改意见和翔实史料。韩青辰、郭姜燕等作家常会和我交流写作体会、创作观;曹文芳、巩孺萍、顾抒、顾鹰、刷刷等知名作家都寄来新作,回答了我的相关采访;谈凤霞、何同彬、郁敬湘、陈文瑛、陈香、朱婧等资深学者、评论家、编辑都给了我很多建议和意见。尤其是七十多岁高龄的金燕玉老师,谆谆教诲,如沐春风。犹记4月23日来到金燕玉老师家,她慨然谈起生平往事,抱憾于挚爱早逝,她尽力平静地说:"我要学会两件事:一个人去超市,一个人去公园。"我知道很多人,忍受比我更多的痛苦,在自己的黯然里默默独行。

小王子曾说"正是你花费在玫瑰上的时间才使得你的玫瑰花珍贵无比。"《当代江苏儿童文学作家作品论:1978—2018》写得很粗糙,并没有穷尽当下江苏儿童文学作家,也没有覆盖江苏儿童文学发展的每一处细节。但它是我艰难时光里聊以慰藉的"玫瑰花",是我人生年轮中一段穷途之哭。念念不忘,是为后记。

2018 年 10 月记于自在堂

**图书在版编目(CIP)数据**

当代江苏儿童文学作家作品论(1978—2018)/ 姚苏
平著. 一南京：南京大学出版社，2018.12
ISBN 978 - 7 - 305 - 21337 - 3

Ⅰ.①当… Ⅱ.①姚… Ⅲ.①儿童文学－文学研究－
江苏－当代 Ⅳ.①I207.8

中国版本图书馆 CIP 数据核字(2018)第 272877 号

出版发行 南京大学出版社
社 址 南京市汉口路 22 号 邮 编 210093
出 版 人 金鑫荣

**书 名 当代江苏儿童文学作家作品论(1978—2018)**
著 者 姚苏平
责任编辑 沈卫娟

照 排 南京紫藤制版印务中心
印 刷 江苏凤凰通达印刷有限公司
开 本 880×1230 1/32 印张 8.75 字数 230 千
版 次 2018 年 12 月第 1 版 2018 年 12 月第 1 次印刷
ISBN 978 - 7 - 305 - 21337 - 3
定 价 39.00 元

网 址 http://www.njupco.com
官方微博 http://weibo.com/njupco
官方微信 njupress
销售咨询 025 - 83594756